「人間の森」を撃つ

森村誠一作品とその時代

成田守正

田畑書店

「人間の森」を撃つ　◎　目次

装丁　安藤剛史

「人間の森」を撃つ

——森村誠一作品とその時代

第一章　雌伏期の「怨念」

〈青の時代〉の作品群

平成二十七（二〇一五）年に作家生活五十年を迎えた森村誠一は、昭和四十四（一九六九）年、『高層の死角』で第15回江戸川乱歩賞を受賞したが、これが小説デビュー作ではない。

二年前の昭和四十二（一九六七）年からすでに四編の長編、すなわち『大都会』『幻の墓』『銀の虚城《ホテル》』『分水嶺』と、サラリーマンの生き残りかたを指南する二十八編のオムニバス小説集『不良社員群』、消し屋なる殺し屋を主人公とする九編の連作集『むごく静かに殺せ』を発表していた。『高層の死角』の直後に上梓された長編『虚無の道標《みちしるべ》』とあわせて、これら七編がいずれも青樹社より刊行されたことと、作家森村誠一の青年期の意味をかけて、個人的に〈青の時代〉の作品とくくって呼んでいるが、これらこそが森村誠一の作家としての出発を飾った一群である。

この〈青の時代〉の作品は『高層の死角』までの習作ではけっしてない。知名度はまだないに等しく、ミステリーでもないので、ものによって五千部刷って二百部しかさばけないという惨憺たる結果を見てこそ、評価が遅れたきらいは否めない。だが、それら作品の完成度は、ことに五編の長編は、すでにして森村誠一の文学修業、人間凝視、社会認識の眼力が熟成したことを示す、高い水準のエンターテインメント作品であった。

ちなみに森村誠一の物書きとしての出発という点では、まだホテルマンとしてホテルニューオータニに在職中の昭和四十(一九六五)年十一月、業界雑誌「総務課の実務」に雪代敬太郎名義で連載したエッセーに加筆再構成した『サラリーマン悪徳セミナー』(池田書店)を刊行しており、これが作家としての最初の一冊である。そのあとに『マジメ社員無能論』『反骨の思想』『発奮しよう成功しよう』(いずれも日本文芸社)というビジネス書もあり、先にあげたオムニバス小説集『不良社員群』、連作集『むごく静かに殺せ』はそうしたハウツウ書の流れの上で成り立っている。

〈青の時代〉の作品群で特徴的なのは、いずれも戦後日本社会の弱肉強食の構図や、無残な敗戦とともに崩壊した天皇制社会に取って代わって「ピラミッド社会」を継承したともいえる高度経済成長期企業社会の、非人間的体質を冷徹な視点で把握し、描きこんだ点である。そのキーワードが、サラリーマンが会社に否が応でも隷属するという意味での「帰属意識」と、そうした時代背景下で火山ガスのように噴き出た「怨念」である。

処女長編小説『大都会』

最初の長編小説『大都会』（一九六七）は、岩村、渋谷、花岡といういずれも大学の山岳部員で、日本山岳会でも先鋭をもって知られる若手クライマー三人が厳冬期北アルプスの白馬岳、不帰第二峰東壁の登頂に成功した場面から始まる。大学を卒業して就職先へ向かう前に青春最後の思い出として計画した登山である。山頂で彼らは、命を賭してザイルを結び合いつちかった友情は忘れない、いつかまた共に北壁に挑もうと手を握り合う。青春の純粋な友情を原点に社会へ羽ばたこうとする姿が、そこには設定されている。

しかし山から下界へ下りた三人を待ちうけるのは企業社会、競争社会の現実であり、青春の純粋な友情などたちまち損なわれていく。

彼らが就職したのは、所在地こそ東京、名古屋、大阪と違うだけで同業の電機・家電メーカーである。

エリートとして何人かのうちの一人に選ばれ、社長令嬢との結婚もあわよくばかならうと鼻薬を嗅がされて、社内での競争に勝ち抜こうと野心を燃やす岩村。遠縁のよしみで社長の娘と結婚させられ、しかしそれは社長の血統を残す〝種馬〟としてでしかなかったと鬱憤を抱えながら、社内の派閥争いでは娘婿の立場で社長に滅私奉公する花岡。そして、技術屋として研究に没頭する渋谷。と、それぞれに歩みはじめた道だが、渋谷が自ら開発した技術で業界の寵児となったことで、三人には会社の命令に沿うかたちでの敵対関係が生じる。

渋谷が開発したのはポケットサイズカラーテレビの技術である。岩村と花岡はともに社長から、渋谷を引き抜くように命じられる。しかしどちらも渋谷に断わられて工作は失敗する。花岡は「どうせお前には無理な工作だと思った」と社長に蔑まれながら、次の手として立てた渋谷の会社をまるごと乗っ取る策謀にたずさわる。策謀とは渋谷の開発した技術はインチキであると嘘を喧伝し、それによって信用を失墜させた渋谷の会社の株を買いあさって乗っ取ることである。その工作がまんまと成功し、功労者の花岡は部長に昇進する。渋谷は自分の開発した技術がインチキだと喧伝した相手が花岡とは知らずに、ポケットサイズカラーテレビの技術ともども花岡の会社の一員に吸収される。

一方で、渋谷の引き抜きに失敗した岩村は社長に呼ばれ、なにものかが渋谷の会社の株を買いあさっているので対処するように命令され、株の大口保有者の一人から一定量の株を譲り受けることには成功する。しかし、花岡の会社が渋谷の会社を吸収したことで、そのさい要した費用を「ドブに捨てた」と決めつけられる。そのうえで、渋谷が花岡の会社に所属することにはなったが、もし彼が「消えてなくなる」ことでもあれば、ポケットサイズカラーテレビの技術も同時に消えてしまうだろう、と暗示をかけられる。岩村は渋谷の家族を外秩父の山に誘い、頂上へ送り出したあとに周囲から火をかけ、妻と子を焼死させ、そのショックで渋谷を廃人にしてしまう。

花岡は廃人と化した渋谷を必死に看病して回復をはかり、大量生産態勢に入ったポケットサイズカラーテレビの発売パーティに出席させるが、渋谷はパーティの製品説明会の場で目をおおうばかりの醜態を引き起こす。会場に潜入していた岩村らは、狂っている、渋谷はまともじゃない、と騒ぎ立て、ライバル社のハレの舞台を台無しにする。

渋谷の狂態と発売パーティの混乱もあって、ポケットサイズカラーテレビの販売は惨憺たる結果に終わる。そのことで花岡の会社の社長は他の強力派閥から責任を追及される。そこへ別の電機会社が自社製品より優れたポケットサイズカラーテレビの公開実験に成功したと伝わり、技術が盗まれた疑いが生じて管理責任も問われ、社長の椅子を追われてしまう。娘婿の花岡も必然的に部長から日の当たらない部門の課長代理へと左遷される。

岩村の会社ではグループの総帥たる銀行の頭取から社長が呼び出され、花岡の会社の経営が交代したことで新しい経営陣から巨額の融資要請が見込まれることになったと告げられる。そして、花岡の会社をそこまで追い込んだからには、もはや「お前の役目は終わった」と言い渡される。意気阻喪した社長は、まだ権力のあるあいだにと、岩村に娘との結婚を許し、すぐに式を挙げさせ、ハワイへの新婚旅行に旅立たせる。岩村は旅先のホテルで社長の退任を知らされ、驚いてあわてて帰国するが、親会社の課長代理から子会社の主任へと降格され、追い出される。

屈辱的な第二のサラリーマン人生を始めた花岡と岩村のもとに、大学山岳部四十周年の記念行事として白馬不帰岳への冬期集中登山を計画したと、特急乗車券、寝台券を同封した案内状が届く。その気になった二人は下車駅からベースキャンプがあるはずの場所へ向かい、そこではからずも再会する。山岳部の後輩が迎えにこないことに訝しさを覚えながらも雪の坂道を行き、登りきったところの小屋で今度は渋谷とも出会う。八年ぶりに三人が揃い、では北壁をやろうと話がまとまり、夜半にアタックを開始する。岩壁を這い登る途中、突然の雪崩に花岡と岩村は先頭を行く渋谷のザイルにぶら下がった状態になる。すると渋谷が、案内状を出したのは自分だ、自分の狂気はとっくに治ったと告げ、ザイルにナイフを当てて切断する。復讐を終えた渋谷は頂上にたどり着いたところで力つきる。

ストーリーの紹介が長くなったが、三人が三様に企業の競争のなかで翻弄され、滅んでいく姿を具体的に知ってもらいたいからである。

問題はその翻弄のされかただ。一つには、いとも簡単に友情が捨てられていく過程が、花岡にせよ岩村にせよ、みずからの心の変貌に疑問さえ抱かずに進む点。そしてもう一つが、そうして友情を裏切ってまで会社に尽くし、最後には企業の思惑や派閥抗争の巻き添えをくって左遷されてなお、その屈辱を甘んじて受け入れ、会社を辞めることもなく、むしろしがみついている、つまり会社にどこまでも隷属している点である。

この展開は小説上のことと、登場人物の性格に帰して済ませられることではない。上司の命令なら従うしかない、会社のためならなんでもやってしまう、なにがあっても会社は辞められないといったことは、昭和三十年代から四十年代のいわゆる高度経済成長期の時代性をなぞらえているからである。「ピラミッド社会」としての高度成長期企業社会の姿、企業の内部で生きるサラリーマンの精神に浸透した「隷属」という意味での「帰属意識」を表現しているのである。

「忠臣サラリーマン」の時代

高度経済成長の時代とは、昭和三十年代以降、池田内閣の所得倍増計画、高速道路や新幹線の登場する東京オリンピック、成長の成果としてゆとりを謳歌してみせた日本万国博覧会、田中内閣の列島改造計画といった流れを経て、石油ショックで物資不足が起こる昭和四十八年あたりまでを区切りとするのがふつうの見方だろう。

その間、日本国民は企業の発展と所得の向上をがむしゃらに競い合うかたちで経済優先の成長理念を追いつづけた。その結果、昭和四十二年の総理府『国民生活に関する世論調査』には九割近くの国民が中流意識を持つに至ったと記されているとおりに、確かに国民はまがりなりの豊かさを享受すると同時に、国際社会をして日本を日本株式会社といわしめるまでの、法人資本主義社会を築き上げた。

それを支えた第一の原動力が、封建時代の忠誠心や滅私奉公の精神にも相通じるサラリーマンの企業への帰属意識、森村誠一の言葉でいえば「忠臣サラリーマン」としての社員意識にあったことは疑いがない。その社員意識に取り憑かれて、会社が人生のすべてとばかりに、みずから望んで夜も昼も働き、たとえ悪に手を染めようとも全人生を傾けて企業に尽くした「モーレツ社員」の伝説も、そうしたなかで生まれたのである。

ここでいっておくと、この時代の企業のイメージを平成時代の企業のイメージに重ねると大いに異なる。高度成長期の企業とはほとんどが製造業の大企業、中小企業であり、サービス業の占める割合はきわめて小さかった。現在のＪＲやＮＴＴは国営の企業であり、ＩＴ産業やコンビニなど終夜営業店は影も形もなく、のちに日本の労働環境を激変させ、格差社会の元凶をになった派遣業も存在しない。そこでは基本的にほとんどが正社員で、しかも終身雇用が保証されていて、就職することはその会社に骨をうずめる意識と同義であったといっていい。たとえ能力があっても転職など再就職は困難な時代で、あえて会社を辞める場合は脱サラと、さながら人生の冒険に踏み出すごとくにいわれたものである。このころの就職難は、親などに依存して働かなくても食べていけてしまう平成の時代の就職難とは違って、まだ戦後の飢餓の状況をひきずっており、働き口がなければ直接餓死の恐怖に結びついたのである。

日本人はもともと、集団と個人の関係でみると、平家とか源氏とかの血筋や江戸時代の藩など、どこに帰属しているかに拠り所を見いだして生きる民族性を有している。明治維新では藩が廃されると、帰属すべき対象を見失ったおもにサムライの出の国民は少なからず途方に暮れた。『余は如何にして基督信徒となりし乎』の内村鑑三なども、暴論を恐れずにいえば、帰属していた藩自体が消えてしまったので、藩主の代わりにイエス・キリストを選ぶことで新たな帰属の対象を得たといえなくもない。そうしたなか、明治の為政者たちは、もしかすると西洋のキリスト教、一神教社会を念頭に置いたのかもしれないが、新たな帰属すべき対象を唯一「天皇」に置き、国民に強要していく流れをつくるのである。この唯一帰属すべき対象を天皇に置いたことが、戦前の全体主義に結びつき、統帥権の恣意的解釈と行使を許して軍部を増長させ、侵略戦争や欧米への無謀な宣戦布告に突っ走った経緯は、歴史の語るところである。

昭和二十（一九四五）年八月、日本は敗戦とともに民主主義をかかげる世の中となった。日本国民は天皇制国家への強要された帰属関係から解放される。と同時に、明治維新以来ふたたび、帰属すべき対象を一時的に見失う環境に放り出される。偶然のなりゆきとはいえ、国民全体がはからずして一種の「自由」に帰属したかたちだが、その後に新たに帰属の対象としていくのが「企業」である。

民主主義の世とは「自由経済」を理念とする社会であり、確実に禄を食ませてくれるものとして「企業」は帰属するにふさわしい対象だった。また戦後期の物心両面での飢餓状態のもとでは、つまり食べていくためには、国民はそこへ向かうしかなかったともいえる。

ところがこの戦後の「企業」は、それへの盲目的隷従を強いるという、天皇制時代の残滓とでもいうべき体系、言いかえれば「ピラミッド社会」の構造を継承した。また天皇制に乗じて軍上層部がはびこらせた不毛の遺産である忠誠心の強要、成り上がり根性と人間性無視、無責任、保身、恥知らずといった体質を一部に飲みこんだまま発展する。いいかえれば、戦前の唯一だった天皇への帰属の形態が、無数の破砕片となって「企業」を成り立たせ、また国民の側も、従来の精神構造のつながりでさしたる抵抗も覚えなかったか、あたかも相思相愛の趣で、それを受け入れてしまう。すなわち「企業」に帰属する者、サラリーマンは、全体主義の破砕片にも併せて帰属することを負うという現実を許容しながら、そこに自分のアイデンティティ、存在証明をあずけることになったのである。忠臣サラリーマンの誕生である。

かくして高度経済成長へと突入していくのだが、その忠臣ぶりは家族ぐるみに及んだ面も多々あった。企業から求められる忠臣ぶりがどんなにつらくても、職場をひとたび放り出されるようなことになれば、この当時、再就職の道はほとんど困難といってよかったのだから、サラリーマンは家族のためにも、なにがあっても、たとえ理不尽に非人間的な扱いを受けても、それを受け入れるしかないという気持ちに従うしかなかった。それが忠臣サラリーマンという会社員の一般的なありかただった。そうした忠臣サラリーマンのなかから、企業との運命共同体意識に強く取り憑かれて生まれ落ちた者たちが、モーレツ社員だったともいえよう。時代が下った昭和五十四（一九七九）年二月一日、日米間の航空機購入をめぐる汚職事件「ダグラス・グラマン事件」で東京地検特捜部の事情聴取を受けていた日商岩井の島田三敬常務は、「日商岩井の皆さん、男は堂々とあるべき。会社の生命は永遠です。その永遠のために私達は奉仕すべきです。私達の勤務はわずか二十年か三十年でも会社の生命は永遠です。それを守るために男として堂々とあるべきです。今回の疑惑、会社イメージダウン、本当に申し訳なく思います。責任取ります」との遺書を残して、社屋七階から飛び降り自殺したが、そういう会社との運命共同体意識に基づく精神構造がサラリーマン社会にふつうにはびこっていたのである。

森村誠一は、それでいいのかと疑問を抱いたのだった。人間としてそれはおかしいと、認識するのである。

ちなみに、こうした隷属という意味での帰属意識は、過去の時代においてのみ見られるものではない。二〇一五年に明らかとなった東芝の税引き前利益一五一八億円の水増し事件は三代にわたる社長の指示によって、社員たちがその帰属意識によって是非もなく隷従した結果ともいえる。

また帰属意識は企業社会でのみはたらく現象ではない。家族にはじまり学校、地域、利益団体、国家、党派、軍隊など人の集まりを単位とするところではどこにも出現する。ナショナリズムごとき典型はいうまでもなく、二〇一五年七月に衆議院で強行採決された憲法違反が疑われる安保法制において、三分の二もの議席を占める与党議員のほぼ全員がなんら異議もとなえずに賛成した出来事も、この隷従する帰属意識のなせるわざといってよい。

帰属意識の最たる特徴は「思考停止」である。安保法制での与党議員の思考停止は「集団的思考停止」といってよく、日本が太平洋戦争を起こしたときの大政翼賛会を彷彿とさせた。帰属意識には、上の者の指示や決めたことに何も考えずに従って行動してしまう、幼稚で、愚劣で、無責任な習性がともなう。また異論を排斥、弾圧する性向も強くひそむ。その点で危険な精神構造といえなくもない。行き着く果ては言論封圧の全体主義でもあるだろう。

森村誠一はこの『大都会』でサラリーマンの帰属意識を取り上げたが、その視点を社会や国家や宗教におけるそうしたことにまですでに敷衍して見据えていたことは、のちのちの作品が示している。

森村誠一のサラリーマン体験

森村誠一はそうした認識をみずからの体験で持つにいたった。

昭和三十三（一九五八）年に青山学院大学文学部英米文学科を卒業した森村誠一は、希望していた日本交通公社やマスコミに職を得ることができずに、あきらめて新大阪ホテルに就職した。以来十年にわたって、自分には不向きと自覚しながらも、大阪グランドホテル、都市センターホテル、昭和三十九（一九六四）年にはホテルニューオータニと、ホテル業界でサラリーマン生活を送った。ホテルニューオータニは東京オリンピックに合わせて開業した超高層ホテルで、その前例のない規模に惹かれて、みずから売り込んでの転地だったが、そこで人間や社会の現実をあらためて思い知らされる体験を積み上げることにもなった。

象徴的なエピソードがある。森村誠一は入社式に際して、代表して入社の言葉を述べることになった。そこで、一週間かけて練り上げた原稿を持参し、入社式に臨んだ。ところが人事課から出来合いの原稿を渡され、それを読むように命じられた。やむをえずそれを朗読したが、そこには「社長の意を体し、社業の発展のために粉骨砕身する」といった大時代な文言が並んでいた。そのときの社長の訓示も輪をかけて噴飯もので、「学校へ行けば月謝を取られる。食事でめしを食えば金を取られる。洋服を仕立てても金がいる。ところが会社というところは、ただで仕事を教えてくれて、ただでめしを食わせて（給食）、ただで服をくれる。そのうえ月給もくれる」という内容だった。つまり社員の労働を丁稚奉公のようにしか見ていないのだが、新入社員のみならず、ホテル側の幹部までが謹んで聴いていたという。

エッセー「私の遍歴」（『ロマンの寄木細工』所収）では、この話を披露してからこう続ける。

「私はそのときは、彼らも月給の手前の疑似信奉だろうと、自らを慰めた。ところが出勤するようになってから、びっくりした。

――最も尊敬する人は？　――という問いに、「社長」と大まじめに答えるような幹部が実に多いのである。

彼らは疑似信奉ではなく、ヒットラーを崇拝したナチスのように、毛語録を座右銘にする紅衛兵のように、初めて女に惚れた純真な男のように、心底から社長をお慕い申し上げているのであった。またお慕い申し上げなければ、生きにくいような社風になっていた」

このことから森村誠一は、日本の会社というものが、経営トップを頂点にして、下部の社員に忠臣サラリーマンを義務づけるピラミッド社会であることを実感するようになる。「ネジ人間の悲哀」(『ロマンの寄木細工』所収)というエッセーには、そうしたピラミッド社会の非人間性の一例が語られている。

「私はホテルマンの頃フロントで班長をやっていた。フロントは、日本旅館の帳場に当たる部署で、一班七人編成で、四班が回転しながら、約一千室のホテルのフロントを守っていたわけである。

その日の勤務が終わって帰る時、私の直属上司は、

『明日は何人出勤するか』と質問した。決して、

『誰と誰が出勤するか』という問いかけをされたことがない。

その時の私は、能力を要求される特定の個人としてではなく、労働力の単位としてしか扱われていなかったわけである。(略)

人間でありながら、個性も能力も認められない屈辱感は、それを味わった者でなければ

わからない。私は、上司にその問いかけをされる都度、屈辱を胸にきざみ、なんとしても、自分が能力ある個性として要求される分野に転身しようと思った」

人間を一個のネジと同じように社員を労働力の単位でしか扱わないことが述べられているのだが、一方でそのように扱われても一向に意に介さない社員が膨大であることについては、

「社内に、自分の信仰や宗教を強制する馬鹿社長がおり、又それに本気で盲従する馬鹿社員がいるが、これはもはや会社ではなく一種の〝狂信団体〟である。

こういう〝狂信団体〟のほうがまとまりがよく、営業成績もよいというのであるから、いかに会社が個性の強いワンマンとそれに死人のように追従する〝個性喪失社員〟によって構成されているかが、よくわかる。

サラリーマンとは死人と見つけたり」

とエッセー「サラリーマンの抵抗」（『ロマンの寄木細工』所収）で述べ、企業と社員のどっちもどっちの根深い関係への憤りを吐露している。

森村誠一はこうした体験を通して、ピラミッド社会としての企業社会の内実、それを構成する「死人と見つけたり」というしかないようなサラリーマンの帰属意識、またそういう社会で

あるがゆえにまかり通る忠誠心の強要、上に立つ者の傲慢や思い上がりや公私混同、人間性無視、無責任、恥知らず、上下に関係なく蔓延する保身といった、非人間的な論理と行為に目を向けていったのである。

後にたとえば『カリスマの宴』(一九七八)の平社員は、通勤ラッシュの電車で一度乗りあわせた課長に席を譲ってしまったために、以来、毎日席を譲らなければならなくなり、当の課長は当たり前の顔をして、たまたま席をとれなかった日は逆に不快を露わにする。『企業特訓殺人事件』(一九七〇)の新入社員は、研修という名のしごきで死に至らしめられ、『鉄筋の畜舎』(一九七三)の老運転手ともなると、社長一族の轢き逃げ事件の身代わりに自首させられる。それでも彼らは、また家族も我慢しつづける、というように表現されるが、そこまで極端でなくても、事実として高度成長期の多くのサラリーマンが、食っていくためには大なり小なり、そういう立場も許容せざるをえなかったのである。

森村誠一はやがて、このような状況下で虫けら扱いをされながらもなお会社にしがみついているサラリーマンを、「鉄筋の家畜人」あるいは「社奴」と強い言葉で表現するようにもなる。さらには、サラリーマンに非人間的なポジションを強いるこうした関係は、会社社会にとどまらず、人間関係の全般、都市や国家の成り立ちにまで及び、それが日本人の置かれている現実であると、洞察を深めていく。その洞察がしだいに「時代と人間」という大きな視点に集合して、森村誠一という作家を誕生させるのである。

ところで、どんな芸術分野においても、技能を持続できなければプロとはいえない。作家の場合、持続するためには想像力と感性という才能が必要だが、才能があるだけでは観念的になりがちで、行き詰まることも珍しくない。行き詰まらないためには人生経験、社会経験によって想像力と感性が磨かれることが望ましい。なぜなら想像力と感性は人生経験、社会経験に磨かれることによってディテールのリアリティというものを蓄積するからだ。また人間認識、社会認識の眼力も補強する。作家がプロとしての力を持続するには、才能と人生経験、社会経験の両輪が備わっていることが肝要なのである。森村誠一はそうした人生経験、社会経験を、おもに十年にわたるこのサラリーマン生活、ホテルマン時代の体験によって積み上げたのである。

作家への旅立ち

森村誠一は、非人間的環境とみずから認識したピラミッド社会から「なんとしても、自分が能力ある個性として要求される分野に転身しよう」との決意をつのらせ、作家を志すおもいを大きくふくらませていった。

とはいえ、能力ある個性にもいろいろある。いろいろあるなか、なぜ作家かといえば、少年時代からの旺盛な読書経験にもとづく潜在的な憧れがあったこと、また都市センターホテル時代、そこを仕事場としていた当時の流行作家、梶山季之がフロントに預けた原稿をこっそり盗み読むなどしたことが理由にあげられる。そのことが「私の人生に、漠然とではあるが、一つの方向づけをしてくれた」(『ロマンの寄木細工』所収「鉄筋の家畜人」)と自身回顧している。が、なによりも、ホテルでのさまざまな人生体験の結果として得た人間認識、社会認識に導かれたところが大きかったと考えられる。

「新聞記者は事件をリポートするが、作家は時代をリポートする者だとおもっている。どんなに時代と社会の影響を受けないような作家でも、その作品のどこかに彼らの生きた時代と社会が反映しているものである。作者によってその反映の度合いが異なっているだけである」

森村誠一は『森村誠一読本』(KSS出版/一九九八)の「新・生きがい論」のなかでそう述べているが、時代をリポートする者を志すには、時代の真実に触れるという経験が前提になる。時代の真実に触れたことのない者が、時代をリポートすることなど不可能だからだ。森村誠一の場合、ホテル時代に得た人間認識、社会認識が時代の真実として蓄積され、それに導かれて時代をリポートする者、すなわち作家を志すようになったと理解してよいだろう。そして、その志が眠っていた才能を揺り起こし、あたかも潮が満ちるように、森村誠一という作家がこの世に送り出されたのである。

ちなみに志とは夢と同じではない。夢とは彼方の到達点に対する願望である。願望であるから、誰でも、どんなことでも夢に抱くことはできる。夢は能力を問わないし、その実現へのプロセスも問わない。百メートルを走るのに十五秒十六秒かかる者がサッカーのワールドカップにでるサッカー選手を夢みてもよいし、宝くじを当てたいと幸運を祈って当たってからの使い道を皮算用することも自由である。夢とはどこか茫漠としたもので、それゆえに無責任さや虫のよさが根本的に含まれる。大概はいずれ手から離れる風船にすぎない。夢はほとんどの場合、実現できなくて当たり前であり、夢を持てというならば、どこかの段階で夢をあきらめることも同時に教えなければならない。プロの野球選手やオリンピックのメダリストたちは何かというと子供たちに夢を持ちなさいと口にするが、それは自分が成功者だからであって、それを真に受けると人生とんだ寄り道をさせられることになる。

一方、志とは彼方の到達点に対し、その実現を努力によってめざすことだ。百メートルを走るのに十五秒十六秒の走力しかない者がサッカーのワールドカップに行こうとすることを、また宝くじの当たりを祈ることを志とはいわない。志とは実現可能性の最大値へ向かって常に自分を磨きつつ、道を行くことをいうのである。

ではどのように努力するのか。作家の志として持つべき具体的な中身とはどのようなことか。これについては森村誠一自身、ある年の各社担当編集者を集めた忘年会の席で三つのことを述べたことがあるので、それを紹介したい。

一つは好奇心である。これは時代の真実にアプローチする上での原動力だ。世の中や人間のありかたへの日頃からの問題意識と言い換えることもできる。この問題意識を土壌にして、小説の題材、材料が着眼されることにもなる。

つぎに、批評精神である。世の中の出来事やものごと、歴史、古今東西の人物、芸術作品にいたるまで、その正邪、美醜、虚実、意味合いなどを自分の目と頭で判断する力である。人はとかく他人やマスコミの言動に流されがちだが、そういうレベルでまどわされるようでは、時代の真相に肉薄することはできない。あらゆることについて、ことの本質を見抜く力が養われることが望ましい。そのためにはとりわけ、下から見上げる視点が必要であるという。森村誠一は下から見上げる視点をホテルマン時代に養われたといい、「作家の礎石」というエッセーにつぎのように書いている。

「ホテルにはまず多種多様の人間が集まってくる。国籍、人種、年齢、性別、職業、教育、宗教、人生観、言語などを異にする人々が一日単位に去来集散する。毎日、人間万博を看ているようである。しかも、ホテルへ来る客はほとんどが無防備である。

警察やテレビ局や新聞社、劇場などにも人は集まるが、いずれも構えている。デパートには買い物、病院には病気の治療、駅には旅行者と訪問目的が特定している。それがホテルの場合は睡眠、休養、宴会、集会、商用、各種会議、発表会、展示会、研修、冠婚葬祭、また時には犯罪など、さまざまな目的を持った人々が集う。これを迎えるホテルは、就眠、起床から食事、仕事、娯楽、勉強、団欒、また性生活に至るまで、人間の生活諸面にわたって接遇する。

ホテルマンの視角は上から見下ろすのではなく、下から見上げる。人間と人生を観察するにはホテルが最高の場である。そしてホテルマンの視点こそ、作家に必要とされる視点であった」（『森村誠一読本』所収）

エリート意識の視線や偏った価値観からの視点では、正しい批評はできないのである。

志の中身のもう一つは、チャレンジ精神だという。別の言葉でいえば情熱、あるいは生きがいへの強い欲求だろう。決めた目標に対してたとえどんな困難があろうとも乗り越えていく心意気は、車のガソリンのように必要不可欠のものである。あきらめずに挑戦しつづける先にしか、到達点は見えてこない。

そうした好奇心と批評精神とチャレンジ精神がぎっしり詰まった志で作家をめざした森村誠一は、昭和四十二（一九六七）年六月、ホテルニューオータニを退職する。ピラミッド社会と訣別、退路を断ったのである。そして八月、初の長編小説『大都会』を上梓、その後の作家としての道に踏み出したのだった。

もっとも、志とは目的地への到達をもって不要になるのではない。鮫の一種やマグロは泳ぐことをやめたら酸素欠乏に陥って死んでしまうというが、志も同じである。志とは持続することで働く力なのだ。森村誠一はこういっている。

「創作の分野では永遠にゴールはない。一つの作品を完成しても、それはゴールではなく、完成と同時に次なる作品が約束を迫ってくる。完成した作品も完璧とは言えない。作者が完璧だとおもっても、読者はそうはおもわない。また読者が完璧と評価しても、作者が不満なこともある。芸術作品に満点はない。創作の世界に達成はなく、終始道程である。ゴールのない道程を創作者は歩きつづけなければならない。

終わりなき道程をたどる旅行者を前へ導くものは志である。創作者が志を失ったときは、単なる技術屋か、身過ぎ世過ぎのための売文業者や芸人になってしまうであろう」（『森村誠一読本』所収「新・生きがい論」）

森村誠一の作品は、そうした持続する志によって生み落とされてきたわけである。

『幻の墓』が描く復讐

〈青の時代〉の二冊目の長編『幻の墓』（一九六七）もまた、企業競争における弱肉強食の瘴気沸き立つ内容だが、企業のエゴイズムの生贄にされた親の仇を討とうと、あらゆる手段を使って復讐の刃を凄まじくふるう若者たちの姿が描かれている。注目は、森村誠一の「怨念」の視点が繰り広げられている点である。森村誠一は「怨念」を描く作家といわれてきた。その「怨念」の典型が、この作品にこめられている。

若者たちが復讐を計画するにいたる出来事とは、一つは化学工場の爆発事故である。この爆発事故は昭和三十九年六月十一日に起きた昭電川崎工場の事故をモデルにしている。プロピレングリコールの精製所のプロピレンオキサイドタンクからもれたガスに近くの増設現場の溶接の火花が引火、死者十四名を出したものである。作品ではその爆発で死亡した建設会社社長の名城高太郎に責任をなすりつけるかたちで幕引きがなされる。

もう一つは粉乳にヒ素が混入した事件である。モデルは昭和三十（一九五五）年に発覚した森永ヒ素ミルク事件。これは森永乳業徳島工場製造によるヒ素入り粉ミルクのせいで、厚生省調べでも死亡百三十人、患者一万二千人以上の被害が判明するというとんでもない企業犯罪だった。作品ではこちらも工場の一製造部長である美馬竜彦が「個人的思いつきにより、本社に無断で第二リン酸ソーダを乳質安定剤として使用した」ためとされ、その後当の美馬竜彦が泥酔運転で事故死をとげたことから、すべての責任を負わされ、会社は使用者責任を追及されるにとどまって終息する。

物語はその二つの事件があった二年後に、死にながらそれぞれに責任を押しつけられた父親を持つ二人の若者、名城健作と美馬慶一郎が、登頂した北アルプス後立山連峰の遠見尾根で復讐を誓うところから始まる。その情景はつぎのように描写されている。「後立山の鋸歯状の稜線に太陽の下端が触れた。雪をまとった岩壁が血のような色彩で彩られた。西空の茜は東に移るにつれて黄昏の藍に変り、安曇野はすでに蒼茫と暮れなずんでいる。二人は共に落日を見た。四つの瞳の中に四つの日輪が燃えた。それは彼らの全身にたぎるやり場のない怒りを象徴するように赫く燃えていた」

大自然の演出を前に、二人の心は氷の剃刀のように透きとおり、はりつめているようである。邪悪なものは寄せつけない、毅然とした決意がそこからは伝わってくる。復讐には化学工場の爆発事故で名城社長とともにやはり焼死したトラック運転手の娘である梶村紘子と、二人の山岳部の後輩である私立探偵山路四郎が加わり、ターゲットに絞った八人の身辺へ迫っていく。

ところが、いざ復讐が始まると、その方法は邪悪をきわめていく。殺さなくてもよいものを殺し、自分に寄せる恋心を利用して汚辱を与えるなどして、あげくに殺してしまうのだ。ターゲットの最初の一人には梶村紘子が色仕掛けで前穂高岳の登攀に誘い出し、合流した名城と美馬が化学工場爆発事故の実際の状況を聞きだしたうえで転落死させる。二人目の女性には名城が結婚を約束して奥秩父国立公園へ婚前旅行に連れ出して美馬に殺させ、弱みを突いて熊谷まで呼び出したもう一人の男を眠らせ、一緒に車を崖から転落させて無理心中を偽装するというように、情け容赦なく復讐の刃をふるう。

つぎにターゲットとした二人に対しては、その家族に目をつける。彼らの息子と娘が政略結婚すると聞いて、幸い名城健作に好意を寄せているその娘に、梅毒のスピロヘータ菌を植え付けようとする。そのために梶村紘子がわざわざ梅毒に罹っている日雇労働者をホテルに誘い込んで性交渉し、症状が出たところで名城と性交渉、名城も症状が局部に出たところでその娘を旅に誘い、八ヶ岳が見える湖畔の山小屋で体を重ね、スピロヘータ菌のリレーを完成させるのである。

梶村紘子はそれまで美馬慶一郎と二度体を交えていた。それはほとんど強引にされてしまったのだが、復讐へのお礼の意味で許していた。本当はひそかに名城が好きで、心の純潔は守ってきたはずなのだ。ところが、「その愛する人へのはじめてのプレゼントがこのスピロヘータとは。そして愛する男を他の女に重ねさせるために私はこの行為をしている」と思いながらも、憎むべき一族を破滅させるために見知らぬ男に体を与えるのだ。

そしてついには、復讐の名のもとに無関係な一般人に被害が及ぶかもしれない工場爆破を計画する。企業によって父親が虫けらのように扱われたことへの報復だったはずなのに、いつしかそのためには多少の人間が虫けらのように死んでいってもしかたがないと考えるようになるのである。邪悪を憎んだはずの人間が邪悪にとりつかれていくという、ミイラ取りがミイラの図がまさに展開されていく。

これはおかしいのではないか。美馬はなぜそこまで残酷になれるのか。殺人には抵抗がある名城なのに、なぜそれらの犯罪を易々と受け入れてしまうのか。梶村紘子はなぜ毒菌を仕入れるため見知らぬ男とそんなことまでしなければならないのか。まさにふつうの神経からすればおかしいのだが、この作品の眼目はそこにこそある。つまり森村誠一が描く「怨念」の意味がそこに隠されている。

「怨念」の正体

森村誠一が描く「怨念」とは、単なる恨みつらみ、復讐心ではない。恨みを晴らせばそれでよいといったレベルにとどまらない。

ふつうの神経では理解できないような「怨念」の例は、〈青の時代〉五冊目の作品『虚無の道標』にも見られる。

『虚無の道標』（一九六九）の主人公は百貨店に勤める有馬正一という青年である。高度成長時代の企業社会の特徴の一つに社員の盲目的服従という意味での帰属意識があると前に述べたが、この盲目的服従には努力と実績しだいでは下流から上流への出世、いわば下剋上が可能である含みがある。有馬正一はそうした下剋上の精神を疑いもなく受け入れ、いつか自分自身が「雲上人の一人になって、雲上そのものを俺が支配してやる」という「うつ勃たる野心を秘めて会社に忠勤をつくし、結婚もそのための手段でなければならないと信じきっている。しかしその野心は一人の女性、静子の出現によってほころび出す。狙いをつけていた専務の娘から乗り換え、友人で出世競争のライバルでもある松波俊二のセリフを借りれば、「安サラリーマンの娘にほれて折角の黄金のチャンスを握りつぶして」しまうのである。

有馬の選択は、野心のためにほれた女を犠牲にするよりは、ほれた女を妻にするほうが人間らしい生き方だと考えたからである。その一方で有馬は会社の尖兵として、およそ人間らしくない手段で企業利益を追求していく。そして叩きつぶしたはずの相手から思いがけない反撃を食い、さらには上には上がいる大資本に会社がいつのまにか乗っ取られていたに及んで、みずから弱肉強食の餌食となったことを知るのである。

挫折を味わった有馬は、自分のサラリーマン人生に疑いを抱く。そして折しも露見した妻静子の過去の男性の秘密を知るために、相手をみつけ出す「巡礼」の旅をもくろむ。なぜそんなことをするかといえば、自分以前に妻の肉体を蝕んだ男が憎いので、見つけて殺すためだという。降ってわいたような「怨念」である。

有馬はやがて相手の男が大島清という医師で日本山岳会の指導者的存在であるとつきとめるのだが、有馬のその殺意へいたる心の流れは明らかに理不尽である。

結婚前に恋人がいたからといって、「妻の肉体を蝕んだ男」だからといって、殺害をもくろむのは狂気の沙汰だ。男にしろ女にしろ、結婚前に異性にどんなおもいを持ったか、何があったかは問われるべきではない。結婚はそういう過去をいったん清算することでもある。作中にも「それはおよそ人間が人間を怨む理由にはならない。大島と静子との交渉は、有馬が彼女の前に現われる以前のことなのである。それは不貞でも姦通でもない。文字通りの〝大過去〟なのだ。まして性のモラルが低下した今日、有馬の潔癖は理解の域を超える」と記されている。また「煉獄の炎に、好きこのんで灼かれている自分は、なんと救いようのない愚かで偏狭な男であろう」と、有馬は自分でもわかっている。にもかかわらず、妻が結婚前に関係した最初の男を怨んで、さらには復讐せざるをえないとは、どういう神経なのだろう。

それはこういうことではないだろうか。

全身で信じ切っていたサラリーマン人生に挫折したとき、有馬は自己の喪失に直面した。それまでの自分の人生は意味を失い、存在は虚無の霧のなかに溶け出している。自分は何ものなのか。どこにいるのか。虚しい問いかけとともに、彼は無意識のうちにも自分を再発見するための手立てを模索したのだ。

そしてその手立てとして求めたのが、妻が結婚前に関係した最初の男を怨むという行為だったのである。「ほれて折角の黄金のチャンスを握りつぶして」まで結婚した「安サラリーマンの娘」だからこそ、有馬としては妻に完全性を求めたのである。別のいいかたをすれば、有馬は妻が過去に処女を与えた男を怨んで殺すことに執念を燃やすことで、自らの存在理由の復活を果たそうとした。それが彼の「怨念」なのである。

このことから、森村誠一の作品における「怨念」とは、ひとたびなにがしかの絶望に陥った者がめざすアイデンティティ回復への「本源的な情動」、あるいは、絶望の淵に沈んで虚無の闇を前にした人間が自己を復活させるために燃やす「最後の感情」といった意味があると、理解できる。

『幻の墓』にもどって、美馬と名城の行動を見てみよう。

二人は家が隣同士で、中学、高校を通して共に日本中の名だたる山を踏破してきた。大学の山岳部に所属し、ルートが未開発の鹿島槍北壁を「何としても登る」と意欲を燃やしていたさなかに、二人の父親が企業の邪悪な意図によってそれぞれに罪をかぶせられて死んでしまった。名城の母親はそのせいで精神に異常をきたし、美馬の母親もショックから心臓麻痺を起こして死亡する。その結果、家庭は破壊されて一家のささやかな幸福をめちゃめちゃにされ、家族とともにあった自らの人間らしさまで奪われてしまった。「青春の課題」である鹿島槍北壁への登頂も諦めなければならなかった。そこで、自らの人間性を取りもどして、あらためて鹿島槍北壁にアタックできる地点まで、自分たちの人間性を押し返さなければならない。そのための手立てとして求められたのが、復讐という行動だったと捉えることができる。彼らが絶望の淵に沈んだ自己を復活させるためには、何が何でも復讐をやりとげなければならなかった。梶村紘子も死んだ父親の復讐と名城へのひそかな想いをつらぬくために、女性としてのいかなる屈辱にも耐えて、協力を厭わなかった。それが彼らの「怨念」であり、自分という存在を絶望から復活させるための、最後の手段だったのである。

生きがいとしての「怨念」

『幻の墓』の復讐と『虚無の道標』の妻の最初の男に対する殺意を導いた「怨念」は、文字どおり「怨みを晴らす」ために発動した。言いかえれば、滾るばかりの烈しさを帯びた負の生きがいというべきものである。

しかし述べたように森村誠一作品における「怨念」とは、ひとたびなにがしかの絶望に陥った者がめざすアイデンティティ回復への「本源的な情動」、あるいは、絶望の淵に沈んで虚無の闇を前にした人間が自己を復活させるために燃やす「最後の感情」である。その意味でいえば、「怨念」が「怨みを晴らす」方向だけにはたらくとはかぎらない。前向きな情熱として人生を導く「怨念」もあって当然である。

実際、『虚無の道標』の有馬正一は、大島清の殺害計画に失敗したあと、その「怨念」を北アルプス雲の平への新道開発へ向ける。その完成を生きがいにして、ついには十年の歳月をかけて成し遂げるのである。

有馬は大島清に接近して、北アルプスの冬山登山の途中で殺害を実行しようとする。ところが、犯行を止めようと追ってきた妻の静子が遭難して山小屋に運ばれ、有馬と大島の二人が立ち会うなかで死ぬ事態となって機会を逸し、その三カ月後に大島がやはり北アルプスの燕岳北燕沢の雪渓で滑落死したために、有馬の「怨念」は結果を見なかったのである。結果を見なかったその負の「怨念」を、雲の平への新道開発という前向きの「怨念」に逆転させ、生きがいとしたのだった。

〈青の時代〉四作目の長編『分水嶺』（一九六八）にも、前向きな方向性の「怨念」が描かれている。

この作品には短い序章が付いている。昭和四十三年六月半ばの夕刻、一人の女がガス自殺を遂げたこと、同日同時刻に若い母親から夫が行方をくらましたと警察に捜索願が出されたこと、やはり同日同時刻に一人の男が北アルプスの岩壁で転落死したということ。その三件の出来事が無関係ではなく、深刻で哀切な結びつきを秘めていたことは物語の帰結で知られる仕掛けになっているのだが、それらのどの出来事にも同じ一文が、すなわちそれらは大都会では、あるいは山では、「ありふれたことであり、大したことではなかった」と添えられている。一人の女の自殺がありふれたことであり、夫の失踪が大したことではない昭和四十三年六月とはいったいどのような時代なのか。その一文にはやはり、人間一人一人の人間性が軽く扱われている高度成長期の時代状況を見つめる森村誠一の視点が、象徴的にこめられているわけである。

昭和四十三年当時、日本経済は高度成長の持続的な展開のなかにあった。昭和三十九年の東京オリンピックの過熱ぶりが一気に冷え込んで、戦後最大といわれた山陽特殊鋼の倒産や山一證券が経営危機にみまわれる昭和四十年不況をのりこえ、昭和四十二年以降の輸出の急増も加わり、順風満帆な足どりを保持していた。昭和四十二〜四十四年の三ヵ年度の実質国民総生産は、じつに年率一三パーセント、いわゆる「いざなぎ景気」と命名された五十七ヵ月におよぶ好景気の真っただ中にあるのが、昭和四十三年である。この年、八幡製鉄と富士製鉄の大型合併が実現、新日本製鉄が誕生し、十二月には三億円事件が起こっている。

しかしマクロとしての経済の順調な発展とはうらはらに、追いつけ追いこせ一本槍の成長市場主義がもたらした「ひずみ」もまた顕在化し、さらに進行するのもこの頃である。「ひずみ」の代表格、公害はすでに昭和三十八年頃からいわれ、水俣病やイタイイタイ病の凄絶な病苦が明らかにされている。また企業活動に従事するサラリーマンがよぎなくされてきた、強要される隷従という「ひずみ」も、一つの社会現象を生みだしていた。モーレツ社員を模範とする企業倫理についていけない者のなかには、会社のみならず家庭をも捨てて失踪するケースが頻発したのである。いわゆる「蒸発」である。

海外に目を向ければ、ベトナム戦争がアメリカ軍の本格参戦により泥沼の様相を呈するなか、米国内の反戦運動と大統領選挙がからんで三月にジョンソン大統領が北ベトナムへの空爆いわゆる北爆の一部停止、十月に全面停止を決めるが、戦局はまだ拡大に向かっていたというのが、昭和四十三年である。まとめれば昭和四十三年は、日々を生き抜くだけで精いっぱいだった戦後の日本人が、前に述べたが昭和四十二年の総理府『国民生活に関する世論調査』でサラリーマンの九割に近い家庭が中流を意識するまでになったとあったように、高度成長の恩恵で豊かになり、一方で経済成長の「ひずみ」が認識されはじめたが、ベトナム戦争など世界の動きには国民一般はほとんど傍観しているに等しかった、そんな時代といえるだろう。

『分水嶺』はその、国民一般がほとんど傍観しているに等しかったベトナム戦争を背景にストーリーが構えられている。主人公の一人、秋田修平はヒロシマの被爆者で、原爆病で死んだ父親の遺志をついで医者になり、「日本労災防止協会」の中央診療所に勤務して、職業に由来する症例の究明にあたっている。しかし自らの身も原爆病である白血病に冒されているとわかって、残り二年とみずから判定した人生の「短い滞在期間」をどう過ごすかで迷っている。愛する女性が身をまかせようとしても、余命がない自分には責任がとれないことをおもって、それを退けてしまう。もう一人の主人公で秋田の友人である大西安雄は、極秘に軍需物資を生産している「日本化成」の中央研究所に勤め、みずから開発したナパーム弾の米軍からの大量受注に成功して、社長賞を受ける。大西は化学者として研究の成果が認められることとの喜びを優先し、ナパーム弾がベトナム戦争で多くの人命を奪うことにおもい至らないばかりか、新たに米軍向けに精神ガスの研究を進めるため、清里の秘密工場に赴任する。その研究に従事した労働者が、吸引したガスで精神に異常をきたして「日本労災防止協会」の中央診療所に送りこまれてきたことから、秋田が大西の研究を知るところとなり、大西を咎めるが、大西は聞く耳を持たず、かえって人体実験用の妊婦と病人の調達を急ぐのである。

秋田は病状がいよいよ進むなか、妊娠した妻が自分をアメリカにやって治療させるために一千万円で大西の人体実験に応じようとしていることを知り、そこまで自分のことを心配してくれる妻に何も残してやれないまま死ぬことに絶望を覚え、今度は自分が実験材料になることを大西の会社に申し出る。

秋田のその行動には、妻に一千万円を残して夫としての責任を果たすとともに、みずから精神ガスの実験材料になることで大西にデータを残してもらい、治療法に役立ててほしいという切実なおもいがかかっている。死という絶対的な絶望を前にして、そうすることが夫として、研究者としての存在証明になると、強く信じたのである。つまりこれも、復讐や殺意の意志といった負の生きがいへ向かうものではないが、ひとたびなにがしかの絶望に陥った者がめざすアイデンティティ回復への「本源的な情動」という意味で、「怨念」なのである。秋田はその、悲痛だがある意味前向きな「怨念」によって、虚無の闇に挑んだのである。

「怨念」のゆくえ

森村誠一が描く「怨念」には、述べたように負の生きがいとしてはたらく場合と、前向きな生きがい、あるいは情熱を導く場合とがある。では、それらの「怨念」ははたしてどんな結果を見るのだろうか。

『幻の墓』では、ついには無関係な人にまで被害が出るかもしれない工場爆破を計画するなかで、名城は敵方に捕まって父親の事故死の真相を告げられる。じつは、大爆発事故を起こした石油化学工場と毒乳事件を起こした物産会社の経営者はたがいに経営権をめぐって対立していた。そこで相手の追い落としのために、毒乳事件は美馬の父親が言い出して起こし、工場の爆発事故はもともと名城の父親も加担しての計画だったが、手違いがあって名城の父親も火に巻き込まれてしまったのだった。美馬の父親も、名城の父親も、事件と事故の責任を背負わされて死んでいったのではなく、まさに責めを負うべき張本人だったのである。

復讐に根拠がなかったことを悟らされた名城は、二本の短刀が胸に刺さった体で美馬たちが助けにくるのを待ち、ようやく来た美馬に真相を伝え、工場爆破の計画を未然に防ぐように言ってこときれる。しかし名城の願いもむなしく、間に合わずに工場は爆発する。美馬はそのまま行方をくらまし、かつて名城とともに「青春の課題」とした鹿島槍北壁への冬山登山をくわだて、登頂には成功するが遭難死する。名城と美馬の「怨念」はただ無意味に終わったのである。

『虚無の道標』の有馬正一は、妻の最初の男である大島清の殺害計画に失敗したあと、その「怨念」を北アルプス雲の平への新道開発へ向ける。資金を工面し、山小屋経営者、善助の協力を得て、大学山岳部の無責任な行動や身内の離反、山道や吊り橋は「山の起源からついているもの」とおもっているらしい一般市民や無理解なマスコミ、造林署による利権奪取などに邪魔され、頼りの善助に遭難死されながらも、十年をかけて開通させる。さらには大雨で流されてしまう丸太橋から吊り橋への付け替えを進めるが、隠していた病気が一気に現われ、夢遊病者のように吊り橋をかける予定の川に入って激流にのまれ、命を落とす。そこまで渾身の情熱で完成を見た新道だが、三年後、有馬のかつての友人で出世競争のライバルでもあった松波俊二が雲の平へのロープウェイを建設し、新道はたちまち色あせてしまうのである。有馬の「怨念」は完成という意味では実を結んだが、本来めざした登山者のための用途としては意味をほとんど失ったのである。有馬の情熱の尊さを理解する善助の娘がロープウェイからやがて消えてしまう新道へ石楠花《しゃくなげ》の花束を投下して、その虚しさを表現するところで作品は終わっている。

『分水嶺』の秋田の「怨念」はどうだろう。

秋田が自ら精神ガスの実験材料になったのは、妻に生まれてくる子育てのための資金として一千万円を残すこと、大西にデータを残してもらい治療法に役立てることが目的だった。それが夫として、研究者としての存在証明になると信じたのである。そうして秋田は実験の途中で死んでいったのだが、大西はその事実を知っておどろき、ようやく目がさめて、製造し貯蔵してあった精神ガスの放棄をはかる。しかしガスの放出には成功したものの、その際ガスを吸って狂人と化し、普段着で北アルプス穂高岳へ向かい頂上直下から転落死する。秋田の妻のほうは、夫が死んだことに絶望して自殺してしまう。結局、大西を死なせてしまうという別の悲劇を招き、秋田が「怨念」にこめた研究者としての願いとは異なる結果になったばかりか、妻に残したはずの一千万円も、妻の死によって無駄に終わったのである。

このように『幻の墓』『虚無の道標』『分水嶺』の主人公たちが抱いた「怨念」は、それが復讐や殺意といった負の生きがいとしてはたらくにせよ、前向きの生きがいを導くにせよ、無意味に、無駄に終わる。いかなるいい結果も見ない。

これは単に物語上の趣向ではない。「怨念」がどんなに滾るような烈しさを帯びた感情であっても、それが個人的なものであるかぎりは、高度成長期企業社会にあっては抹殺されてしまう、「個」はつぶされてしまうという、当時の森村誠一の時代認識、社会認識がそこに表現されているのだ。高度成長期企業社会においては、「怨念」もまた徒花となってはかなく散っていく宿命だったのである。

森村誠一の「怨念」

〈青の時代〉三作目の長編『銀の虚城』（一九六八）について、最後になったが見ていこう。

この作品は森村誠一が十年にわたって籍を置いたホテル業界が舞台になっている。東都ホテルという業界第一位のホテルに就職した主人公は、各部署につぎつぎに異動させられて職人気質の先輩社員にさんざんしごかれたあとに社長室に呼ばれ、いったん大学にもどって改めて近く開業するホテル大東京に就職するように命じられる。ホテル大東京は東京オリンピックに合わせて建設される東都ホテルの客室数をはるかに上回る規模のホテルで、それによって東都ホテルは業界一位の座を奪われてしまう。それに対抗するためにそれを上回る別館を建設する予定だが、その完成はホテル大東京開業の三年後になる。そこでその三年間をホテル大東京にもぐりこみ、評判を落とす工作をしてほしい、東都ホテルに戻った際の昇進は約束する、というのである。

主人公は命令に従い、潜入したホテル大東京でわざと予約客をダブらせて混乱を引き起こし、国際会議のさなかに従業員に赤痢を集団発生させるなど、さまざまな工作を成功させる。そしていよいよ東都ホテルにもどることになり、ホテル大東京に辞表を出して退職、東都ホテルへ意気揚々と出社する。ところが工作を指示した社長が直前に死亡、ホテル自体も外国資本に乗っ取られていて、その結果、そうした工作の存在は誰の知るところでもなくなっていた。主人公は冷たく追い返され、ネオンのきらめく夜の街へむなしく放り出されるのだ。

この作品で描かれているのも、高度成長期の企業間での弱肉強食の争いとそれに巻き込まれて、悪いことでも平気で行なってしまう社員の姿である。なんのためにそんなことをするのかといえば、会社のためである。逆にいえば、会社の命令なら、否が応でも社会的な倫理観、個人的な善悪判断を超えてその命令に従属せざるをえないサラリーマンの姿が浮き彫りにされているのだ。

もっとも、この主人公は『大都会』の三人のように怨みを胸に企業社会の片隅で惨めに生き残りをはかったりはしない。無職となって世の中に放り出されたところで、物語はぷつりと終わっている。「怨念」は描かれていない。しかし、この作品の秘密はそこにこそあるといえるのだ。

作品はもちろんフィクションである。だが、描かれたホテル業界の細部は森村誠一が身をもって得てきたものを基としている。森村誠一がホテルマン時代にどのようなサラリーマン体験をしたかはすでに述べたが、そうした体験のなかでのホテルマン時代は、実際、森村誠一にとって毎日が絶望の日々であった。大学を卒業して新大阪ホテルに就職したときのことが『ロマンの寄木細工』所収のエッセー「私の遍歴」にこう記されている。

「三十三年三月勇躍して、トランク一つもって大阪へ行った最初の日に、いきなり、フロントへ立たされた。最初の仕事は鍵の受け渡しである。滞在中の客は、外出時にフロントへキーを預けていく建前になっている。

それらの客のために、キーをボックスから入れたり出したりしてやる役目だった。人間的な思考判断の要らない白痴的作業であるが、うっかり渡しまちがえると、えらいことになる。

私は一日でいやになってしまった」

一日目にしていや気がさしてしまったのだが、「職場に幻滅したからと言って（東京に）帰れるものではない。そのホテルを志望する同学の後輩のことも考えなければなかった」ため、とにかく一年間辛抱して、その後千代田区の平河町にオープンした都市センターホテルへの転任を志願して東京へもどってきた。しかし東京に帰ったからといって、一度いや気がさしたホテルマン暮らしに、希望が見えたわけではなかった。「私の遍歴」には続けて、こうした言葉が連ねられている。

「ホテルの仕事にまったく興味も情熱も喪失していた私は、さりとて、他になにをするべきかわからず暗中模索していた」

「私はそこから抜け出したくてうずうずしていたから、フロントの〝受付機〟になって、自分の人生の最も実り多い部分を失っていくことにたまらない焦燥と虚しさを覚えた。

都市センターホテルのフロントに立っていると、玄関ドアをすかして、外景が青っぽく見える。ドアのガラスも青かったが、周囲に緑も多かった。

夕暮れどきには、そこに夕日があふれるようにさし込んできて、光に照射された水底のように見えた。

そんな中にじっと立って出入りする客の応接をしていると、なんだか自分がその緑の中で静かに朽ちていくような気がした」

「辛いというよりは、自分が生きているという気がまったくしなかった」

昭和三十九年にホテルニューオータニに移籍しても、フロントに立っているときに抱いたそうしたおもいは変わることはなかった。森村誠一が折り折りに口にした言葉を借りれば、「足元から腐っていくような」そして「立ち腐れていくような」屈辱と挫折のおもいを、わずかも消し去ることができなかったのである。そして次のように自分を分析する。

「私は当時、自分のことを、鉄筋の畜舎に幽閉された家畜人だとおもっていた。それがどんなにいやであっても、自分の人生の本質に反する生きかたであっても、とりあえずそれ以外に生きる場所がなかった。

サラリーマンの悲劇は、会社に己を見出すことができなくとも、そこが〝単一収入源〟であるということである。

どんなにいやであっても、それ以外の場所に自分の生活の資を得られないとなれば、そこにしがみついていなければならない。

おてんと様と米のめしはどこに行ってもついてまわる式の楽観的な度胸は、サラリーマンにはない。安月給ながら、ホワイトカラーの団地の2DK的な安手の文化的生活に、野性を去勢されてしまうのだ。

私もその例外ではなかった。畜舎の囚人として、死んだようになって出勤して行きながら、私は、そこから飛び出す勇気が出なかった。

長い期間つづけた職業というものは、そう簡単にやめられるものではない。身軽な独身であればとにかく、私には家族があった。生まれたばかりの子供もいた。

ここは自分の属すべき世界ではないと知りながらも、自分を枉げてそこに耐えなければならない人間にとっては、毎日が挫折と屈辱の堆積である。

自分の求める世界が、どこにあるかわかっている場合は、まだ救いがある。そこへ向かって脱出の努力ができるからである。

だが、属すべき世界がわからない。わかっていることは、ここが自分の世界ではないという事実だけであるときは、絶望しかない」


森村誠一はホテルマン時代の九年余というもの、まさに絶望の淵に沈んで虚無の闇をさまよいつづけていたのである。そして、そこから自己の復活を求めて作家をめざしたのだった。そのことを考慮すれば、『銀の虚城』の主人公には直接「怨念」は描かれていないものの、じつは作者自身の「怨念」がここには秘められていると考えてしかるべきだろう。

主人公が無職となって世の中に放り出されたところで終わっているのは、この作品が書かれた時点で、作者自身の「怨念」がどこへ向かうのか、まだ作者自身にもわかっていないからである。自身のそのときの心境に重ね合わせて、これからどうなるのかと未来を見つめている姿が、結末に投影されているのだ。そして、その秘められた「怨念」ゆえに、この作品は、森村誠一がホテル業界に見切りをつけ、あらたに作家の道をめざす決意の書ともいい得るのである。

ホテル業界の内情をここまで暴露したからには、二度とホテル業界にはもどれない。また当時としてはまともな別の職業に再就職するには容易でない年齢にもなっていた。おのずとこの作品をもって退路を断ったのである。題辞に「ホテル商品たる客室は一夜毎に腐る。テレビや自動車のような有形商品と異なり、今日売れなければストックして明日売ることが出来ない。今日売れなかった今日分の客室は永久に売り損なったのである。それは一日で生命を終る蜉蝣のような商品である」という一文が掲げられているが、「一日で生命を終る蜉蝣のような」生き方ではなく、「自分が能力ある個性として要求される」生き方を求めるのだという意気ごみを暗に宣言している、ととれる作品なのである。

このように、〈青の時代〉の五本の長編作品は、森村誠一が高度成長期企業社会の非人間的な体質と、「怨念」というものへの問題意識を厳しく見すえるとともに、自らも「怨念」をもって作家をめざすことの決意を示した一群だったということができる。そしてこの問題意識は、その後の森村誠一の長短編作品に、表面的にも底流としても、脈々と消えずに引き継がれていくことになる。

そうした重厚な前走をへて、満を持し、次の地平に向けて撃ち込んだ弾頭が、江戸川乱歩賞に応募し、受賞作となった『高層の死角』なのである。

第二章　本格推理小説への挑戦

戦後ミステリー界の流れ

戦後日本のミステリー史を俯瞰すると、ある一編の新作の出現が、ひとつの時代を花開かせ、その栄えへとみちびいた流れが見られる。流れとは無縁に孤高の天守を築いた作家もむろんいるが、はるかな後年、時間の砂に埋もれた大地の掘り下げをこころみれば、新たな地層の始まりとしての洪水がくっきりと見いだされる、そうした流れの起点となった宿命的な作品というものが存在する。

具体的には、横溝正史の「本陣殺人事件」（一九四六年三月～「宝石」連載）、松本清張の「点と線」（一九五七年二月～「旅」連載）、そして森村誠一の『高層の死角』（一九六九年八月刊）、島田荘司の『占星術殺人事件』（一九八一年十二月刊）、京極夏彦の『姑獲鳥の夏』（一九九四年九月刊）が該当する。

先に森村誠一以後の二人について簡単に述べると、『占星術殺人事件』は、島田荘司が、幻想性を重要条件とする理論武装で本格推理の新たな地平にいどみ、平成本格派といわれる綾辻行人、二階堂黎人、歌野晶午、摩耶雄嵩、法月綸太郎ら一群の作家の輩出、ムーブメントをリードした。

『姑獲鳥の夏』は京極夏彦がその特異な博識を駆使して追随不可能な怪談ミステリーを構築、岩井志麻子、鈴木光司、瀬名秀明、朱川湊人らによる後続作など、現在にいたるホラー小説ブームの引き金ともなった。

不思議というかそういうサイクルなのか、やはり偶然であろうが、これら作家の引き起こした洪水はおよそ十二年周期で起こっている。

『本陣殺人事件』は横溝正史がこれによって名探偵金田一耕助を誕生させ、戦後、推理作家として再出発した作品である。金田一耕助を主人公とする長編作品群は、日中戦争、太平洋戦争が敗戦に至ってもたらされた秩序や価値観の混乱のなかで、新たな黎明を前にする闇のおののきを表現してみせた。禁忌をもとりこんで信じもし誇りもしたはずの論理と行動、家格や人々の上下尊卑を決めていた根拠がうつろと化したとき、それら戦前の生き方をいかに戦後に適合させていくのか、おぼつかない石橋を渡るしかない切実な現実がふまえられている。そのような時代性の「崩壊感覚」とそれにともなう滅びの「美幻想」に、横溝正史の視点はあった。その視点を土台に、その魅力で、戦争で途絶えていた江戸川乱歩以来の黄金期といわれた大正・

昭和本格の復活、あるいは黄金期〝最後の光芒〟の担い手となり、大御所たる江戸川乱歩、日影丈吉、木々高太郎、高木彬光、鮎川哲也らの活躍、また新たに創刊された雑誌「宝石」を通して本格ミステリーの優れた中短編作品が輩出する流れをつくったのである。

松本清張は「或る『小倉日記』伝」で芥川賞を受賞したことで明白なように、本来は純文学の書き手である。しかし試作的に書いたとされる短編「顔」（「小説新潮」一九五六年八月号）その他で翌年、第一〇回探偵作家クラブ賞を受賞するにおよんだことから本格的にミステリーの世界に身を移し、「点と線」連載の筆をとったのだった。『点と線』およびその後の松本作品の視点は、太平洋戦争敗戦後のGHQによる占領統治、サンフランシスコ講和会議で沖縄などを除き主権を取り戻した日本の政治体制下における社会的な人間疎外の現実と、庶民の物質的、精神的な「飢餓」に置かれた。飢餓とは復興経済期以来の食べていけないほどの貧しさと、生きている意味への耐え難い心の渇きと言い換えてもいい。救いの手がさしのべられることはない、かつがつに生きる者たちの喘ぎを見据えて、そこに戦後という疎外のシステムが吐き出す悪を投影させたのだった。その作風は、従来の探偵小説の創作上の遊戯的な題材としか認識されていなかった犯罪の特異性を、身近な時代状況のリアリズムへ解放し、かつ犯罪の関与者たちの人間的現実を示すことを可能にした、と評価された。そのことで、作風に同調する作家が相次いで、「社会派推理小説」の流れがいっきょに起こり、たちまちミステリー界の流行となって、有馬頼義、結城昌治、陳舜臣、三好徹らの活躍を掘り起こすことになった。

この社会派推理小説の流行は、明治維新後、西洋文明の洗礼をうけてつちかわれ、綿々と展開されてきた近代文学の考え方、おおまかにいえば一つには「リアリズムで人間を描く」主義、そして人間の属性である知性（理性）、情念（感情）、意思（個人の考え）のうち「知性を情念と意思よりも上位の価値として、それを表現する」主義が、ミステリー界に進出した出来事ととらえることが可能である。

というのは、日本のミステリーはそれまで、日本の文学界の主流からは一段格下と位置づけられてきたことと無関係でないからである。

推理作家としても加田伶太郎の筆名をもつ福永武彦は、一九六二年の新聞に掲載されたエッセーでこう述べる。

「推理小説の被害者は『物』にすぎない。これがもし『人間』であれば、たとえ吹けば飛ぶような存在でも、そこに人間的現実が、従ってまた運命が、示される筈だ。ディケンズの小説でもバルザックの小説でも、しばしば犯罪が扱われるが、そこには風俗的に水平に展開して行くものがある以上、悪人の異常な心理を追って、垂直に下降して行く何かがある。（略）そこのところを摑まない限り、推理小説は風俗小説のただの平べったい模造品にすぎないだろう」

つまり、推理小説は被害者といえども「物」にとどめず「人間」として現われてくるような、そして悪人を描くならば風俗的な水平の展開に加えてその心理をも追い、人間存在そのものに迫るような垂直の展開をクロスさせるのがよい、それが推理小説の理想だ、というのである。せんじつめれば「人間を描く」べきであると主張しているのであって、近代文学の考え方を、ミステリーにたいしても提示したまでのことである。推理小説も近代文学であれ、といったわけで、そこでは江戸川乱歩も横溝正史も論外に置かれている。近代小説を主流とする当時の文学界のもとでは、江戸川乱歩も横溝正史も「風俗小説のただの平べったい模造品」としか評価されず、無視を決めこまれている。

『不連続殺人事件』の著者である坂口安吾は、文芸誌「新潮」一九五〇年四月号掲載のエッセー「推理小説論」で、

「推理小説というものは推理をたのしむ小説で、芸術などと無縁であるほうがむしろ上質品だ。これは高級娯楽の一つで、パズルを解くゲームであり、作者と読者の智恵くらべであって、ほかに余念のないものだ」

と書いている。坂口安吾はここで一貫して、推理小説とはトリックの新発明が主要な課題であり、作者がつねに新しい工夫と新トリックを考案し読者に挑戦するところに妙味があると説

いている。しかしそれは「ヒョイヒョイと卵を生むようなワケにはいかか」ないから、「どんなに濫作しても、謎ときのゲームに堪えうるだけの工夫と確実さを失わない作家」のみが、根っからの天分にめぐまれた推理作家と呼ばれうるのだといい、それに値する者としてアガサ・クリスティとエラリー・クィーンを挙げ、日本では横溝正史を抜群とたたえた。要するに坂口安吾は、ミステリーとは謎ときのゲーム、知的な遊びであるととらえ、それ以上、あるいはそこから超えるものを求めなかった。言葉をかえれば、その程度の表現ジャンルでよいといっているわけで、やはり主流の文学とは区別している。横溝正史を抜群とほめてはいるものの、あくまでもトリック・メイキングの天稟についてであり、横溝作品の特徴である幻想性など他の面については異端のものとして、評価の対象外であった。

坂口安吾のみならず、江戸川乱歩や横溝正史への異端視は、当時の文学界の常識だった。戦前に泉鏡花が異端視されたと同じ理由によっている。何かといえばいうまでもなく、彼らが怪奇性や幻想性を、すなわち知性ではなく情念の世界を表現対象としているからである。吸血鬼や蜘蛛男というまるでサーカスや見世物小屋から連れてきたような素材、落武者伝説や手毬歌といったフォークロアをつかった道具立てを、忌憚なくあつかっているからである。そのようなおどろおどろしい仕立ては、「リアリズムで人間を描く」主義と「知性を情念と意思よりも上位の価値として、それを表現する」主義を信奉している者の目には、無意味な夾雑物としか、むしろ小説を冒瀆する俗醜としか映らなかったのだろう。ちなみにこの二つの主義に「散文における芸術性への指向」という主義をくわえると、それが純文学である。

そういう一方的な常識がまかり通っている時代のミステリー界へ、芥川賞作家である松本清張が参入してきた。その作風は、散文における芸術性の指向が満たされていたかどうかは別にして、述べたように、創作上の犯罪の特異性を、従来の探偵小説の遊戯的な題材としてではなく、身近な時代状況のリアリズムへ解放し、かつそれら犯罪に関与する者たちの人間的現実を示すことを可能にしたというものである。それは近代小説の考え方に合致するものであって、すなわち松本清張は近代小説の作家といえた。そのことから純文学への憧憬を身にたくわえていた書き手などの多数がなびいてミステリーの世界に参入、社会派推理小説という一群の創作活動を盛り上げていったのだった。

ところで、そうした近代文学の考え方に固執することに批判的な主張がなかったわけではない。花田清輝は『近代の超克』所収「柳田国男について」のなかで、

「今日の課題は、いたずらにルネッサンス以来の活字文化の重要性を強調することにあるのではなく、柳田国男によってあきらかにされた活字文化以前の視聴覚文化と、以後の視聴覚文化とのあいだにみいだされる対応をとらえ、前者を手がかりにして後者を創造することによって、活字文化そのものをのりこえていくことにあるのではなかろうか。ということは、むろん、活字文化をかえりみないということを意味しない。それのもつ固定性、

抽象性、純粋性、高踏性をもう一度、あたらしい視聴覚文化のなかで、流動化し、具体化し、綜合化し、さらにまた、大衆化するということなのである」

と述べている。ここでいう活字文化以前の視聴覚文化とは、民間説話や民俗の伝承、かたりもの、古い歌謡など、時代が後進性として排した前近代の文化をさし、以後の視聴覚文化とは、映画、ミュージカルなど、そしてむろん活字文化のことである。前近代的な芸術と近代芸術とを対立物としてとらえ、両者をアウフヘーベンするところにあらたな芸術、文化の出現の姿をさぐり、近代の教養主義的価値観を根底から改変しよう、すなわち、近代を超えよ、超近代であれと、挑戦をうながしたのである。そこには、人間のリアリティ、あるいは知性ばかりを活字化することを目標とする近代小説の硬直化への批判、限界への懸念がこめられている。

この花田清輝の視点でいえば、江戸川乱歩や横溝正史の作品世界をいろどる怪奇性や幻想性、見世物的キャラクター、フォークロアの採用は、まさにルネッサンス以来の活字文化以前の視聴覚文化そのものにほかならない。それらは大正デモクラシー時代以降の光と闇が映し出す都市文化の視覚的聴覚的な現実に対応し、あるいは戦後の時代性がひびかせる崩壊感覚と滅びの美幻想に対応して、独自の空間を創造していた。花田清輝が夢みたヴィジョンの完成品とは次元を異にするかもしれないが、それはすでにして超近代といえるのではあるまいか。日本近代文学の主流からは見えなかった場所で、じつは超近代の作品創造はこころみられていた、超近代の作品は生まれていた、といってよいとおもえるのである。江戸川乱歩や横溝正史の作品は、その時代における超近代だった。そしてその超近代は、大正・昭和の本格推理、探偵小説の一群をしたがえて、一時はあざやかに輝いたのである。

しかし先述したように、松本清張という近代小説の作風をもつ作家が、その超近代を烈風で吹き飛ばした。

そもそも近代小説における「リアリズムで人間を描く」とは、どういうことなのか。近代文学の作家たちは純文学系以外の作品を多かれ少なかれ「人間が描けていない」と批判し、排斥しようとしてきた流れがある。しかしリアリズムででも人間を描ききることはできないのではないだろうか。早い話が、人の心はさまざまでしかもどうにでも変わるというのが本性だが、それを作者がどんなに描写しても、結果としてそれは一面の心理にすぎない。人間の普遍的な心理であるとはいえない。純文学系の作品に描かれる人物たちも、所詮は作者が造形したものであって、作者のイメージで理解された人間の姿の範囲内のもの、人間の一面が描かれるにすぎないのである。「人間を描く」という概念はきわめて抽象的なのである。

つまり作品のなかの人物は所詮作者の造形にすぎず、人間の姿の一面が描かれるにすぎないという意味では、じつは純文学系も、ミステリーも、時代小説も、SFも、官能小説も、経済小説も同じである。純文学系はリアリズムで、ミステリーは犯罪を通して、時代小説は歴史という時代性の制約のなかでの生き方を通して、SFは非現実や空想世界を通して、官能小説は性欲と愛の観点で、経済小説は文字どおり経済活動にたずさわる人間たちを通して、人間の姿の一面を描いているのであって、さしたる違いはない。文章表現による創作という同じ地上に立ちながら、目指す山がそれぞれに異なり、山頂への辿りかたが違っているだけである。だから本来、純文学にたずさわる者が経済小説はくだらないとか、ミステリーにかかわる者が純文学こそくだらないと反目しあうことに意味はない。どのジャンルも作者が作中に造形した人物を通して人間を描いていることに大差はないのである。

にもかかわらず、純文学系以外の小説が「人間が描けていない」と殊更いわれてきたのは、近代文学が情念や意思よりも知性を人間性の優位と考えてきた、逆にいえば明治以降、西洋文明の影響下で情念や意思は人間の属性として下等であると意識するようになった傾向と無縁ではない。知性を表現することが上等で、それが「人間を描く」ことだとの認識から、そうではない表現にたいして卑下する意味で「人間が描けていない」という言質が始められたと考えてもあながちまちがいではあるまい。泉鏡花はそれで「人間が描けていない」ことになってしまった。

それがいつしか、近代文学にかかわるそうした意識とは無関係に、作品を一刀両断できる悪口の表現として安易に使われるようになったのだろう。

もっとも、近代小説の作風を継ぐ作家である松本清張は、「私はなにも推理小説が文学的にならねばならない、と決めたことはない。文学になれば、これ以上はないが、なにもそう規定することはない」(『黒い手帖』)と必ずしも自分の書き方がすべてだとはいっていない。社会派推理小説の流行は、松本作品を評価し同調した書き手たちが、その作品群を中心に集まるかたちで展開したものであって、松本清張が呼び集めたわけではない。しかし新聞の文芸メディアや出版界も流行に染まって支持しつづけたために、結果として社会派推理小説以外はミステリーではないとする風潮が固定し、トリックの構築を本領とする本格推理の現役作家にとっては暗く長い休眠状態を余儀なくされ、しだいに低迷して、鮎川哲也をして「社会派にやられた」と嘆かせることになったのだった。

突破者としての森村誠一

では、森村誠一の『高層の死角』はどのような意味で画期的だったのだろうか。まずは少し詳しく作品内容をたどってみたい。

物語は冒頭、東京オリンピック後のホテル戦争の様子が、パレスサイドホテル社長の久住政之助と、東京ロイヤルホテル社長の前川礼次郎の対立を通して語られる。二つのホテルは共に超高層ホテルである。久住は集客競争に勝つために、米国最大の航空会社傘下の旅行業者と業務提携の実現を図っていたが、ある朝、居室として使っている三十四階のセミスイートの寝室で刺殺体となって発見される。セミスイートは応接間と寝室が組み合わされた構造で、ルームキイは完全自動式のため外からは開けられない上に、応接間と寝室との間の内扉も同じキイで特殊な回し方をしなければならない。キイは秘書の有坂冬子が帰り際に応接間のテーブルに置いて帰ったのをメードキャプテンが目撃しており、それが寝室に置かれてあったことから、またホテル内の合鍵は一切持ち出されてはおらず、米国製の特殊な鍵のために複製が不可能であることからも、現場は〝二重の密室〟の状況だった。秘書の有坂冬子が一番に疑われたが、彼女には捜査に当たった警視庁村川班の一員である婚約者の平賀刑事とその夜、朝までベッドを共にしていたという鉄壁のアリバイがあった。しかしその鉄壁ぶりにかえって疑いを濃くした平賀は、自分がアリバイ工作に利用されたかもしれないと、怒りと執念でキイの謎に挑み、ついにからくりを解き明かす。それは、社長の居室キイと有坂冬子が秘書用に使用していた隣室のキイのタグ（鍵札）を、丸い環のつなぎ部分をペンチ状の工具で開いて取り換え、社長の居室キイのほうを殺害犯である第三者に渡したというものだった。

有坂冬子に逮捕状が発せられ、指名手配された。しかし彼女は福岡市内の博多グランドホテルの一室で、毒物死させられ、トイレの便器に頭を突っこむ姿で発見される。福岡へ出張した平賀刑事は福岡県警の上松刑事から、彼女が待ち合わせた男性と性交渉したあとに殺害されたこと、便器内に浮いていた紙片に「内申、縮、男国男、秋、光、しく、わりたく、情、テル、約」と読み取れる文字が書かれてあった事実を教えられて帰京した。その後この文字は結婚式の案内状の文面であろうと判明、有坂冬子は男を待ちながら文案をねっていたが、殺されると悟ってなお犯人をかばうために便器で流そうとして息絶えた、それで頭を突っこんでいたと推理された。残された文字から犯人は国男という名前であり、どこかのホテルで挙式しようとしていたとわかり、しかし、式場予定のホテルは突き止められたものの、男の具体的な消息はつかめなかった。

二つの事件にホテル事情が共通していると気づいた平賀刑事ら捜査陣は、京浜地区のホテル従業員のなかから国男という名前の男をすべて洗い出し、東京ロイヤルホテルの企画部長で、社長の三女と結婚が決まっている橋本国男に疑いをしぼった。東京ロイヤルホテルはパレスサイドホテルが米国最大の旅行業者と業務提携しようとする動きを封じたいライバルのホテルであることから、久住社長殺害の動機もあった。対して橋本は、有坂冬子が福岡で毒殺された日、新東京ホテルにこもって急ぎの仕事をしていたとアリバイを主張、しかし午前十一時二十四分にチェックインして午後十時五十五分にチェックアウトするまでの十一時間半が空白のため、その間に東京—福岡間を航空機で往復したものと推理された。ところが該当しそうな直行便の搭乗者を、偽名客も含めすべて調べても、橋本らしき人物は確認できなかった。平賀刑事から捜査状況を知らされた福岡県警の上松刑事は、帰路は福岡—宮崎—大阪—東京の迂回乗り継ぎが可能と示唆、乗り継ぎの偽名客の存在が浮かび上がった。ところが同様の手段を想定して秋田や新潟を中継する往路の迂回可能性を調べると、こちらのほうは橋本らしき足跡はまったく浮かばなかった。それでも殺人現場を福岡に選んだのには理由があると考えた平賀刑事は、地図を眺めていて、福岡から延びる青いラインをたどって、それがタイペイへの航空ルートを示すことに気がついた。国際線を利用したかもしれないと調べると、東京から八時十分発のＪＡＬ機でタイペイへ向かい、タイペイからキャセイ航空に乗り換えて福岡へと折り返せば、犯行時間までに現場に着くことができると判明、〝殺人日帰り旅行〟が可能と推定された。

だがそれでアリバイが崩せたわけではなかった。橋本には出入国の記録が残っているにもかかわらずパスポートが申請されていなかったという謎が浮かぶが、これはなんとか解決。最後には、橋本は新東京ホテルに午前十一時二十四分にチェックインし、その際に本人自筆と確認された字のレジスターカードを残しており、それでは八時十分発のＪＡＬ機に乗ることはできないという謎が立ちはだかる。いくつかの可能性を検討すると、代理人の存在しか考えられないという結論に至り、橋本がどうやってレジスターカードを手に入れ、それをいつどこで代理人に渡し、代理人はどのようにチェックインを済ませたかが調査された。ホテルのフロントの配置とクラークたちの作業実態から、事前に書かれたレジスターカードを代理人が疑われずに提出することは可能と判断した捜査陣は、では代理人はだれかに的をしぼった。平賀刑事は、その代理人は有坂冬子のような共犯者ではなく、単に橋本から言い含められて利用された者にすぎないのではないかと推測、該当する一人に当たって、はたして証言を得る。ついにアリバイが破られ、橋本への逮捕状が執行される。

というのが具体的なトリックも含めたあらすじである。ここから『高層の死角』がどのように画期的であったかをさぐると、少なくとも三点があげられる。

『高層の死角』の画期性

一つには、社会派推理の席捲で隅に追いやられていた本格推理の息をよみがえらせたことだ。推理小説は知的ゲームにすぎないとして謎解きのおもしろさを軽視する社会派推理の占領地を、社会派の視点をあくまでも謎解きの醍醐味を追求する本格推理の骨格に取り込むことで、奪い返した点である。

じつのところ、本格推理の低迷の理由は、社会派推理の席捲のほかにもあった。高度経済成長によって、鉄道はSLから電気機関車、ディーゼル機関車、さらに新幹線へと進化し、空もプロペラ機からジェット機へと移って、交通のスピード化が進んだ。また高層ホテルやマンションが林立して、建物の密閉性が高まり、たとえば高木彬光『刺青殺人事件』の風呂場の排水溝の穴に紐を通して密室を作るといった類の手法でのトリックは陳腐をまぬがれない時代となっていた。ではどんなトリックが可能かというと、なかなか容易でないという諦めの気分が本格推理作家の間にくすぶり、密室トリックはもはや仕掛けられないといい切る評論家や作家さえいた。横溝正史などは現実を超えられないからと、執筆を一時断念したといわれていた。その結果、本格好みの読者が待望する新作への期待は萎縮してしまっていた。本格推理の現役作家たちは、社会派推理小説の流行による疎外と、時代に対応したトリック作りへの困難、外と内の重圧にもがいているような状態だった。

『高層の死角』は、本格推理作家たちの嘆きの対象であるホテル、交通機関のスピード化が象徴する最先端の現代社会を舞台とすることで、そうした諦念の壁に挑んだのである。社会派ミステリーの席捲の壁、トリック作りの困難の壁の二つを同時に突き破ってみせたという意味で、森村誠一はまさに突破者であった。

画期的であったことの二つめは、一つめの理由として、社会派の視点をあくまでも謎解きの醍醐味を追求する本格推理の骨格に取り込むことで、奪い返したこと、と述べたが、その社会派の視点を従来の考え方から一歩前進させたことである。

人間の「悪」には、生まれながらに身についている「生来の悪」と、人生をやっていくなかで後天的に身にまとう「醸成された悪」とがある。森村誠一が登場する以前の十年ほどは、「醸成された悪」の視点ばかりが社会的に重視される傾向がつづいていた。その風潮は、戦後復興期日本における国民全般の物質的、精神的な飢餓と、降ってわいたように手にした戦後民主主義思想と人権意識のもとで浸透した「社会悪」の概念によってもたらされたといえる。

社会悪の概念においては、人間は生まれながらに悪人ではなく、「悪」はなんらかの生存の土壌、具体的には貧困、階級、差別、教育や家庭環境といったもののやむにやまれぬ切迫した問題性から形成される、という考えが基本になる。人間性善説に基づくといっていい人間観である。当然の論理的展開として、不当な状況を生じさせ、あるいは放置した政治の責任や社会制度の不備を追及する運びにもなるわけで、そこで登場するのが社会的な理由で醸成された犯罪を厳しく裁くのは正義に反するという概念である。昭和四十三年に起きた連続射殺魔事件、盗んだ拳銃で強盗目的に警備員やタクシー運転手など四人を殺害して翌年四月に逮捕された永山則夫の動機が、育ちが貧しく教育もろくに受けられなかった無知に起因するとして、弁護側は減刑されるべきと主張し、裁判が争われたのは一例といえる。死刑判決を受けた永山自身も『無知の涙』（合同出版）という本を上梓して貧困が自分の犯罪をつくったと主張したものである。

森村誠一の登場前十年は、そうした考えの流れが小説界に反映していた時期にあたる。社会派推理小説の流行である。そのときの社会派推理は「醸成された悪」に視点を置くことで、社会悪をあばくことに力をいれた。半面、「生来の悪」はオブラートがかかったようにしか扱われることはなかったが、読者に受け入れられていた。「醸成された悪」はこの時期の読者の現実感覚に合致していたからで、松本清張という巨人はそうした時代的背景のもとに誕生したのである。たとえば『ゼロの焦点』は戦後売春宿で糊口をしのぐしかなかった女性が後年その過去を他人に知られることを恐れて殺人を犯すが、これは「醸成された悪」として表現されたものである。もっとも、松本清張を除く社会派ミステリーの書き手のほとんどが、そういう考え方は観念にとどめるだけで、現実の社会問題をつきつめて具体化することはせず、風俗的な内容や性愛小説への傾斜に堕しながらも社会派と称していた、という面もあったことは事実である。

しかし日本の社会は高度経済成長を通して大きく変貌した。国民全体が豊かになって、貧困や階級、差別といった社会悪に発したという解釈がまがりなりにもうなずける犯罪は希薄になっていく。その代わりに、さらなる豊かさを求めての欲望と、せっかく得た豊かさや地位を防衛する意味での保身意識が肥大化し、あくどさ、醜さ、下品さ、えげつなさ、恥しらず、非論理、エゴイズムなど「生来の悪」が芽をのばし、増殖して、そこに起因する犯罪や社会の乱れ、人間関係の堕落が目につくようになった。簡単な例では、貧しくて今日にも食べるものがないので強盗をした、だったものが、もっと遊ぶ金がほしいので強盗をする、に変わったのである。

森村誠一はそうした時代の変化のなかで、社会悪は、物質的、精神的な飢餓を背景としてみつめられた概念にではなく、高度経済成長とともに肥大した企業社会、中流の豊かさを身につけたサラリーマン社会における人間関係とともにあるととらえ直し、そのうえで、犯罪は社会悪に誘い出される面ももちろんあるが、より根本的に個々人の欲望や怨念、保身、貪欲といった「生来の悪」によって行なわれることが大きいという視点をとったのである。ふつうに考えれば、犯罪が人間性にも由来する、生まれながらの悪人というのがいるとは自明の理である。森村誠一はそんなことはとっくに知っていて、視点に加えるほどのことではなかったかもしれないが、「醸成された悪」とより比重の高い「生来の悪」をアウフヘーベンする作風をもって登場したことで、社会派の視点を一歩先へ進めたのである。

横溝正史は一九七七年発行の角川文庫版『人間の証明』の解説で、「本格探偵小説は復活するか」というマスコミの質問に、「明治時代尾崎紅葉を中心とした硯友社のロマンチシズムが飽かされたさい、自然主義文学が台頭してきた。その自然主義文学が行きづまってきたとき、新しいロマンチシズムが勃興してきたが、それは硯友社文学への回帰ではなく、多分に自然主義文学の影響をうけたものであった。いましも本格小説が復活するとしても、それは松本清張氏が築き上げた社会派リアリズムの洗礼を受けたものでなくてはならないでしょう」と答えてきたが、「こう答えるとき私の脳裡にあるのはつねに森村誠一氏である」と述べている。それを少し言い換えれば、松本清張が築き上げた社会派の視点をふまえたうえで、森村誠一はそれをさらに深めたということだろう。その進展の嚆矢として、『高層の死角』は画期的といえるのである。

三つめは、本格推理をよみがえらせたとうなずかせるに足るトリックの新発明があったことだ。二重密室の謎については一室に一種類しかない鍵そのもの、つまりホテルのシステムを成り立たせている「機能」にその解決の糸口を求め、アリバイ工作については「外国空路の時刻表」を用いるという前代未聞の仕掛けを織り込んだ。ホテルに勤務した経験からシステムに通じる森村誠一ならではの専門性を踏まえた密室トリックであり、またこの時代、一ドルは三百六十円で渡航の持ち出し制限もあって海外旅行は一般的ではなく、外国へ行ってとんぼ返りするなどというアリバイ工作は、誰も思いつかないアイデアであった。

その斬新さに加えて、犯行の動機もこれまでの本格ミステリーには見られなかったものである。つまり個人的な恨みや財産争いなどではなく、企業間競争に勝ち抜くため、会社のためという、必ずしも自分のためではないところに置かれており、当時の時代性をえぐり出していた。そして、企業社会で非人間的に生きるしかない人間のむなしさ、非人間的に生きることをむしろ受け入れて悪に走る恐ろしさを、メッセージとして訴えたのである。こうしたメッセージ性は以後の森村作品の特徴ともなっていくが、スケールの大きな本格推理の新機軸であった。

本格推理の展開

新機軸による森村誠一の本格推理への挑戦は、まずは受賞翌年一九七〇年三月刊の受賞後第一作『虚構の空路』、同年八月刊『新幹線殺人事件』へと引き継がれる。どちらも書き下ろし長編である。

『虚構の空路』は多摩地区での轢き逃げ事件、新幹線ひかり号内での毒殺事件、そしてやはりホテルでの殺人事件をめぐって、『高層の死角』で驚かせた外国空路の時刻表を使ったアリバイ工作をさらに幾重にもからませ、国際的な広がりをもたせた内容で、『高層の死角』を本歌とすれば、反歌の趣の作品といえる。

『新幹線殺人事件』は、ひかり66号グリーン車内で大阪の芸能プロダクションの実力社員が刺殺されたという事件が発端の作品。折から万国博覧会の利権にからんで、大阪と東京のともに美しい肉体を武器にのしあがった女性が経営する芸能プロダクション同士が対立中の事件で、東京のプロダクションの社員に容疑が向かう。だが、新幹線内から発信した電話のアリバイを主張、時間の壁が捜査陣の前に立ちはだかる。一方、紀尾井町の崖のそばに建つマンションの五階で、大阪のプロダクションのタレントが殺され、ここでも関係者の不可解なアリバイ状況が生まれる、という展開で物語が進む。森村誠一はカッパ・ノベルスの初版「著者のことば」で、「現代科学技術の粋を凝らした新幹線と、虚飾の虹の美しさに憑かれたタレント群像の虚しい欲望との対照《コントラスト》を、私は不可能犯罪の中で描いてみたかった」と述べている。

作品はじつはカッパ・ノベルスで発売される一年近く前には仕上がっていた。発売元の光文社では初め、松本清張や水上勉、梶山季之でやっていれば無難なのに、なんだって新人を使って冒険しなければならないのかと刊行を渋ったものの、担当者が粘って企画を通し、ところが直後に光文社闘争といわれる労働争議が勃発して一年間お蔵入りするはめとなった。しかし労使の調停がなり、業務が再開されたとき、カッパ・ノベルスには書き下ろしの持ち弾がこの一作しかなく、この作品に賭けるしかなかった光文社は、大藪春彦の作品とともに全五段の新聞広告を打って、大大的な売り出しをおこなったのである。発売されると、広告の効果に加えて、開催中の大阪万国博覧会の会期中（一九七〇年三月十四日～九月十三日）に間にあったことで、リアルタイムのミステリーとしての興味もひき、たちまち二十万部をクリア、最終的には発行部数六十数万部の大ベストセラーとなった。万博が始まる前ではなく、閉幕一か月前という盛り上がりが最高潮のタイミングに発売がずれたことが、むしろ幸いしたともいえ、森村誠一のもって生まれた運勢を感じさせるエピソードである。これをもって一躍、森村誠一は流行作家へと駆け上がったのだった。

このあと森村誠一の本格ミステリーへの挑戦は、いずれも書き下ろしで一九七一年一月の『東京空港殺人事件』、二月の『密閉山脈』、七月の『超高層ホテル殺人事件』へと展開する。『東京空港殺人事件』については、二階堂黎人が『森村誠一読本』のなかの有栖川有栖との対談で、その画期性についてつぎのように明言しているので紹介したい。

「社会派ミステリーというのがあるのは知っていたけれど、肌に合わなかった。社会派と銘打っていながら、人間関係の愛憎がどうのとか、風俗的な内容でしか書いていない。ところが森村誠一は、社会派がほんとうにやらなければならなかった、企業間戦争のなんたるかをちゃんと書いている。『東京空港殺人事件』がいちばん顕著ですが、企業間戦争を単に風俗として書くのではなく、企業間戦争がなぜされているか、それ自体が謎で示されるというように書く。墜落した飛行機事故の原因をさぐるということで話が展開していて、二つの対立するグループが、パイロットミス説と飛行機の構造欠陥説とを出し合っている。さらに、省庁の下級官吏が、飛行中のエンジン離脱説をもちだす。それは構造欠陥説に近いものだから、当然そちら側が味方してくれるものとおもいきや、なぜか四面楚歌の立場に追いこまれてしまう。なぜそうなるのか。政治家も含んだ利権の構造、それをきっちり押さえて、それさえも謎として組みこんである。だから僕は、凄いとおもった。そのくせ、骨格はガチガチの本格推理なんですからね。日本の推理小説にも、世界のミステリーと渡りあえるほどスマートなのがいよいよ出てきたか、要するに、近代化がやってきた、という気がした」

日本のミステリーの近代化とは、森村ミステリーを論ずるときの一つのキーワードとして言いえて妙である。

『密閉山脈』は山仲間の影山隼人と真柄慎二が、美しすぎる遭難者・湯浅貴久子を救出したことがきっかけで、それぞれ想いをよせ、結局、影山に軍配が上がる。ではお祝いにと、三人は北アルプスへ旅をし、二人の男が後立山のK岳北壁に登攀して山頂から麓の山小屋で待つ貴久子に灯火信号を送る、という計画を立てる。しかし真柄の急用で一人で登っていった影山が送ってきたのは遭難信号だった。影山は落石とみられる頭部損傷で死亡したと推測されたものの、山岳パトロール隊の一人が疑念を持つ。積雪の山頂に仕掛けられた壮大なアリバイ・トリックが魅力の、山岳推理の大傑作と評された作品である。

森村誠一は以後も山を舞台とする推理作品を多く発表するが、その描くところの山には、単なる現場設定ではなく、ある種のポジションが与えられている。むずかしくいえば、〝山〟はミステリーのドラマツルギーとして役割を持たされていると言い換えられるが、『密閉山脈』はその意味での最初の長編作品に位置づけられる。

森村誠一はもともと山に詳しい。「学生時代に、日本アルプス、八ヶ岳、奥秩父、その他上信越や東北の名だたる山は、ほとんど歩いたが、その大部分は単独行であり、夏の尾根をのんびりと歩いたものである」（『ロマンの寄木細工』所収「わが心の高原」）とエッセーに書いているが、それは「山歩きであって、山登りではない」とも断っている。余裕をもって山とつきあうべきという表明でもあるが、登山、山登りという言葉には困難を克服して可能性に挑戦するというニュアンスがあり、そういう道徳論的なきれいごとへの抵抗と、そのころよく言われた山男善人説へ疑念を抱いていたからとおもわれる。山岳ミステリーのアンソロジー『死導標』（カッパ・ノベルス／一九七六）の「あとがき」につぎのように書いている。

「山男は善人が多いというが、それは伝説である。要するに山も俗界の延長にすぎないのであって、地上の標高を少し高めたところに来ると、人間がみな清く正しい聖人君子になるなどということはあり得ない。

それはアルピニズム史上の幾多の初登頂争いや、同じ隊内でも登頂隊員をめぐって起こされる葛藤を見るまでもなく、明らかである。

むしろ山男（山女を含む）ほど自己主張と虚栄心の強い人間はいないようにすらおもえる。しかし、要するに、彼らも同じ人間ということである。ただ葛藤の舞台を、山に移しただけのことであって、そこにうごめく野心や欲望や権謀は、下界（同じ地表であるが、山男が標高差によってつくりだした差別的呼称）とまったく同じである」

ここで誤解してならないのは、山に登る人々と登らない人々を人間の本性において区別しないからといって、山も都会も田舎も同じだとは言っていない点である。森村誠一は山に神聖さを見ていないのではない。山そのものについては、そこへ人間が登ってこないかぎりは、やはり神聖な場所として見ている。

すでに述べた作品でいえば、〈青の時代〉の『大都会』『幻の墓』『分水嶺』『虚無の道標』に山が設定されており、そこでは山の神聖さが強くうちだされている。すなわち、具体的にいえば、『大都会』では社会へ旅立つ者の純粋さの原点として、『幻の墓』では社会と人間の汚濁に対極する聖地として、『分水嶺』では偽りなき友情の象徴として、『虚無の道標』では無償の情熱・生きがいの対象として、ひっくるめていえば、山はそれぞれ人間性復活のための清浄地の意味合いで表わされている。主人公たちは、その清浄地に救いの場を求めて向き合っている。〈青の時代〉の作品が書かれた当時、日本人は高度経済成長の真っただ中にいた。主人公たち、つまりサラリーマンの多くは企業のいわば虜囚として働きづめに働かされ、自分の人間性とはなにかと問う余地もなく生きていた。そんななかで彼らがせめて仰ぎ見た虜囚の夢、幻想の逃げ場としてのシンボル、たとえそれが夢で幻想であっても、救いの清浄地として仰ぎ見ずにはいられない、別の言い方をすれば、存在証明への切実な渇望を託した純白の地が、山として描かれたのである。

しかしそこでもすでに、人間が登っていけば山の神聖さは壊れ去るという前提が厳しくふまえられている。救いを求めて山に向かったとしても、残酷な容赦ない現実が待ち受けるのだ。持ち込まれた下界のどろどろや人間の論理を山は厳然と突き放す。山にあっては善人も悪人もない。ヒューマニズムもエゴイズムも通用しない。山の厳しさを知らない者は善人であろうと悪人であろうと滅びるしかなく、いや両者が同居する場面ではむしろ悪人やエゴイズムの側に分があるが、法や倫理や善意といった地上の衣はことごとく剝ぎとられ、だれしも裸にさらされての生死の境の営みに追いやられる。人間のおもいがどうあれ、山は人間に断絶を主張するのである。

『大都会』の北アルプス白馬岳山頂で社会への旅立ちのおもいを語り合った岩村、渋谷、花村の三人は再び山を訪れたとき、妻子を犠牲にされた渋谷の復讐の凶刃によって岩村と花岡は転落死させられ、渋谷も山頂で遭難死する。また、『幻の墓』の北アルプス後立山連峰の遠見尾根でそれぞれに父親の復讐を誓った美馬慶一郎と名城健作は、残酷な殺人を繰り返したあと、死んだ名城健作の弔い登山で美馬慶一郎は遭難死する。『分水嶺』の穂高岳頂上で偽りのない友情を誓った秋田修平と大西安雄も、自分の立場に固執しつづけた果てに、秋田の死をきっかけに心を入れ替えた大西だが、穂高岳山頂付近で転落死する。要するに、森村作品における山は、人間の側からは救いを託す神聖地だが、さりとて山は決して救いを与えない、誰も救われることのない神聖空間として作中にポジションを占め、主人公たちの心を映す役割を担っているのである。山へのそうした視点は、『密閉山脈』以後も『日本アルプス殺人事件』（一九七二）『白の十字架』（一九七八）、さらには『青春の源流』（一九八三）や『未踏峰』（一九八九）などの長編作品に継承されていくことになる。

つぎに発表した書き下ろし作品が『超高層ホテル殺人事件』（一九七一）である。初版の「著者のことば」で森村誠一は、「大都会の巨大ホテルを舞台に、そこにくりひろげられる熾烈な経営抗争と、富に恵まれたがゆえに荒廃と罪悪の海の底へ突き落された人間のドラマを、三つの〝連続不可能殺人事件〟の中で追求した」と書いているが、その第一の不可能殺人はクリスマスイブの夜、オープン前夜の地上六十二階建て超高層ホテルの壁面に光の十字架が浮き出て、その中を十六階の窓から押し出されるように人影が落下、下の池からホテルの外国人総支配人の死体が発見されるというものである。捜査陣は状況から他殺と判断するが、総支配人の部屋の鍵はオートロックで施錠されており、密室の状態であった。第二の殺人は大阪で死体が発見され、容疑者は東京にいたとアリバイを主張、大阪との往復はたしかに不可能で、その距離を縮める方法へのアプローチがミソとなる。第三はマンションの一室で死体が発見される。ドアにチェーンロックがしっかりと掛かった状態での密室殺人事件である。本格推理の醍醐味を読者にこれでもかと突きつけるような意欲作であるが、書き下ろしによる本格推理への挑戦はこの作品で一段落となる。

こうした作品による森村誠一の本格推理への挑戦は、出版界全体に少なからぬ影響を与えることにもなった。

すでに述べたように、その一つは戦後のミステリー界に画期をなしたことである。そしてミステリーを今日のようなエンターテインメント小説の主流に押し上げるうえでのいわばリーダーとして、多大な役割を果たしたことも特筆できよう。

『高層の死角』が江戸川乱歩賞を得た一九六九年当時、ミステリー界は社会派推理が流行していたとはいえ、じつは売れる売れないの次元では、松本清張を除けばまったく奮わなかった。当時三十から四十万部を誇っていた小説雑誌でみれば、その主流は五木寛之、野坂昭如、黒岩重吾らの現代小説、池波正太郎の時代小説、川上宗薫の官能小説などが占め、ミステリーはほとんどマイナーな扱いでしかなかった。それは述べたように、社会派推理が近代文学への一方的なすりよりでジャンルをあいまいにし、また新トリックへの諦めなどのせいで、自ら魅力を失っていたからである。社会派推理流行の末期には、講談社が『江戸川乱歩全集』『横溝正史全集』『現代推理小説体系』を、三一書房が『夢野久作全集』『久生十蘭全集』、立風書房が『新青年傑作選』『現代の推理小説』、朝日新聞社が『木々高太郎全集』、新人物往来社が『怪奇幻想の文学』を刊行するなどして、一時的に若い読者を惹きつけるということはあった。これをもってのちにミステリーブームと評する向きもあるが、これらは旧作をリバイバル編集したにすぎず、注目に値する新人作家や新作が出現しない時代性への業界の苦肉の現象、いわば徒花というべきものであった。

そうしたなか、森村誠一は『高層の死角』で話題をさらい、翌年『新幹線殺人事件』で大ベストセラーを達成、さらに翌年には余勢を駆ったように『東京空港殺人事件』『密閉山脈』『超高層ホテル殺人事件』と、連続して書き下ろし作品を発表して評判をよんだ。一方で全盛期の部数を誇っていた各小説雑誌にひっぱりだこになり、多数の短編作品が掲載された。そうして長編と短編の両方で森村ミステリーの人気が急上昇したことで、いつしかミステリー全般への業界の認識が改められていったのである。また読者からは、江戸川乱歩賞への注目と期待というかたちで波紋をひろげた。それは森村作品が示した新時代のトリックにたいして、その系譜としての期待が出身母体の乱歩賞に求められたと考えられ、それがまたミステリー界全体を盛り上げ、本も売れるようになり、ミステリーにとっての今日のいい時代へとつながっていったのである。

ただし文壇デビュー以後の森村誠一が、なにもかも順風満帆だったわけではない。当時も今も、乱歩賞を受賞した作家は、賞を主催する講談社の小説雑誌である「小説現代」で、受賞後第一作の短編を発表するのが恒例だが、森村誠一の場合、予期せぬ困難が待ち受けていたからである。そのときのおもいが、エッセー集『ロマンの象牙細工』のなかの次の一文にうかがうことができる。

「乱歩賞受賞者は、まず受賞第一作として、短篇を『小説現代』に発表する慣例がある。私はうかつにも受賞者は自動的にその短篇が掲載されるものと思っていた。ところが、持って行った作品は次々に突き返された。要するに受賞後第一作としてのボルテージが足りないのである。しかし、生れてはじめての檜舞台での短篇に、要求される水準がわからなかった。最後には、このような作品は編集者に見せるべきではないとまで言われた。私は自信を失いかけた。だが、当時の担当編集者は、よい物を書けば必ず掲載すると私を励ましてくれた。そして第六回目に提出した『科学的管理法殺人事件』が、四十四年十二月号に掲載されたのである。(中略)

このときの短篇におけるシゴキが、後の私の短篇作法に大いに役立っている。書いても書いても載せてもらえない悲哀、書くほどに袋小路に陥っていく焦燥感は、物を書いて業を立てる者として一度ならず味わっておく必要がある」(「一推理読者から職業作家への道」より)

一九七〇年前後の小説雑誌は、先刻触れたが、東海道新幹線の一つの車両に一、二冊は置き忘れられているといわれたぐらいに売れていた。「小説現代」の掲載作品も確かに高い水準にあったが、やはりまだミステリーはマイナーなジャンルと扱われていた点が、不利に働いたのだろう。隆盛なジャンル、一度名の出た作家なら大目に見られるものも、人気のないジャンル、新人の作品は標準以上に厳しく見られるというのが、業界の常である。

現在はすっかり衰退して見るかげもない小説雑誌だが、いまの「小説現代」は森村誠一以降の乱歩賞受賞者の受賞第一作短編を、即刻、ほぼ自動的に掲載している。現代の推理作家にとっていい時代になっているわけだが、もとはといえば、ミステリーがマイナーでしかなかった時代に森村誠一が全力のがんばりでその壁を突破し、ミステリーがメジャーなジャンルに格上げになってもたらされたことを忘れてはならないのである。

なんとか「小説現代」に受け入れられた森村ミステリーだったが、それから間もない一九七一（昭和四十六）年十一月号に掲載された「奇形の札束」が、こんどはトラブルに遭遇した。「奇形の札束」はサリドマイド事件を扱った短編小説で、睡眠・鎮静剤サリドマイドの服用により四肢短縮の障害を負って生まれた子どもをスウェーデンで手術させるために父親が強盗をはたらくという筋書きが、実際にスウェーデンに子どもを連れて手術に行った唯一の日本人である人物から、自分が強盗犯だと誤解されると抗議を受けたのである。森村誠一はあくまでもフィクションであって抗議に値しないと作家の立場を主張し、それにたいしてその人物はサリドマイドの子どもを持つ親の苦しみが理解されていないと言って対立した。作家としてはフィクションと現実を同一視されてはたまらないので一歩も引けないし、父親の思いの切実さはわからないではない。結局、編集長の大村彦次郎が間に入って、次号でそれぞれの考えを同枚数書き、それを上下段に並行して掲載することで手を打つことになった。そうした小さなつまずきもなくはなかったが、森村誠一はその後、「小説現代」からほぼ隔月で注文を受けるまでになった。

ミステリー界への影響をもう一ついえば、あまり気づかれていないのだが、トラベルミステリーのジャンルの確立を導いたこともあげられる。トラベルミステリーでおこなわれる時刻表トリックは鮎川哲也の『エトロフ事件』や『黒いトランク』に源流を見るのが通説である。松本清張の『点と線』もその流れを汲む作品で、東京駅の一つのホームから別のホームを見通せるわずか四分の間に見たという偶然すぎる目撃や、青函連絡船の乗船者名簿に仕掛けられたトリック、航空機利用の時間短縮のトリックを編み出してみせた。しかし社会派推理小説の流行とともに、時刻表トリックはそれっきり地下に沈んでしまい、ジャンルとしての太い流れを導くことはなかった。そこへ地下水が噴き出すごとく出現したのが『高層の死角』であり『新幹線殺人事件』である。これらは鮎川哲也の時刻表トリックを引き継いで復権させつつも、世界的な航空機路線網の発達、新幹線の開業など新しい移動手段をふまえており、時刻表トリックの世界を本格的に一新したものであった。そしてそこから、一九七八年十月刊『寝台特急殺人事件』に始まる西村京太郎の十津川警部シリーズの鉄道ミステリーがブレイク、島田荘司の一時期の鉄道もの、内田康夫の浅見光彦シリーズなどへ展開していく。流れは一気に動き出し太くなっていったが、コロンブスの卵を例にするまでもなく、最初にやってみせることに偉大さがある。『高層の死角』そして『新幹線殺人事件』がなければ、西村京太郎のブレイクもそこまで早まらなかったのではないかと想像される。

第三章　短編小説と社会派推理

「題材」と「構成」

『高層の死角』の画期性への高い評価と『新幹線殺人事件』が大ベストセラーになったことで、小説誌からの短編依頼と週刊誌からの連載依頼が相次いだ。

作家生活五十年の間に発表された短編小説は時代ものを除いた現代ものだけで三百編超を数えるが、大多数は一九七〇年代に書かれている。乱歩賞受賞直後からで見ると、一九七〇年五月の第一短編集『企業特訓殺人事件』を皮切りに、短編集は一九七〇年に二冊、七一年に五冊、七二年に六冊、七三年に二冊、七四年に四冊が刊行された。もともと一般に売れ行きは期待できないとされる短編集の刊行ペースとしては、常識にない頻度だった。それだけ読者の支持を受けていたということに尽きるのだが、では森村誠一の短編には魅力を生み出す何か秘密があったのだろうか。

長編作品も含めてよくいわれた一つは、森村誠一の小説には管理社会の息苦しさ、虚しさが描かれているから、というものだった。サラリーマンの哀歓といったそこはかとない世界ではなく、日本の高度経済成長とともに非人間性を増していった企業社会における屈辱、鬱屈、挫折、負い目、怨恨など、追いつめられた感情の集積の果てに転化していく殺意や自己回復への激情のリアリティが、その社会および周辺で生きるサラリーマンやOL、主婦たちの共感を呼んだというものである。

もう一つには、作品に盛り込まれている情報量が豊かだからともいわれた。新幹線や超高層ホテル、警察、公害、団地生活、植物や動物、昆虫の生態、病原菌にいたるまで、さまざまな業界や機構の内幕、学問や研究の成果などが作品に取り込まれており、そうした知らない世界の情報が読者の興味を惹くというのだった。

「題材」の魅力といえるが、それだけでは表皮的なとらえ方である。その題材をどう「構成」して作品に仕上げていくかによってはじめて、題材の魅力は引き出されるからだ。

とはいえ題材の見つけ方も、構成の仕方も作家によって差が出る。当たり前だが、複数の作家が同じ題材で同じ枚数の小説を書いても、絶対に同じ物語にはならない。題材が同じでも、構成が異なることで、物語は千変万化する。

なぜなら作家の立場にいいかえれば、題材とは着眼点であり、着眼点とは主として世の中や人間のあり方にたいする日頃からの問題意識に由来するからである。問題意識を土壌にして、題材が着眼される。

また構成とは題材をどのような切り口で物語に組み立てていくか、筋立てしていくかである。では、切り口とは何かといえば、題材にたいするクリティカルな視点、あるいは題材から導き出される独自のイマジネーションである。それは作家一人一人のもって生まれた才能、人間にたいする洞察力や探求心、社会にたいする問題意識によって必然、違ってくる。その違いが物語の方向性を左右し、ひいては作品の出来不出来、まっとうかまやかしかの差をもたらす。少なくとも切り口が優れていなければ、優れた作品になる可能性は生まれない。

森村誠一の場合、おおまかなくくりでいえば、「時代と人間」を見つめるという独自の切り口で構成し、作品に仕上げている。常に変わりゆく時代のなかで、人間はどのように存在して、どのような生き方を選ぶのかという問題、それが徹底した切り口になっていることが、森村作品の最たる特質である。

ちなみに『高層の死角』を例にとれば、題材の一つはホテルである。ホテルという場所そのものではなく、日本経済の高度成長をへてニョキニョキと建ちはじめた超高層ビルを舞台に、あるいはそれを象徴として営まれる現代人の生き方に着眼して、題材としている。この着眼をサラリーマン社会、ピラミッド社会における帰属意識、貪欲と保身というこの時代の人間の生き方を切り口にして、斬新な密室トリックおよびアリバイ・トリックでいろどられた犯罪劇を構成している。一九七〇年代に森村誠一がよく読まれたのは、それが当時の読者の時代感覚に共鳴したからであり、森村誠一が作品数に対応するだけの多彩な題材に着眼し、それを優れた構成力をもって作品に結実させたからである。

ついでにいえば、よく長編向きの題材、短編向きの題材という言い方がされるが、基本的にはそれはない。地味な材料であっても、長編のディテールとして有効に取り込むことは可能だし、大がかりで華やかな題材を短編で使って悪いことはないからである。むしろじつは短編のほうが、短い紙数のなかでインパクトのある魅力を出さなければならないので、題材のよさが占める比重は長編より高いとさえいえる。加えて短編の題材はバリエーション、いいかえれば題材の多様性、そして重要な点だが、数が求められる。数多くの題材に着眼できなければ、当然、数多くの短編を書くことはできない。森村誠一の短編は、長編向き短編向きなどとはいわずに題材を惜しみなく使っている点、そして多様で数多くの題材を引き出す力が抜群である点で、魅力を生み出しているのだ。

人間の〝業〟に迫る短編小説

では森村誠一の短編作品ではどのような題材が扱われ、どのように構成されたか。アトランダムに十編ばかり羅列してみよう。

「雪の絶唱」――冬のすでに日の落ちた駅の改札口から物語が始まる。そこは飛騨の高山。刈物のように肌を刺す寒気。白々とした雪明かり。プラットホームの果てに浮き出る線路の道床。いかにもひえびえとした風景を背景に、ひそかな関係を続けてきたOLと会社の上司の別れの儀式の旅が題材である。愛を失った女が、その愛のエネルギーの流出のむなしさと、逆流して蓄積された怒りの内圧に苦しみ、ゆさぶられた末にやむにやまれず突き進んだ悲劇として構成している。

「喪中欠礼」――面識のない相手と長年やりとりしてきた年賀状の途絶が題材。遺族から死亡通知が届いたことから訪ねていき、じつは面識がないことを正直に告げると、息子は父親が山中の道で故障している車を修理してやった際、運転者から名刺をもらったのだと説明する。十数年前に作った名刺がだれかに流用されたとわかったことから、見えていなかった二つの殺人事件が発覚する。

「祖母　為女の犯罪」――題材は、九十八歳で天寿をまっとうした祖母がひそかに残した二包みの骨片。孫がその骨片の身元を探る過程で、遠い昔に引き裂かれた男との愛と修羅が暴かれる。明治から大正、昭和の戦前まで、特に農村につよく残っていた家長制度、家族主義の犠牲という縦糸が構成の軸である。

「連鎖寄生眷属」――玄関先で苦しんでいる老婆に差しのべた家族の善意が題材。まんまと一般家庭に入り込み、居すわった老婆は、しだいに図々しさをエスカレートさせ、家族を破滅に追い込んでいく。そうしたなかで、家族は何を考え、追いつめられた土壇場で何をして、その結果どうなったかというように展開する。

「北ア山荘失踪事件」——山での神隠しが題材。山という清浄無垢の場ではぐくまれた山小屋の娘の愛の求めかたと、地上の俗塵にまみれて暮らす人間の現実的な愛の求めかたの違いから起きた秘密の出来事が、さらにもう一つの神話的な神隠し事件につながっていく。

「凶原虫」——題材はエリート銀行員の転落である。会社での地位と名誉、銀行員としては節度を超える株取引で貯め込んだ金、妻に隠して囲っている愛人、と得たものが多すぎた銀行員を、空き巣、寄生虫、病気、愛人の思惑という複合した〝人生の罠〟が襲い、結局転落はエリートの驕りの報いであるというように結ばれる。

「殺意の造型」——理髪師がヒゲ剃り中、偶然の出来事のはずみで客の喉を掻き切ってしまったという致死事件が題材。本当に偶然の事故だったのかと疑いを持った刑事が、じつはカット・デザインを客に冒瀆されたことが動機の殺人ではないかと疑い、それを証明するため、自らも最高のデザインのヘアスタイルに作ってもらい、それをクシャクシャの雀の巣状態に壊して再度やりなおしてもらうことを繰り返す。何度目かのとき、ついに理髪師のカミソリが刑事の喉元に触れる。理髪師の芸術主義への偏執と、自らの喉を理髪師の怒りの前にさらしてまで真相を解明しようとする刑事のこちらも偏執が、火花をちらしてその挙句に、という作りである。

「垂直の陥穽」——冬山で奇跡の生還をした二人は、じつは雪洞を掘って避難していた別の登山者を襲って殺し、九死に一生を得ていたのだが、後年、その殺人者の息子二人が復讐者の罠にかかり、冬山の岩壁登攀で宙吊りになって遭難死する。宙吊り死しただけでなく、銃撃によるロープ切断で死体収容されることになり、落下した肉体が地上で「トマトケチャップのように」砕け散る第二の遭難を二人の親が目撃する。親の旧悪が何も知らない息子たちの身への因果応報となってめぐる断罪が、その切り口である。

「二重死肉」――題材は交通事故と有名人。有名な弁護士が無免許の婚約者に車を運転させて人身事故を起こし、それをどう処理するかと思惑をめぐらせるなかで二人の関係も変化、人間のエゴの醜い様相がむき出しになる。交通事故は現代人にとって、被害者の側にしろ加害者の側にしろ人間を運命の岐路に立たせてしまうもっとも近接してリアルな時代性である。また「有名」もメディアの著しい喧伝効果でいまや大人子供に関係なく欲望対象にのしあがっている。その二つの時代性が切り結ぶところに人間の保身の醜さが浮かび上がる構成になっている。

「空洞の怨恨」――題材は、大切に飼っていた亀を何者かに本体をくりぬかれて甲羅だけにされてしまったという子供のころに体験した恨みである。犯人の目星はついたが証拠がなく、それなら「怨念を深く胸底に畳みこんで」人生を歩いていこうと刑事になったところ、その〝生涯の怨敵〟が新進作家になっていた。他人の作品を盗作してのしあがったと考えた彼は、それを証明して積年の恨みを晴らそうとするが、とんでもない誤解が待ち受ける。これは乱歩賞受賞以前の〈青の時代〉の作品がモチーフとしていた怨念、「絶望に陥った者がめざすアイデンティティ回復への本源的な情動」あるいは「絶望の淵に沈んで虚無の闇を前にした人間が自己を復活させるために燃やす最後の感情」を切り口とするものである。

この「空洞の怨恨」は一九七四年に第十回小説現代ゴールデン読者賞を受賞している。賞は一九七〇年に創設、「小説現代」掲載作のうち、半年ごとに、読者にもっとも面白かった作品を葉書で投票してもらい第一位を決めるもので、第一回の受賞が笹沢左保「見返り峠の落日」、二回目以降は梶山季之「見切り千両」、松本清張「留守宅の事件」、野坂昭如「砂絵呪縛後日怪談」、池波正太郎「殺しの四人」（仕掛人・藤枝梅安シリーズ）、井上ひさし「いとしのブリジッド・ボルドー」などに続いての受賞だった。当時の「小説現代」は発行部数三十万部前後の勢いのある時代で、誌面は今と違って巨匠クラスの連載が一本あるぐらいのほかは、ハイレベルの読み切り短編小説で占められていた。そのころの短編は四百字詰原稿用紙で七十枚から百枚ぐらいまでの作品をいうが、それらの中から読者が、つまり文壇の権威や編集者の個人的な判断や好みによらない評価で第一位を指名するのだから、その時点での作家の人気度を示すものであった。

これら十編でもわかるように、森村誠一の短編作品の題材は、ほとんどが生活者の身近に存在しているものばかりである。男女の別れ、年賀状と名刺、祖父母など先祖への関心、善意の行使と悪用、エリートの驕り、理髪師のヘアデザイン、交通事故、山の遭難、子供時代に抱いた恨みなど、わが身に覚えがあることや、新聞で目にすること、ふつうすぎて驚きもしないことばかりで、小説を書くためにわざわざ掘り出してきたといった題材は一つとしてない。一連の本格推理の長編で扱った超高層ホテルや新幹線が前面に出てくることもない。三百超編のうち、本格ものとして試みられた短編、つまり密室トリックの「密閉島」、時間トリックの「裂けた風説」、時刻表トリックの「剝がされた仮面」「殺意の接点」「浜名湖東方十五キロの地点」「歪んだ空白」など数編を除けば、ことごとくがそういう特に珍しくもない題材を使って、しかし舌をまくほどに鋭い着眼力で、凄みに満ちた物語を構成している。

物語から浮かび上がってくるのは、人間の〝業〟である。近代小説の「リアリズムで人間を描く」という言い方をまねれば、森村誠一の短編作品は、身近な事象で人間の業を描いているといい切っていい。その特徴は描かれる犯罪の被害者はもちろん、加害者も救われることは決してない、ということである。すべてが破滅で終わるといっていいぐらい、現実の厳しさへの視点がつらぬかれている。森村誠一は「醸成された悪」と「生来の悪」をアウフヘーベンする社会派の作風をもってミステリー作家として登場したと前述したが、短編作品では「生来の悪」のみならず、人間が奥底にひそめる不気味なもの、人間社会が内蔵する不条理なものをも慄然とえぐり出し、つきつけたのである。

ここで、着眼点という意味の眼力とは意味がちがうが、編集者の思い出話をひとつ。

一九七五年の十二月、森村誠一は担当編集者たちの労をねぎらうため、忘年会をかねた懇親会を開き、二次会は銀座のクラブ「数寄屋橋」へ流れた。作家の接待といえば、出版社側が作家を接待するのが慣例だが、森村誠一は一切受けず、逆に出版社側を接待して、一店たりとも出版社側に支払わせることはしなかった。「今日はわが社が払います」というと、「それなら今後お宅には書かない」とにらまれるので、編集者たちは恐縮しながらも饗応にあずかるのだが、その姿勢は以後に至るも変わることはなかった。

ビルの地下一階にあった当時の「数寄屋橋」は天井が低く、照明は薄暗くさえあって、この日も混みあい、奥には他の推理作家も見え、隣の席には囲碁の坂田栄男名誉本因坊が、ホステスに囲まれていささか酩酊の様子だった。森村誠一が手洗いに席を外したときだった。坂田栄男が眠そうだった顔をふいにひきしめ、ホステス越しに「あれは誰だ」と声をかけてきた。編集者の一人が「作家の森村誠一さんです」と答えると、坂田栄男は「眼だ、眼が凄い」と言って、さらに「あれは天才の眼だ」とつづけ、めったに見ない人と出会ったとばかり細めた眼をしばし手洗いのほうへ向けた。編集者は、森村誠一の眼は笑っていない、むしろいつも冷たく光っているという印象はもっていたが、「天才の眼」という言葉に胸をつかれた。天才の眼とはどういうことなのか、うわべの言葉の意味にとどまらない深い含みがあるようにおもえ、森村誠一という作家の秘密の一つがそこにあるのではないかとおもいもしたのである。

社会派長編推理の標的

週刊誌連載の先鞭は一九七二年に「サンデー毎日」が『腐蝕の構造』でつけた。同年に「週刊現代」が『鉄筋の畜舎』、翌年に「週刊ポスト」が『暗黒流砂』で追走した。この三作品は『高層の死角』から『超高層ホテル殺人事件』までのトリック・メイキングを前面に据える作風とは異なり、密室やアリバイの謎など本格推理の要素を含みながらも、政治や経済、社会問題といった大きな題材に踏み込んで、関係する人間たちの腐敗と犠牲の現実を描くことを主眼に、そこへ切り込む捜査陣の活躍につないでいる。これら三作はその後の森村作品において、社会派サスペンスというと当たらないので単に社会派長編推理と呼ぶが、第二ステップのスタートの作品として位置づけることができる。ここでの社会派とはもちろん、前述したように松本清張たちの従来の考え方から一歩前進させた意味での社会派である。

一九七三（昭和四十八）年度の第二十六回日本推理作家協会賞を受賞した『腐蝕の構造』で見てみよう。

『腐蝕の構造』は、科学技術の総合商社・物理化学研究所の主任技師で濃縮ウランの製造実験をしている雨村征男と、父親が興した鉄鋼商社・土器屋産業の跡取りで常務の土器屋貞彦が北アルプスの縦走登山をしている場面から始まる。二人は高校以来の友人だが、雨村がまじめ一方であるのにたいし、土器屋には平気で悪さをする側面があった。土器屋は後ろを来るカップルを気にして、故意に道標の方向を変えて下山する。それを知った雨村が翌日、カップルがどうなったか心配なので探しに行こうとつよく主張して土器屋をともなないコースをもどるが、やはり方向を変えられた道標のせいで道に迷い遭難、男性が死亡、女性はふらふら歩いているところを雨村と土器屋の二人に救出される。カップルは再婚の連れ子同士で血はつながっていないが、父親は衆議院議員の政党幹部で〝暗闇の軍師〟といわれている名取竜太郎だった。遭難の原因を隠したまま、二人は娘の冬子の命の恩人とされて感謝され、接待も受ける。そのことから冬子をめぐって二人のひそかな恋争いが起きるが、雨村が別の女性久美子と結婚して身を引き、土器屋が冬子の夫となる。

そうこうするうちに雨村がウラン濃縮の新技術を発見して、身辺が騒がしくなる。政府が自給をめざす本格的な濃縮ウラン工場の建設構想を打ち出したことで、四大商社のうちの信和商事が、雨村の引き抜きを画策する。工場の建設費四千億円の利権獲得を有利にするためである。一方、土器屋は妻の父親である名取と共謀して、航空自衛隊の装備防衛プランを直接担当する中橋正文を、最上等の女をあてがって籠絡、情報を得ようとする。情報を握ることで、土器屋商事を鉄鋼だけでない〝国防庁の御用商人〟に育てようと、名取に仲介を頼んだのである。代わりに名取は、選挙区内の新潟に発電用原子炉の建設計画があることを明かし、建設許可の審査員をしている雨村征男が、新潟は地盤に問題があるとの理由でつよく反対しているので、友人のよしみで説得してくれ、と土器屋に依頼する。土器屋は新潟に信和商事のグループ企業が多数集まっていることから、名取が信和商事に取り入ろうとしていると見抜き、やってみる見返りに、信和グループの信和製鋼の指定問屋に入れてもらえるように口利きしてほしいと取引する。鉄鋼生産トップクラスの信和製鋼の取り扱いは七割を信和商事が握っているが、残りの三割のなかに入れてほしいと欲張ったのである。最上等の女におぼれた中橋はついに、「新防衛計画の中の航空自衛隊の装備計画」のうちの機密中の機密の情報を土器屋に要求される。

そのころ雨村は自分のやっている研究が、まちがっているのではないかと悩みはじめていた。開発を進めれば進めるほど、核エネルギーの強大さに空恐ろしさを覚え、「人間の為すべきことの範囲を超えているのではないか？　それは神に対する挑戦ではないだろうか？」と疑い、原子力が軍事利用の危険と背中合わせであることにも懸念を深めていく。

ところが、新潟の原子力発電所用地の視察のあと、名古屋の国際会議に参加するために雨村が搭乗した旅客機が、雷撃を受けた自衛隊機に衝突して墜落、雨村は死体が確認されないものの生存は絶望視される。一方、土器屋が赤坂のマンモスホテル五階のT字型の廊下で射殺され、目撃者と警備員が通路をふさいで密室状態であったにもかかわらず、犯人は煙のように消失するという事件が起きる。土器屋の死後、土器屋産業は信和商事に合併吸収され、そこには娘婿の死を嘆くより、思いがけずうまくいったとほくそ笑む名取の姿があった。

というのが千枚に及ぶ半ばまでのストーリーである。主人公と見えていた二人がいなくなってしまったのだが、後半は雨村が本当に死んだのかと疑いを持った妻の久美子が行方を追い、捜査陣も土器屋殺害の犯人と手口を追った末に、女たちの愛への執念を背景とする真相があばかれる内容である。

小説が社会派と位置づけられる条件の一つは、そこにいかなるメッセージが託されているかである。『腐蝕の構造』が託されたのは、原子力発電所の建設も含む原子力開発の危険性への警鐘である。本文では雨宮征男に原子力の開発は「神に対する挑戦ではないだろうか?」と語らせているが、二〇一一年三月十一日の東日本大震災で福島第一原発がメルトダウンして爆発、放射性物質を大量に飛散させた直後に、中沢新一は内田樹、平川克美との鼎談本『大津波と原発』(朝日新聞出版)で、原子力エネルギーは生態圏の外にあるので、化石エネルギーのようにはコントロールできないリスクがあると解説している。「神に対する挑戦」と「生態圏の外」という言葉が響き合って聞こえたものだ。しかし悲惨な結果を見てからの指摘と、その四十年前に鳴らした警鐘の意味合いは大いに違う。

森村誠一は作中の雨宮征男の考えを通して、「当初は純粋な科学的発明、発見だったものが、発明発見者の意図とまったくかけ離れて、人間を悲惨に導く用途に利用されるようになった例」は枚挙にいとまがなく、生物化学兵器に関するある専門家は著書で、「絶対的な兵器として核兵器を忘れているわけではない。しかし核兵器を、我々は人間の意志の力によって、〝使われない兵器〟として封じこめている。自分が破滅するという確実な危険性を将来することが、あらかじめわかっていながら、相手を同じ危険に陥れるというような手段を、人間にかぎらず、あらゆる生物はけっしてとらない」と言っているが、「人間は、果たして、そんなに聡明であろうか?」と疑問を呈している。機械文明が環境破壊をもたらしたにもかかわらず、それを知りながら、破壊の手助けをやめないところに、人間の愚かしさと恐ろしさがある。だから〝人

間の意志〟というものに絶対の信頼はおけない、というのだ。そして、

「注意すべきことは、学者がいかに平和利用を強調しようと、いったん彼らの手を離れた発明発見の産物は、権力者の手に渡って、どんな形に利用されようと文句を言えないことである。

学者は権力をもたない。タマゴを産むだけ産まされるが、産んだタマゴを料理することはできない。彼らに精々できる抵抗は、タマゴを産む前に、自分の好みの料理法の注文をつけることぐらいである。

『原子力三原則』などは、学者というニワトリをおだてて、タマゴを産むだけ産ませようという料理人＝権力者の懐柔策かもしれない。

だいたい原子力が軍事利用の危険と密着していなければ、こんな原則は、はじめから必要ないのである」

と指摘する。

雨村を信和商事、すなわち商事会社が引き抜こうとする理由としては、戦後の商社はマンモス化と総合化をはかる過程で、商圏の拡大を重化学工業製品へ移してきた。そのような時代性のなかで商社は、「常に商品の高度化に即応できる体制を備えていなければならない。資本展開の遅れた部門を補充し、メリットのある未来産業にはパイオニアとして進出していく」必要があり、「特に原子力産業やシステム産業、情報産業などの未来産業への進出の際に、商社の果たす役割は大きい」と、つまり、原子力産業に利権を見ているからである。さらに、その利

権は原子力発電所の建設にとどまらず、国が進めている核燃料サイクルにもあると、言及する。「これは天然ウランの採取からはじまって、精錬、弗化物への転換、濃縮ウランの生産、これを酸化物に再転換して燃料体へ加工、次いで原子炉の中で燃え終った使用済燃料体をいったん冷却したあと、化学的な処理を施して、燃え残ったウラン235やプルトニウムを回収して再び燃料資源として利用することで、核燃料サイクルと呼んでいる。

そしてサイクルの各構成要素が、それぞれ原子力産業の一部門を成すわけである」

その核燃料サイクルの事業は二〇一六年九月、ついに高速増殖炉「もんじゅ」の廃炉が決まって実現は困難になった。これまでに一兆円以上が費やされたというが、十分に研究成果が上がったとは到底いえず、一方で企業にどれだけの利権を提供してきたことか計り知れない。森村誠一の四十五年前の言及は原子力産業の本質をついていたといえる。

話がすこし横道にそれるが、この件に関して政府は核燃料サイクルの堅持と高速炉の実証炉建設をめざす事業は継続するとしている。その理由を各原子力発電所から出るプルトニウムが国内に大量に蓄積され、核兵器の材料となるので世界の批判をまぬがれない、だからそれを消費する手段の研究が必要だと説明、喧伝している。だが四十六基もの原発を造った結果の後付けの理由であり、そもそも、高速増殖炉は使用したプルトニウム以上のプルトニウムを産出するのであって、稼働すればますますプルトニウムを貯めることになる。六十年前に国策として策定されたプランでは、核燃料サイクルはエネルギー資源のない日本にとっての夢のインフラという位置づけだったはずで、いまになってプルトニウム消費の必要性を唱えるのであれば、始めから「もんじゅ」は建設されるべきではなかったのである。

いまや自然エネルギーを利用する技術が格段に進歩し、さらなる技術革新の余地も大きい。世界的に核廃棄物の処分方法ももはや絶望的に見つからない状況、また「もんじゅ」の廃炉に三十年、その間の工事費と維持管理費は三千七百五十億円と見積もられたというがそれで済むのかどうか、そうしたことを考えれば、脱原発に踏み切り、自然エネルギー利用のインフラ整備に資本を回すべきである。そういう時期にきている。福島にあれだけの悲惨をもたらしたにもかかわらず、政権がベストミックスなどと美称を弄して、なお原子力発電にこだわるのは、原子力産業の権益がやはり巨大なので、産業界へ配慮が大きいからだろう。原発依存のエネルギー政策に固執する政権の姿は、戦前に空母の時代に入っていた世界の動きに反して大艦主義を押し通し、戦艦大和や戦艦武蔵を建造してあっけなく海に沈められた歴史を想い起こさせるところがある。『腐蝕の構造』は、原子力産業のもつ将来性への疑問と、軍事利用の可能性への懸念も含めての利権構造をするどく洞察した作品であった。

『鉄筋の畜舎』は、東京新宿のデパート「赤看板」の社長のおかかえ運転手である竹場正吉が、轢き逃げ犯人として逮捕、懲役刑を言い渡されて獄死。息子の栄一が父親がだれかの身代わりだったと無実を信じ、「赤看板」に入社、真犯人を探り出して、復讐を企てるという内容である。その過程で二つの乗っ取り劇が描かれる。一つは「赤看板」の現在の社長・保科商平が、創業百年になる五代目の前社長・水口平三から、ひそかに過半数の株式を買い占めて、経営権をかすめ取ったというもので、これが昭和二十年代のこととなっている。昭和二十年代に起こったデパート乗っ取り事件で思い浮かぶのは、横井英樹による白木屋乗っ取り事件だが、イメージモデルはそのあたりである。この事件は白木屋と横井英樹とのあいだで繰り広げられた裁判の形勢が二転三転したことで泥仕合の様相を呈したが、最後には資金繰りに窮した横井英樹が東急の社長・五島慶太に泣きつき、買い占めた全株式を引き取ってもらって、やっと幕引きとなった。白木屋はその後、東急百貨店に吸収合併されて古い看板を下ろすことになる。

もう一つはこの作品のクライマックスとして描かれる総会屋一味による株買い占め工作である。保科商平の一族の間に内部分裂をさそい出す一方で、十数年前に乗っ取られた側だった水口平三の乗っ取り返し、と外には見えながらの周到な乗っ取り工作の末に、切り札としてTOB（公開買い付け制度）が使われるところがミソとなっている。

TOBの制度は昭和四十六年七月の証券取引法の改正で第二七条に導入が定められたので、この作品の連載が開始するわずか半年前である。それを早くも作品にとりこんでいるのは、内容を盛り上げるだけでなく、TOBの制度化で、日本の企業主義社会が高度経済成長下とは異なる展開をみせるのではないか、と機敏に予測したからだろう。企業による株式取得の方法の範囲が拡大することで、この作品での保科商平がそうなったように一瞬にして経営者が城を失い、虫けらにおとしめられるドラマが起きるだろうし、リスク回避の方策を経営者たちが立てないはずもない。それがまたサラリーマンにどのような影響をもたらすのだろうかという視点を持ったから、いち早く作品にとりこんだと見るべきである。轢き逃げ犯人の身代わりにされた竹場栄一の父親のように、企業に非人間的に扱われるサラリーマンへの視点に、一切妥協はないのである。

『暗黒流砂』は、国土庁のノンキャリアで業務部第二管財課長の梅原直人が部下の汚職の管理責任を問われて懲戒解雇になる。一方で、国土庁長官粕谷修三の汚職容疑を内偵していた警視庁捜査二課刑事の中津和男が、粕谷の愛人である久田扶美代の色仕掛けの罠にはまり、強姦されたと告訴され懲戒解雇となる。その二人がたまたま、ホテルで起こった二つの殺人事件の犯人に仕立てられそうになって危うく難をのがれたことをきっかけに手を組み、国有地払い下げに隠された謀略のシナリオ、〝黒い霧〟の真相に執念でせまる内容である。

〝黒い霧〟という言葉は、もともとは松本清張が昭和三十五年に連載した『日本の黒い霧』に由来する。敗戦後からGHQによる占領統治が終わるまでに起こった数々の奇怪な事件、「帝銀」「下山」「松川」「白鳥」といった出来事の真相をさぐるノンフィクション作品である。それを受けて、昭和四十年から四十二年にかけては、しきりに〝黒い霧〟が新聞の見出しをにぎわせた。四十年四月に発覚した吹原産業事件は、吹原弘宣吹原産業社長と金融業・森脇将光が共謀して池田内閣の黒金泰美官房長官の念書を偽造、自民党総裁選挙の選挙資金を預けると偽って、三菱銀行長原支店から計三十億円の預金通知証書二通をだまし取ったというもの。そうした念書の流通する意味を通して、政財界の黒い密着ぶりがとりざたされた。四十一年十二月に強制捜査がなされた共和製糖事件では、私文書を偽造行使して不当融資をはかったこの事件を決算委員会で追及した社会党の相沢重明議員が、手加減をたのまれて百万円を収賄したとして捜査の手が入った。しかし政治家のからむ黒い金の流れはいつもうやむやにされる。新聞紙面に躍る〝黒い霧〟はしだいに、どうせ真相は解明されることはないという諦めの意味を濃くするようになってもいた。

森村誠一にはそういう毎度の事件展開に納得できないものがあって、〝黒い霧〟を題材に取り上げたとみてよい。ただし、イメージモデルと見られる事件はない。当時、田中内閣による「列島改造」構想のぶち上げが地価の高騰を招いていたことから、国有地払い下げと汚職を組み合わせて構成したと考えられる。ところが一九七四年の十月、立花隆が「文藝春秋」十一月号に発表した「田中角栄研究――その金脈と人脈」をきっかけに問題化した田中金脈事件のなかで、田中角栄の地位を利用した国有地払い下げ・転売疑惑が露見する。結局これもまた最終的に解明不十分のまま終わったが、森村誠一の予見力、着眼の明がうかがえるというものである。

その後、ロッキード、リクルート、佐川急便と汚職事件がつづくなかで〝黒い霧〟という言葉はしだいに使われなくなっていくが、森村誠一はこの作品の講談社版文庫に一九九二年三月の日付で、つぎのような「あとがき」を寄せている。

「今日の日本の政治の世界では、不正が常識になっている。地位を利用して不正を恣にし、露見しても辞職せず政治家の座に居すわっている。親分も不正に連座しているので、不正を犯した子分の首を切ることはできない。トカゲの尻尾切りで、不正の末端分子を切り放して、生き残っていく。政治に腐敗はつきものと居直る。次の選挙では多少票を失っても、忘れやすい日本人の体質に助けられて、次の次の選挙ではまた盛り返す。当選すれば禊はすんだとうそぶく。庶民に対しては厳しい裁判所や検察も、政治家に対してはなぜか手ぬるい。警察も政権党幹部の選挙違反には基本的に手をつけられない仕組になっている。元警察庁長官が参院選に立候補して、地方区で選挙違反の最多記録をマークしたことはまだ我々の記憶に残っている。

このような悪徳政治家をせめて小説の中で弾劾しようとしてこの作品を書いた」

原子力開発をめぐる政官財癒着のからくり、乗っ取りという企業倫理、政治家に還流される黒い資産の問題と、日本の夜にうごめく日本社会のゆがんだ構造を浮き彫りにするこれら三つの長編は、あくまでも本格推理の意識を離れてはいないが、森村誠一の社会派の一面をつよく印象づけるものといえる。

政治家の資質を問う『黒い神座』

これらにつづく社会派と受け止められる題材を扱った作品には、出稼ぎ労働者の故郷喪失の悲劇を背景に幽霊農協、黒幕政治のけがれた構図を描く『花の骸』（一九七七）やロッキード事件をモデルに次期主力戦闘機をめぐる総理大臣と黒幕右翼の関係を描く『カリスマの宴』（一九七八）、不正入試と教育界の大学の裏口入学を衝く『死媒蝶』（一九七八）、性風俗に焦点を当てた『致死眷属』（一九七九）、スパイ防止法（その後の特定秘密保護法）を成立させて情報公開の原則や取材・報道の自由を制限しようとする政治権力の蠢動を取り上げた『死海の伏流』（一九八六）、政治権力がいかに立場を守ろうとするか、警察官僚などその保全システムをあぶり出す『腐蝕花壇』（一九八七）、権力そのものの構造に緻密な分析でせまった『黒い神座』（一九八八）などがある。

『黒い神座』は、森村誠一の政治に向ける視線を知る意味で恰好の作品なので、本章の最後に紹介したい。

この作品は、戦後食うや食わずで苦労した間室達也という男が、保守党派閥の力学の上に立って陰謀を弄し、政権の頂点にのし上がっていくという展開が軸の物語で、その過程で恩人に当たる人物が被害者の殺人事件など複数の殺人事件がからんでいく。その事件への関わりと顛末を通して、政治家と派閥、政治家と金、政治家と女など、政治権力をめぐる多岐な側面が論及されているところが読みどころになっている。そのなかでいちばんの眼目としてあるのが、間室達也のかつての派閥領袖でいまは隠棲者ふうに暮らしている志垣義周が語る〝民主制下での政治家はどうあるべきか〟である。志垣が高尾山中で新聞記者の勝野純一郎と会ったシーンで発言したもので、おおよそ次のようである。

政治家になるということは、「私」を捨てることである。民主制の下では政治家は政治権力を一時的に預けられた者であって、私物化は許されない。政治が私物化されれば国家は危うくなり、そのツケは国民が支払わされる。政治家はそんなことのないように一片の私心もあってはならず、常に国民の厳しい監視の対象となっていなければならない。政治家は生身の人間ではあるが、神のごとき姿勢が求められる。といっても、神になりきってはならない。神になるということは自分が絶対者になることであって、そうなると国民からの監視はしりぞけられ、国民から預けられた権力を神固有の〝神権〟としてふるうようになる。政治家が神そのものとなったらもはや民主政治とはいえない。すなわち政治家は神のような姿勢を持ち、人間の温かい血を持っている存在でなければならない――。志垣義周はそんな高邁な存在としての暮らしに耐えられないので、政界を引退したというのだ。

対して、間室達也は〝神権〟をふるう座を望んでめざす者である。間室は「日本国民のためでもなければ、日本のために政権を追求しているのではない。おのれ個人の野心のためである。

『天下』を取ることを男子の本懐として」いて、その観念する国家は「国民より優先される。国家あっての国民であり、その逆ではない」というものである。

物語は、間室達也が野心の究極の座を獲得した時点で幕引きを迎え、「権力は生き物であり一度権力の座に就けば、権力自体が独り歩きを始める。本来『主権在民』によって国民から預けられたはずの権力が、オーナーである国民のおもわくを踏みにじって途方もない方角へ歩き出す。これが暴走を始めると、もはやだれにも止められなくなる」と暗に先を予言している。

もちろん作者はそんな〝黒い神〟が出現していいといっているわけではない。そうならないようにしなければならない。そのためには政治家を国民の厳しい監視下に置くとともに、国民にとって唯一の武器である選挙の段階で〝黒い神〟となりかねない人物を見極め、ふるい落とすしかない、と警告を鳴らしているのである。

しかしいま現実を見ると、毎度の国政選挙ではあいかわらず利権代表を担ぎ、有名人だからと安易に票を投じる傾向が幅をきかせている。一方で為政者の側は、デフレ脱却、景気浮揚と称して借金三昧、ばらまきの政策に終始しており、国家主義の思想を隠し持つ右派政治家とそれによく考えもせず追随する国民が増え、草の根でも「日本会議」などという国粋主義勢力が画策する時代になっている。自民党安倍政権は「特定秘密保護法」、集団的自衛権を認めるという憲法違反が濃厚な条項を含めた「安保関連法」を独断的に成立させたうえで、第九条こそが狙いの憲法改正への動きを加速させている。

その自民党の「日本国憲法改正法案」（平成二十四年四月決定）には、国民の自由及び権利についての十二条、現行「国民は、これを濫用してはならないのであつて、常に公共の福祉のためにこれを利用する責任を負ふ」を「これを濫用してはならず、自由及び権利には責任及び義務が伴うことを自覚し、常に公益及び公の秩序に反してはならない」に変えるとしている。自由および権利を公共の福祉のために使おうとの美しい呼びかけを削り、公の秩序を乱すような自由および権利は認めないとするというのである。また生命、自由及び幸福追求に対する国民の権利を保障する十三条、集会、結社及び言論、出版その他の表現の自由を保障する二十一条などにおいても、「公益及び公の秩序に反しない限り」という文言を付帯して、権利を制限する意図が見られる。

「公益及び公の秩序」は、現在の中国共産党政権がそれを「乱す」として反対意見・勢力を有無もなく取り締まっていることで明らかなように、為政者がどのようにも使用できるきわめて都合のよいものであって、国民を権力に服従させる意図を持った文言、国家主義を推進する文言にほかならない。これを認めれば、かつてドイツがヒトラーを生んだように、国民の側から〝黒い神〟を作り出してしまう可能性は消えない。

作者のメッセージは伝わっていないようだが、いや、伝わらない現実があるからこそ、『黒い神座』は、民主主義の世といえども、権力はつねに暗黒の潮流を含んで成り立っていることを教えるのである。

第四章　「証明」と「十字架」のシリーズ

人間とは何かを問う『人間の証明』

一九七四年、角川書店編集局長の角川春樹が、森村誠一が住む神奈川県厚木市の緑が丘団地を訪れ、創刊する「野性時代」への連載執筆を依頼した。森村誠一にとってやがて刎頸の交わりともなる角川春樹とのこの出会いは、次なる第三のステップとなる一群を生み出すきっかけとなる運命の出来事だった。一群とは、『人間の証明』（一九七七）に始まる〝証明シリーズ〟三部作、『白の十字架』（一九七八）に始まる〝十字架シリーズ〟三部作のことである。

そのときの出会いの様子を角川春樹は、角川文庫版『白の十字架』（一九八〇）の巻末に「戦友」と題し寄稿したエッセーで、

「その時受けた心の温まる歓迎を今でも忘れることができない。団地の一部屋で、これか

ら創刊する月刊誌『野性時代』の連載を熱っぽく森村さんに頼み込んだ。それは、何人もの流行作家に執筆を断られた後のことであった。こたつに足を入れながら、森村さんは私の訴えに熱心に耳を傾けてくれた。私の強引さに負けたのかもしれない、結果的に連載を引き受けてくれ、一年の準備期間を待ってそれは出発した。こうして生まれたのが、角川書店にとって初のオリジナル森村作品『人間の証明』である」

と述べている。また、仕事上と人間関係の失敗で、創業者である角川源義から勘当され、役員も降格されて仕事からほされ、鬱屈していた時代のこととして、

「昭和四十四年もあと数日という冬ざれの日に、鉄道弘済会のキオスクで本を数冊買い込み正月休暇にそなえていた。当時、キオスクに並んでいる本と言えば、返品も多いせいもあって、二流出版社の手軽に読める、それでいて無名作家による作品が多かった。私は題名とパラパラめくった感じがなんとなく気に入って、作家は無名だったが並んでいる全作品を買ってしまった。

『挫折のエリート』『大都会』『分水嶺』『銀の虚城』がそれだった。退屈しのぎに読み出したのだが、ストーリィが抜群で、乱暴な文体にもかかわらず、奇妙に惹きつけられてやまないものがあった。私には動物的な勘があり、それにさからった為に失敗した矢先だっ

ただけに、その時の自分の勘を百パーセント信じる気になった。この作家はいずれ大物になる時が来ると」

と奇しき因縁を語っている。五千部刷って二百部しかさばけなかったという〈青の時代〉の作品を、角川春樹は手にしていたのである。

一方、森村誠一は「『人間の証明』のモチーフ」（『ロマンの寄木細工』所収）というエッセーで次のように述べている。

「この作品を書いたきっかけは、編中、テーマ詩として採り入れた西条八十作の『帽子』の詩と、角川春樹氏との二つのめぐり会いである。角川氏は当時創刊された雑誌『野性時代』への連載小説執筆を、私の許に見えられて熱っぽく依頼された。角川氏の私の可能性に賭けておられるような態度に私は感動した。大手出版社のリーダーが一介の駆け出し作家の許へ直接足を運んで執筆を依頼するということは、めったにあることではない。私は角川氏の私への賭けに対してなんとしても応えたいとおもった。そのとき胸の奥の方でゆらりと動いたのが『帽子』の詩だったのである」

二人のエッセーからは、角川春樹の熱意が森村誠一を動かしたことがよくわかる。森村誠一がそれに感じ入り、「母さん、ぼくのあの帽子、どうしたでせうね」の問いかけで始まる「帽子」の詩を思い浮かべたと、創作意欲を触発されている。それは角川春樹の熱意が、才能を呼び覚ます触媒としての力をもっていたことを意味する。才能を呼び覚ます触媒とは本来、優れた編集者に与えられる言葉である。角川春樹には常に社長という肩書がついて回り、メディアミックスの手法を開拓した経営者としての評価が高いために見落とされがちだが、優れた編集者としての一面がある。たとえば、一九七五年十月の父親源義の死亡にともなう社長就任以前からすでに、それまではどちらかというと純文学や学術作品の舞台であった角川文庫に、エンターテインメント作品を積極的に入れはじめている。また、いまでは当たり前となっている文庫にカバーやオビを付けることを他社に先んじて推し進めた。「野性時代」の創刊では、あえて採算は度外視し、大判の判型で、既成の小説誌より倍の枚数の作品が収録できる分厚いページ立てとした。そのせいで異例に重く、持ち運びに適さないものとなったが、既成文芸誌の編集者を、いやな予感で青ざめさせることにもなった。なぜなら倍の枚数の作品収録能力をもつのであれば、長編の一挙掲載であれ連載であれ、新人の大胆登用であれ、企画の余地が大幅に広がるからである。作家の立場で考えれば、依頼枚数に縛られて書けないでいる材料を自由な枚数で書かせてもらえるようにリクエストできるメリットもある。これまで付き合ってきた作家たちがどっとなだれ込んでいく危惧を覚えたとしても不思議はなかった。実際、やがて危惧は現実となる。一時、「野性時代」には、同一流行作家による同時二本の連載小説を掲載するといった掟破りの企画まで登場、森村誠一がその第一走者を担った。あわてた「小説現代」が対抗手段として、九ヵ月連続の短期集中連載で一挙に長編三作（『太陽黒点』『空洞星雲』『凄愴圏』）を執筆するように申し入れたほどである。

一九八一年にはカドカワノベルズを発刊し、一時衰退していた新書形態の市場に新たなブームを巻き起こした。その後も角川春樹は経営者兼編集者としての突出した才能と嗅覚、先見性で、出版界をリードしていくのだが、森村誠一を訪問した時点では、それらの実績はまだ先のことである。ただこの時点での角川春樹には、一度は仕事からほされて鬱屈させられた怨念と、そのなかで自分なりに考えた出版活動への野心がたぎり立っていたことは、最前のエッセー「戦友」に書いているのでまちがいない。かたや森村誠一は十年にわたるホテルマン時代に「このままでは足元から腐っていく」と思いつめた体験と怨念から作家をめざし、すでに流行作家として認知されてはいたが、なおその火は燃え立っている時期に当たる。その二人が出会ったのである。二つの怨念が、いや二つの「志」と「志」が出会ったというべきだろう、「志」と「志」が切り結ぶことで、二人の間に高いボルテージの磁場が生まれたと想像してもおかしくない。

その強烈な磁場のなかで森村誠一はミリオンセラーとなる『人間の証明』を書き、それを角川春樹はメディアミックスというビジネスモデルを開発して映画化した。その磁場は『青春の証明』（一九七七）『野性の証明』（一九七七）へ引き継がれ、さらに『白の十字架』『火の十字架』（一九八〇）『黒の十字架』（一九八一）へと持ち越された。芝居などで役者がその日観にきてくれたたった一人の客のために熱演し、それが名演となって観客全員を感動させることがあるという。それと似たことが森村誠一と角川春樹の間であったとしても不思議ではない。なぜなら、いまあげた個々の作品がいずれ劣らず、高いボルテージを維持しているからである。二人の最初の出会いで生まれた磁場の緊張が失われていないと感じさせるからである。その意味でいえば、〝証明シリーズ〟と〝十字架シリーズ〟の六作品は、森村誠一と角川春樹の「同志」の証として展開された作品である。そういっても過言ではないようにおもわれる。

のちの一九九三年、角川春樹は麻薬取締法違反などで千葉県警に逮捕され、二〇〇〇年に懲役四年の実刑が確定し服役したが、その間も森村誠一は友情を絶やさず、出所後の二〇〇四年六月十一日にホテルニューオータニで開かれた「角川春樹『復活の日』祝賀会」では発起人代表を務めた。この日のパーティは出版関係者への招待は控えられたものの、北方謙三や赤川次郎など作家陣のほか映画関係者を中心に大盛況で、主賓格として紀伊國屋書店会長の松本治、また春樹の父親源義との同郷の誼か、車いすで出席した〝昭和の参謀〟こと瀬島龍三が激励の挨拶に立った。

『人間の証明』は、東京・平河町の東京ロイヤルホテル四十二階にあるスカイダイニングルームに、上がってきたエレベーターの中から胸にナイフを突き立てた黒人青年ジョニー・ヘイワードが転がり出て死亡した、という場面を発端とする。パスポートからニューヨークから来日したらしいとわかり、清水谷公園から彼を乗せたタクシー運転手は、黙ってホテルを指さして

「ストウハ」と言い、行くように指示されたと証言する。公園の周辺を捜索すると古ぼけた麦わら帽子が見つかり、麴町署の棟居弘一良刑事は、ストウハとはストロー・ハットではないかと気づき、ふとホテルを見上げると、屋上のクーリングタワーの周囲を土星の輪のようにめぐる屋上レストランが、光で編んだ麦わら帽子の形だった。ニューヨーク市警の捜査でジョニーが日本の「キスミー」へ行くと言って出発したと判明、さらに先のタクシー運転手から、置き忘れてあったと西条八十詩集の提出を受け、棟居はそのなかの「帽子」という詩に「霧積」という地名があることを見つけ、キスミーとは霧積で、ジョニーは霧積温泉へ行こうとしていたのではないかと推測する。霧積温泉に出張した棟居らは老婆の一人が、だいぶ前に「黒い兵隊さんの親子連れが来た」と言っていたとの情報を得て、さっそく会いに向かう。だが一足遅く、老婆はダムに突き落とされて死亡していた。捜査の末に、著名な家庭問題評論家の八杉恭子がかつて黒人兵との間に産んだジョニーの存在を、いまさら知られたくなくて犯行に及んだものと推察され、ついに大詰めを迎える。そういう筋立てである。

森村誠一は先に引用したエッセーで、「母さん、僕のあの帽子、どうしたでせうね」の問いかけで始まるその詩には、「なにか人間の郷愁の原点」があるような気がしたと前置きし、

「母親という存在は、すべての人間にとって泣き所である。母親が健在な人も、またすでに亡い人はなおさら、抽象化された母親のおもかげというものをもっている。それは幼い

ころに通過してしまった優しい母のおもかげであり、人は決してその母にめぐり会うことはない。現実の母親も、そのおもかげの母親になれないのである」

と、この作品に託した主題を語っている。要するに『人間の証明』は「おもかげの母」と「現実の母」のはざまに生じた悲劇と、それでもなお切っても切れない親子の血の物語なのである。その深刻なテーマのもとで、人間とはどういう存在なのか、人間が人間として最後に残しうる心の尊厳とは何かを問う内容になっている。これまでの本格推理や社会派長編推理からは作風がより文学的に変化しており、それが森村ミステリーの第三のステップと位置づける理由である。

母と子のきずなの物語、その別離と再会をめぐる物語は、小説の「定型」の一つとして類別が可能である。それをテーマとする作品が古今東西を問わず多くあるというだけでなく、テーマの普遍性が担保されているからである。謡曲のいわゆる物狂いもの『三井寺』『桜川』『隅田川』などはもとより、森鷗外『山椒大夫』や谷崎潤一郎『少将滋幹の母』を念頭に浮かべる人がいるかもしれない。

親子別離と再会の物語は、別離の状況と再会までの隔てられた時間によってもたらされる変化が、その展開を左右する。『三井寺』では人買いによってかどわかされた子、『桜川』では自ら人買いに身を売った子が別離の状況をつくり、子に会いたさに狂った母がたずねたずねた果てに、執念が実ってめでたくもめぐり会う。『隅田川』ではしかし、子はすでに死んでいて、母はたどりついた川のほとりの塚から迷い出た子の亡霊とのみ対面する。『人間の証明』はどうかというと、戦後GHQ統治下で黒人兵とのあいだに生まれた子がアメリカへわたり、その後二十数年のあいだに獲得した社会的な地位を守るために、母が子を再会の場で殺してしまう惨劇として描かれている。二十数年前に時を止めた「現実の母」は、その歳月の隔たりのなかで「おもかげの母」に変化し、その「おもかげの母」は二十数年後の「現実の母」によってこなごなに打ち砕かれてしまう。残酷な展開だが、戦後昭和の風俗的な事情を背景にしたまったく新しい物語を、親子別離と再会という定型の歴史に刻んだといえ、その意味でも評価に値する作品だろう。

では『人間の証明』は何をもって「人間」を証明している作品なのだろうか。その一つは棟居刑事の生い立ちとジョニー・ヘイワード殺害事件の捜査の終盤に見ることができる。

棟居が刑事になった理由は、社会正義のためではなく、人間全体に復讐するためだった。子供のときの、男をつくって家族を捨てた母親への怨みと父親の憤死の体験が、人間不信、人間憎悪の芽をはぐくんでいたからである。

四歳の冬、父は、占領米軍の酔った兵士たちに衆人環視のなか、なぶりものにされかかった若い女性をかばい、逆に袋だたきにあってその際の傷がもとで死亡する。父の勇気は孤立無援、しかも当の女性は礼も言わず逃げ去り、棟居が助けを求めた誰もが手を貸してはくれなかった。また父を治療した医者の検査のずさんさも、父の死を決定的にした。そこから棟居の目には米兵たちはもちろん、若い女、群衆、医師までもが敵に映るようになる。しかし一人一人の顔は記憶にないために、敵への怨みはいつかしら、人間全体へと向かい、だれでもいいから人間を追いつめて復讐したいと変化していく。人間を追いつめることのできる職業はないものか？相手が犯罪者に限られるものの、法律の番を託されている警察官ぐらいしかない。こうして棟居は刑事になり、犯罪者にいわば人間を代表させ、彼らにもがきと苦しみを与えるべく、執念を燃やした。棟居は執念にとりつかれた刑事として登場したのである。

そんな棟居が、ジョニー・ヘイワード殺害事件を調べるうち、有力容疑者の八杉恭子の顔に父の死にかかわった女性のおもだちを見出すのである。棟居ははげしく「胸に沸騰する」ものを覚える。父を見捨てて逃げ去ったときと同様に、わが子のジョニーにたいしても、自分ひとりが大事の行為へ走ったのではないか。八杉恭子には人間の心はないのか、どんな下等な動物にもある情というものがないのか、それを確かめてみたいと、こみ上げてくる。棟居は捜査本部の上司に、局面の打開のためにも、八杉恭子に人間の心が残っているのかどうか、もし残っているならば必ずや自供せずにはいられないように追い込んでみせる、と申し出る。切り札は麦わら帽子と西条八十の一編の詩だった。詩編ににじむ「おもかげの母」のイメージにかさねて、ジョニー・ヘイワードの来日の切ない思いを訴え、八杉恭子の心に残る最後の尊厳をあぶり出そうとする。そして棟居は賭けに勝つ。八杉恭子は自供して、事件は終焉する。このとき八杉恭子は、自供しなければ守られたすべてのものを失うかわりに、自分の中に残っていた人間の心にめざめたのである。「人間」を証明したのである。

一方で、自供を勝ち取った棟居は、自分の心の矛盾を知って愕然となる。人間を信じていないはずの自分が、犯人の人間の心に賭けていた。それは自分が心の片隅のどこかで、人間を信じていたことを意味するからである。犯人に人間の心を問うことで、それまで不信と憎悪の対象にしていた人間全体にたいして、棟居みずからが人間の心を信じるという人間本来の姿をとりもどしていた。結果として、棟居自身が「人間」を証明していたのである。

「人間」が証明されている場面のもう一つが、冒頭のジョニー・ヘイワードの死の瞬間にある。ジョニーは体に深くナイフを突き刺したまま、建物最上階のスカイダイニングルームをめざして来た。そのナイフを誰が突き立てたかがわかれば、バーバリーコートでナイフをくるむようなその姿は、むしろナイフを大切に抱えこんでいる姿に見えてもおかしくない。そのナイフはジョニーの「おもかげ」にたいする「現実」からの無残な拒否の証だが、一方で「現実」から与えられた唯一の確かなものでもあるからだ。たとえどんな仕打ちを秘めたとしても、自分に向けられたその人の気持ちはそこにたしかにこもっている。だからジョニーはそれをいとしいと思い、切なくもしっかりと、体で受け止めているのだ。

清水谷公園の暗闇にひとり取り残されたあと、ジョニーは死線をさまよいながらも「光のストロー・ハット」を見つけ出す。「現実の母」からはひどい仕打ちで追い返されたとはいえ、ジョニーの胸にはなお「おもかげの母」は生きているし、帰るべき源郷はそこしかない。最後の力をふりしぼり、一歩一歩「光のストロー・ハット」に近づきながら、ジョニーはこのとき「現実の母」を許している。ジョニーの体を押し包む限りなく透明な悲しみが、許すのである。そしてその許しはおそらく、はかなくてもなお、自分たちはひとつの絆で結ばれていると信じるジョニーの純粋な叫び声である。その信じる心に、「人間」が証明されている。エレベーターの扉が開いたとき、ジョニー・ヘイワードは麦わら帽子に抱き取られ、一体となったのである。

人間らしさの極限に迫る「証明」シリーズ

続いて書かれた『青春の証明』にはまず、戦後まもない時期のこととして三組の夫婦の姿が描かれている。一組目は笠岡道太郎が恋人の笹野麻子と公園にいるところを暴漢に襲われ、危ういところで「くりやま、バカなまねはするな」の声とともに現われた松野泰三刑事に救われる。だが、松野刑事は暴漢との格闘の際に刺されて殉職、体が固まって助けに出られなかった笠岡は、麻子に卑怯、許せないと責められて別れ、代わりに贖罪の意識で松野刑事の娘・時子とマゾヒスティックに結婚する。

二組目は結婚直前に婚約者の矢村重夫が南アルプス山中で消息を絶ち、その捜索に奔走した矢村の親友・木田純一と、「そんなにすぐ心を切り換えられないわよ」と言いながらも五カ月後に結婚した築地の老舗料亭「あさやま」の一人娘、由美子の夫婦。

三組目は矢吹禎介と麻子の夫婦。矢吹は戦時中に麻子の姉の雅子とただ一度の接吻で結婚を約束したが、空襲で亡くなったため、特攻隊から生還して帰った数年後に妹の麻子と結婚した。麻子からは房事のさなかにまだ姉を忘れないでいると責められもし、特攻隊時代のつらい負い目を心に秘めている。この麻子は、一組目の笠岡と別れた麻子である。

それから二十数年後、立川署刑事になっていた笠岡の管轄地域で「くりやま」の被殺死体が発見され、この三組が偶然の運命に翻弄されるようにストーリーが展開、結末は笠岡がじつは「くりやま」ではなく「くにやま」を聞き違えたと知らずに憤死し、ほかの二組も離婚に至るのだが、それらの破滅は夫婦の一方が青春時代に身につけた錯覚や秘めていた犯罪、押しつけた誹謗の代償として描かれている。青春には無限の可能性があるが、一つ誤れば人生を取り返しのつかない方向へみちびき、後年その代価を払うことにもなると、メッセージがこめられた作品である。

『野性の証明』は、岩手県北部の寒村・柿の木村で発生した凄惨な大量虐殺事件が発端。村民十二人とハイカーの女性一人が斧やまさかり、鉈を使って、顔面や頭部を打ち砕かれていた。ハイカーの女性はF県の羽代市に住む越智美佐子で、遺体は妹の朋子が引き取りに来た。他村で見つかった唯一の生き残り、八歳の長井頼子は記憶を失っていた。

事件が迷宮入りとなった二年後、大場一成の一族が暴力団・中戸組を私兵としてかかえ込み、市政と利権のいっさいを牛耳っている羽代市に、保険の外務員として住み着いた味沢岳史という男が、十歳ぐらいの少女とともに暮らしはじめる。少女は孤児となっていた長井頼子十歳で、記憶はまだ失ったままだが、養女として引き取ったのである。味沢は創始者が交通事故で亡くなってからは大場一族の御用新聞と化していた「羽代新報」の記者、越智朋子が暴漢に襲われたところを助ける。折から中戸組幹部の伊崎照夫の車が湖に転落、同乗していた妻の死体が上がらないという事故が起き、保険金目当ての偽装殺人の疑いで担当者である味沢が調査にのりだす。越智朋子の協力で死体は湖底に沈んだのではなく、殺されて埋められたにちがいないと目安をつけた場所を調べると、その過程で、河川の本堤防工事にともなって形成される河川敷の利権の陰謀が浮上、しかしそれを報じようとした朋子が殺されてしまう。味沢も身の危険にさらされるが、朋子殺害の主犯は大場一成の三男・成明であると突きとめる。その間、岩手の捜査陣は越智の姉妹と長井頼子を引き取った関係から柿の木村事件の容疑を味沢に向け、味沢が元自衛隊工作学校の秘密訓練を受けていた事実をつかむ。

真実を暴こうとする味沢に大場一派が罠をしかけ、やむなく逃亡した味沢は逆に逃亡先から成明をおびき出す。追いかけてきた成明の暴走族仲間たちと格闘になり、ついに自衛隊時代に身につけた暴力が目覚め、相手をつぎつぎにたたきつぶす。ただし柿の木村の惨殺は発狂した長井頼子の父親の犯行で、味沢はその娘の頼子を救うためにやむなく父親を殺しただけという真相が、味沢の記憶のなかで語られる。そして、そのまま精神に異常をきたした味沢の突然の暴力沙汰も、頼子の父親も、柿の木村でキャベツなどに発生する軟腐病の病原菌であるエルウィニア菌が人体に取りついたせいかもしれないと、物語を結んでいる。

最後に作者は、「だが、味沢を発狂させたものは、果たしてエルウィニア菌であったろうか？」と問いかける。味沢は、「自衛隊の工作学校において、決して使用されることのない殺人のためのありとあらゆるテクニックを教え込まれた。全身がきわめて効率のよい凶器と化したように、殺人プロフェッショナルとして仕立て上げられ」ていた。その組織的に訓練された野性が、平和の世の中で歯止めをかけられてはいたものの、彼の体内から「外に出たがって」いて、「身をもって証明したのではあるまいか」と書いている。暴力という野性が暴発したときの恐ろしさを凝視しているのである。

これら〝証明シリーズ〟の三作品についてまとめると、人間らしさの最後の砦としての「心」、無限の可能性としてありながら脆弱でもある「若さ」、本能の危うい牙としての「暴力という野性」をそれぞれに描いて、人間とはどういう存在なのかを考えさせる内容になっている。『人間の証明』と『野性の証明』はともに映画化されたいきおいもあって、ミリオンセラーとなった。一九七七年十月の映画『人間の証明』の公開に先立っては、全国十都市十五書店でサイン会を実施、翌年十月の映画『野性の証明』では同様に十八都市二十五書店で全国縦断のサイン会を実施、この年から国税庁の高額所得者発表の作家部門で三年連続のトップともなった。

しかしそのような成功は、世の常として嵐のあとの海辺のゴミのように、妬みやそねみ、反撥を引き寄せるものである。証明フィーバー、森村フィーバーで世間が盛り上がると、新聞社の文芸担当編集委員やOBの批評家などによる知ったかぶり、揚げ足取りの文章が、新聞や週刊誌に見られるようになった。それらは古参の文芸関係者などに残っていた間違った意味での純文学至上主義やアラ探しで悪態をつく類がほとんどではあったのだが、作家にとっては煩わしいことだったにちがいない。

一九七八年五月十八日付東京新聞夕刊に、同業者である三好徹が次のような文言を含む「近ごろ推理小説考」という一文を載せた。

「『体は潤滑油の補給を断たれて渇いていても、出血するばかりの不毛の愛は、もうたくさんであった。空洞を埋めるパッキングが、そのまま肉質化する可能性もある』

『(男を)失ったあとの空洞など、蟻の穴をローラーにかけるようにたちまち轢圧されてしまった』

右は、森村誠一氏の近作からとったものである。氏は最近のエッセーのなかで、自分は批評家から悪文の代表とみなされているが、批評家の使う、きまりきった文章の批評など相手にしない、という趣旨のことを書いている。わたしも批評家のいうことを気にしなかった一人だから、その気持ちはわかるが、といって、右のような生硬な文章には不満をもたざるをえないのである」

これには「ほしい文章への配慮／優れた構想力もつ森村氏」と小見出しもついていて、折しも『人間の証明』がミリオンセラーに達し、ブームさなかの時期でもあったため、人気に水を差すかのニュアンスで周辺に受け止められたものである。要は、森村誠一の文章を生硬とあげつらい、結局は害意をまぬがれないものといえる。

しかし文章の生硬さを排するこの主張は純文学ならいざ知らず、大衆小説においては正しくない。大衆小説の読者というものは、『今昔物語』や説経集などのむかしを経て今日の講談や浪曲へいたる伝統領域の言語空間を念頭におけばわかりやすいが、もともとからして成句的語法の敷きうつし、同義反復的な言い回し、音韻のひびきにおいても、生硬さを好むという体質をもっている。内容的にいえば、最終的に人間の現実の場での教訓や希望を手さぐりする純文学の読者とはちがって、大衆小説読者は作品の内界にとびこみ、登場人物とともに、興奮にせよ恐怖にせよ快楽にせよ同時体験すること自体を目的として、文章に接するからである。大衆小説読者は、言語を味わうのではなく、眼前の言語を裸形でうけいれ、場面場面の情景と意味をストレートにとらえ、そこから従順に感情をあおられていこうとする。とすれば、レトリックの妙味を見せられたり、情趣の富む馥郁たる文脈のかおりを嗅がされるよりは、情景の輪郭をくっきりと濃く浮き彫りにしてくれる角ばった荒々しい語り口のほうが、性急にもイメージを喚起されやすいのである。たとえば「馬から落ちて落馬した」はさすがに悪文だが、ただ「落馬した」と目に入るよりはイメージが強く広がる。大衆小説においては、生硬さはむしろ読者の要求ないしは欲望にかなっており、生理に密着したものであると理解してしかるべきなのである。その証拠にベストセラー作家の名をほしいままにした吉川英治や司馬遼太郎の文章などにも、いたるところにあからさまな語句づかいや生硬さが見られるものの、頓着もない。三好徹は、悪意があってのことではなかったのだろうが、純文学における文章の特殊な物差しで大衆小説一般を測ろうとしたのであって、筋違いの基準でものを語ったにすぎないのである。

前に述べたが純文学とは、近代小説の「リアリズムで人間を描く」主義と「知性を情念と意思よりも上位の価値として、それを表現する」主義に、「散文における芸術性への指向」主義をくわえた小説のことである。散文における芸術性への指向とは、単純にいえば、詩が言葉と言葉の緊張のあいだに美を求めるように、散文の文脈と文脈の流れのあいだに美を求めようとするそのベクトルのことである。それを感じさせる文章を「文体」があると評するわけで、現代詩の一部やジョイスの『フィネガンズ・ウェイク』が難解で、一般読者が入っていけないにもかかわらず賞讃されるように、あくまでも特別な考え方のジャンルにおける書き手の文章作法への判定である。だから、そうした判定の基準をもちだして一般の小説を評価しても意味はない。文章は書く側と読む側で価値の基準が異なるのであって、その証拠にもし三好徹が彼の名文で『人間の証明』を翻訳したとしたら、おそらくまったく売れないのにちがいないのである。

とはいえ、文章のいい、わるいはある。もちろん決定的に拙劣では番外である。だが、純文学の本当の意味を知らずに文体があるとかないとか、言葉の使い方が生硬だとかスカスカだとか、冗漫といった木を見て森を見ない印象で一方的に判断されるべきではない。

では何をもって判断されるべきか。いっそ〝気〟で判断してはどうだろうか。

文章にも〝気〟がある。梶井基次郎の文章にも中上健次の文章にも〝気〟がある。文章の〝気〟は、個性であり、体温であり、色あいであり、リズムである。読者はその〝気〟を受け、魅力と感じる。赤川次郎の文章には場面展開の早さを支える〝気〟がある。勝目梓の文章には情念の奥深さにふみこむ胆力をおもわせる〝気〟がある。北方謙三には人生を生命の輝きとして謳っているような〝気〟がある。そして森村誠一の文章には時代の空気を呼吸して肉体化する活力を感じさせる〝気〟がある。〝気〟であるから、うまいやへたではなく、つよい、よわい、ない、なくなったなどと感じ取られることである。もしかすると本の売れる、売れないは、その〝気〟のつよさよわさと関係しているのかもしれない。

生き方の選択を問う「十字架」シリーズ

〝十字架シリーズ〟の三作は〝証明シリーズ〟の三作を対のかたちで展開させた作品として位

置づけられる。人間は属性として「心」「若さ」「暴力という野性」を潜在的に持つ存在であることを〝証明シリーズ〟が示したのにたいして、〝十字架シリーズ〟はその属性をもって生まれた結果、人はどのように行動するのかと、生き方の問題へと切り口を向けている。

『白の十字架』は、二つのことが軸となって展開する。一つは空き地に停めた車の中で情事にふけっていた学生の男と人妻が凶漢に襲われ、学生が刺殺されたあとに人妻が犯されてしまう事件が起き、その人妻が警視庁捜査一課の一柳敏郎刑事の妻・美緒と判明、一柳刑事をふくむ捜査が進められるというもの。美緒は事件の直後に妊娠がわかり、一柳の子か学生の子か犯人の子かわからないまま出産したため一柳の執念がつのり、それが捜査の経緯を複雑にする。

もう一つは、ヒマラヤのネパルチュリ峰の頂上アタックをめざしていた山男の津雲明広が、目前の功をあせって自分本位の判断を押し通したばかりに、パートナーの高浜正一を遭難させてしまう。敗残して下山する背後に、山頂が十字架となって白く輝く。それを津雲はパートナーの墓標だと仰ぎ、遺体を「雪の下から探し出し、遺族の許に返すまでは、終生、十字架を背負いつづけなければなるまい」と、それを今後の人生の〝債務〟として生きていくことを誓う。しかし下界にもどったとき、津雲は地獄めぐり、煉獄めぐりのような生活の現実にさらされる。そのなかで、債務はどうなっていくのか、その行方が描かれている。そして、この「債務の行方」こそが、じつは〝証明シリーズ〟の次の展開としての〝十字架シリーズ〟の主たるモチーフである。十字架という言葉は債務と同義で使われている。

人間、なにかを誓ったところでそれが守られつづける保証はない。まして債務という受け止めは、誰から強制されたものでもなく、自分が勝手に身にまとった衣である。脱ぎ棄てることはいつでもできる。津雲は日々、そのどちらに転んでもよい危ういバランスのロープ上で生きていかなければならず、そこに作品の重い仕掛けがある。

債務、十字架という言葉自体は、『青春の証明』で笠岡刑事が妻となった時子の父親を救えなかったことで抱いた贖罪の思いがじつは「空の債務だった」、『野性の証明』で味沢が長井頼子の父親をやむなく殺したことを「彼が背負った野性の十字架」というふうに使っているが、その債務や十字架がどう展開するのかという視点はまだ明確でない。『白の十字架』ではじめてそれがつよく意識されたといっていい。

下界へ舞い戻った津雲は無謀登山という厳しいそしりの声や、一人だけ生き残ったことへの世間の疑いの目にさらされる。凍傷で失った体の部分の治療と社会復帰のためのリハビリで時間を費やしたあとは、生計をたてるために個室喫茶の仕事につく。だがソープランドに改築されることになって解雇、つぎに景気のよい求人広告に誘われて大手家電販売商社に入り、そこではそれこそ地獄めぐりの最大の山場ともなる非人間的な洗脳の研修教育で、身も心もぼろぼろにされる。その間、ヒマラヤ登山の資金稼ぎのために行なったのだろうと学生刺殺事件の容疑もかけられる。ついにホストクラブのホストにまで落ち、夜の暗さでめまぐるしいまでに降りかかる境遇の転変を前に、津雲の債務はゆさぶりをかけられる。津雲はそれを、本来は憧れの的であるネパルチュリ峰をいまは復讐の的に気持ちを変えて、ふみ越えようとする。

債務の最大の危機は、津雲が山に馴れるために尾根歩きをした際、小仏峠から相模湖へ下る途中で、暴漢たちに襲われている三田千枝子を助けて、その後付き合いはじめたことでもたらされる。アパートにやって来た彼女に津雲はふと「家庭のやすらぎのようなもの」をおぼえ、「十字架はだれからも強制させられたものではない。いつそれを放り出しても、だれにも咎められない。十字架の負荷から逃れれば、新たな人生が開くだろう」と甘い誘惑に屈しかかる。しかしからくも、「十字架を取りはずしたとき、自分ではなくなってしまう」と思い直し、「十字架を取りはずしてどの方角へ行ったところで、そしてその方角でどんな成功や、居心地のよい場所を得ようとも」それは「自らを欺いて得たものである」とふみとどまる。

津雲と千枝子は無垢の関係のまま、津雲のネパルチュリ峰再挑戦後の将来を誓う。この千枝子は津雲が歩く夜の暗さに差しこむ一条の光として描かれており、『神曲』のベアトリーチェや『小栗判官』の照手姫になぞらえられる。地獄めぐり、煉獄めぐりと救済の物語は「定型」のひとつであり、『人間の証明』が親子別離と再会の物語という「定型」を秘めていたことと対になっているので、作者がどこまで意識していたかはわからないが、興味に触れるところである。

やがて、津雲がふたたびネパルチュリ峰の登攀にいどみ、頂上近くでパートナーを組んだ男の落とした西陣織の黄色い財布が、自分も一度は容疑をかけられた学生刺殺事件の手配品と同じとわかって犯人が判明する。だが、二人とも遭難死して物語は終わる。幕が下りていくなか、将来を約束しながらも死んでいった津雲への悲しみを「泣かないで、アルジェンティーナ」のレコード演奏を際限なく聞き続ける千枝子の姿に託して、津雲は一つの債務は最後まで清算しようとしたけれども、死してまた新たに別の債務を負ったのではないかと余韻をひびかせている。

『火の十字架』は、経営者保険を悪用した「武蔵野殺人・死体遺棄事件」と「新婚夫婦殺人事件」の二つの事件捜査が並行して進む。その事件に、三十年前のミッドウェィ海戦の空中戦で撃墜され着水した海上で標的となったものの、見逃してくれた日本の戦闘機搭乗員を探すアドリアン・ハーミスと、受け持ちの銃座に攻撃を向けた敵機を撃墜してくれた友軍機をはずみとはいえ誤射で撃ち落としてしまい、その搭乗員の生死不明の行方を探していた刑事の川合多喜夫がからんでいく内容。ハーミスにとっては恩返し、川合にとっては背負った〝債務〟の返済のためである。じつはどちらも同じ機で搭乗員名が判明するが、その人物は武蔵野殺人・死体遺棄事件の被害者、綾瀬勝治だった。しかし追跡調査で、実際の搭乗者は別人の折口英司、当時の中尉であったとわかり、そこにもう一つの殺人事件が発生、三つの事件の捜査が交錯する。

最後に、そのうち二つは、ハーミスとは別に、折口に二度救われたことのある元零戦搭乗員・時岡慎一と、出征する前の折口と恋人との間に生まれた娘が共謀した犯行と見えてくる。日米の関係者によって開催されたミッドウェィ海戦記念日のアトラクションとして零戦を操縦した時岡は、その日、川合から「今日、あなたを逮捕に行きます」と電話で告げられる。時岡はそれを「自分は、地上に下りるべきではないのではないのか。それを川合は〝予告〟してきたのではないのだろうか」と受けとめ、着陸せずに飛行場の周りを旋回したあと、戦友たちが眠る海へと飛び去っていく。川合は直接の実行犯である時岡を死へと逃がし、それにより折口の娘を罪から救うことで、債務を返そうとしたのである。

『黒の十字架』は『野性の証明』の舞台であった大場一成の一族が市政を牛耳るF県羽代市をふたたび舞台としている。大場のおかかえ暴力団である中戸組が運営する芸者売春組織にA県から騙されて連れていかれた一人、秋本和子が殺害され、中戸組を内偵していた匿名捜査官との連絡も途絶えたため、A市捜査一課の土谷栄一郎が隠密捜査を命じられ羽代市へおもむく。すると、組織から逃亡を図って失敗、監禁されていた矢代美代が「謎の味方」に助けられ、土谷のもとに転がり込む。その証言から、大場一成と暴力団中戸組、自衛隊内過激派、タカ派代議士の徳島清隆が結託したクーデター計画が浮上する。「謎の味方」は土谷の隠れ宿が中戸組に襲われたときにも、すぐに脱出するよう電話で知らせてくる。やがて徳島清隆が無免許で車を運転して匿名捜査官を轢き、秋本和子が同乗していたことがわかり、秋本和子の殺害はクーデター計画と交通事故のどちらかに関連していると推測された。結局、クーデター計画は加担した者がいっせいに検挙され、徳島は匿名捜査官殺害の容疑で逮捕される。

事件の終息後、「謎の味方」が名乗り出る。彼は中戸組売春組織のタマを獲得する「キャッチャー」の男だった。幼いころ自分の火遊びで出火し救出してくれた消防士が殉職、古井戸に友人と探検に下りる途中ロープが切れて転落、自分は肩車してもらい這い上がったが友人は溺れて死亡した。それを〝債務〟として背負っていたので、消防士の娘である矢代美代を助けた。また、古井戸で死んだ友人の父親が匿名捜査官だった。土谷を助けたのは矢代美代を守ってもらえる唯一の人物だったからと告白する。しかしそれは債務にたいする一瞬のゆらぎによったもので、彼は悪の道にもどってゆく。もともと幼いころの債務の「荷重をまぎらせるために」人生の裏街道へ踏み込んだのであって、どうせ拾った命だからと、債務を利得としてとらえ、さらに悪に居直って生き延びることを考えるのである。作品は、この「謎の味方」が衆議院議員選挙に打って出、幼い日の債務は「巨悪の象徴である黒色の十字架」となったと表現されて終わっている。

これら〝十字架シリーズ〟の三冊で示された〝債務〟あるいは〝十字架〟は、森村ミステリーの重要なモチーフとして、以後の作品にも継承されていく。

「債務」の正体

ところで、〝債務〟とは何であろう。『白の十字架』では、贖罪意識といいかえることができる。『火の十字架』では、刑事でありながら過去の行為の代償として犯人を逃がすほどだったのだから、呪縛ともいえよう。『黒の十字架』では、それを踏み台にして生き延びるための糧として描かれている。では、そうした意味の広がりにおいて森村誠一は何を見つめたのだろうか。

それは、「結果責任」である。人間として結果責任にどう向きあうのか。結果責任が生じた段階で、人間にはどんな選択肢があるのか。そして「時代と人間」を不動のテーマに据える森村誠一ならでは、同時に見つめているのは、なにごとにも結果責任を負わない、曖昧にしてしまう、この国に蔓延する無責任体制についてである、ということもできるだろう。

結果責任を負わない戦後の無責任体制の初例としては、太平洋戦争での敗戦の結果責任がたびたび言われてきた。東京裁判でA級戦犯が断罪され、それで済んだかに錯覚しているが、A級戦犯は世界平和への罪という罪状で裁かれたのであって、日本が敗戦した結果責任を問うものではない。東京裁判は国際法に基づくとはいえず不当だと喧伝する向きもあるが、戦勝国が敗戦国の指導者を成敗するのはそれこそ戦勝国の勝手であって、それが戦争というものである。戦争責任を問えば天皇におよぶとか、国民全体の責任だと言い出す者がかならずいるが、だからといって権力を行使していた政治家や軍閥たちが責任逃れをしてよいとはならない。国民は為政者を選んだにしろそこから先、権力の行使とは断絶しているのだから執政の責めを負う立場にはまったくないのである。おびただしい犠牲を出しながらも敗戦の結果責任をだれも負わなかったことが、戦後日本の政治、役人、企業の現場での今日にいたる無責任体制の始まり、あるいは象徴とみるのは、あながちまちがいではないようにおもわれる。

戦後七十余年を俯瞰して例をあげればきりがないので、俗だが愚劣な無責任ぶりを一例だけあげれば、大臣や国会議員たちの「失言の取り消し、謝罪」の横行がある。問題発言とされると誰もそうするのが当たり前となっている。それを総理大臣や官房長官が「謝罪したのだから問題ない」などとお墨付きを与えるのだから、あきれる。それでは何を言ってもいい、後で取り消せばすむ、おためごかしに頭を下げればすむことになる。そもそも謝罪などは本心かどうかわからないのだから意味はない。かつては武士に二言はないということで腹を切ったはずだが、いまは政治家の辞書には結果責任の「け」の字も、潔さの「い」の字もないらしい。恥を知らない政治家に未来を託すのは危険である。

結果責任を問われないですむ、曖昧にすますことができるとなると、将来への見通しもなく、利権が優先されて事業が進められていくといった事態も起きやすい。原子力発電が最たる例だ。トイレのないマンションといわれながら貯まりつづける核廃棄物の処理方法、最終処分場のめどもたたないにもかかわらず、また東日本大震災で福島第一原発のメルトダウンによる放射性物質の大量放出で大きな被害を出したにもかかわらず、原発再稼働を推進、別のいい方をすれば、核廃棄物の処分問題は先送りしようとする政策は、無責任の極みといっていい。推進して将来何が起きても、そのとき総理大臣をはじめ政府関係者が結果責任を負うことはないと、わかっているからである。事故当時の東京電力経営陣でさえいまだに結果責任を認めていない。

国策でやってきたことだからと、結果責任を負う気などまったくないのだろう。

日銀総裁はデフレ脱却のための異次元の金融緩和と称して二年で二パーセントの物価上昇を「公約」したが、五年たっても達成されていない。デフレ脱却の兆しもない。それでも日銀総裁が腹を切ることはない。本来日本経済にとってプラス要因である原油価格の低迷を一因にあげたりするが、では原油価格が高騰したほうが日本にとってよいのかと思うと首をかしげるしかない。マイナス金利というのも、経済の教科書にはあるにしても、金を貸した側が利子を払うなどという理屈に合わない話なので、金融業界などのどこかでひずみが突出しないともかぎらない。そんな「やりっ放し」であとは野となれ山となれの無責任の垂れ流し、結果責任の消滅が、この国の政治、経済の世界では平然とおこなわれているのである。

「時代と人間」をみつめる森村誠一には、そうした過去、現在あるいは将来にたいして結果責任を負わない現実は、社会をゆがめるものと映る。〝債務〟は森村誠一の現実感覚をふまえた問題意識の反映といえるのである。

結果責任についてもうすこし考えてみたい。

日本は自由主義国である。だが、では「自由」とは何か、と問うことはほとんどない。重力や空気の存在のようにしか感覚されていない。自由とは、何をしてもよいというのが第一義である。何をしてもよい権利ではなく、人間は何をしてもよいという自由を生まれつき持っている。何かをしようとしても能力や社会の制約で何でもできるわけではもちろんないが、その制約の限りで、何でもやり得る。他人を傷つけることも、殺害することも、自殺することも、やり得るというのが自由である。

ただし、人間は社会的動物で、社会を離れて生きていくことはできない。社会を形成するのは自分と他人だが、その他人のすべても自由を生まれつき持っていて、おたがいは自由において対等な、侵すべからざる関係にある。そのため自由の行使は個々に、他人の自由にたいして、それを侵すべからざる関係において、結果責任（自己責任ではない）を負っている。

つまり、自由と結果責任は、表裏一体のものである。

では結果責任はどのように負うべきだろう。結果責任は社会のさまざまな場面、個々人の行動すべてについて問われるべきものだが、ミステリーの題材である犯罪についてしぼると、どうだろうか。

まず自由がおたがいに対等で侵すべからざるものである以上、当然、結果責任も対等でなければならない。他人を傷つければ自分も同じように傷つけられ、殺せば自分も同じように殺されなければならない。対等とはそういうことである。被害者の側からいえば、加害者にたいして同じような結果を返す権利がある。殺人の場合は、被害者の家族が代行できる権利を持ってしかるべきである。

「目には目を」「歯には歯を」「死には死を」ということだが、人間の自由とはそういう「原理」のもとにある。

しかし、結果責任を個人同士にまかせれば、報復合戦を招いて社会は成り立たない。そこで共同体なり国家なりが間にはいり、どのように結果責任をとらせるかの決まり、法がつくられる。ところが法は、自由と結果責任が表裏一体であるという原理とは別の観点でつくられる。自由の原理は個人のありかたを規定するものだが、法は社会という集団のありかたを規定するものにならざるをえない。時代や民族、その社会の人間観や秩序意識、理想やイデオロギー、宗教、為政者の都合といったものを反映してつくられるのが法である。それゆえ法は、時代や国によっては泥棒でも死刑になるし、人を殺しても死刑にならないなど、裁量の余地を含んでいる。

つまり、法とは原理ではなく人間がつくった考え方、「思想」である。ハムラビ法典は報復法と排斥されがちだが、じつは自由の原理にもっとも忠実な思想といえる。

法に裁量の余地が含まれることは、殺人以外の一般の犯罪に関しては許容すべきだろう。必ずしも、「目には目を」「歯には歯を」の厳密な結果責任を負わせずとも、事件被害者が存命であるかぎりは、損なわれた自由の回復が多様に可能だからである。和解もあっていい。

しかし殺人はそうはいかない。殺人被害者は自由を抹殺されて百パーセント回復はないという意味で、自由の原理に従えば、加害者の結果責任にいかなる裁量の余地もありえない。もっと厳密に言えば、加害者が少年であろうと発達障害や覚せい剤の使用で責任能力がないと判断されようと関係ない。誰かの命を絶ったという事実が覆ることはないからである。殺人の結果責任は、他人の自由への対等な結果責任としての「死には死を」において問われるべきというのが本来であって、弁護するなら情状酌量の面のみが考慮されるべきである。

死刑廃止論は法曹界の議論に上がってすでに久しい。死刑廃止とはもちろん、思想である。殺人を認めない国家が殺人を行なうのは矛盾であるというのが死刑廃止論者の主要な論拠だが、それはちがう。戦争はまちがいなく国家による殺人行為だが、個人の殺人行為にたいする国家による死刑執行は、民主主義国家であればなおさら、被害者側が加害者にたいする結果責任をとらせる権利の代理執行といえるからである。

誤解しないでほしいが、原理に徹せよというのではない。そうした原理のもとで、殺人にたいする結果責任をどう負わせるか、つまりどのような思想を選ぶかは共同体なり国家が決めることである。国家が死刑廃止を決めるならそれはそれでよいのである。ただしそれは漠然とした理由の上ではなく、自由は結果責任と表裏一体で、その結果責任はあくまでも「死には死を」で問われるのが原理であるが、それでもやはり死刑は野蛮な行為と認めざるをえないのでわが国は死刑を廃止するのだと、合意形成してなされるべきことである。そして殺人被害者の家族には終身刑なり懲役百年とか二百年とかにもなる加算刑の創設なりを提示して、納得してもらえるようにするのが望ましい。そうでないと、罪なき殺人被害者は殺され損、浮かばれないからだ。

結果責任は、犯罪に関してだけでなく、自由を生きる上で、つねに意識されるべき課題であり、森村誠一はその視点を債務という言葉に託しているのである。

第五章　戦争を描く作品と『悪魔の飽食』

終戦の日の戦禍

秩父山系を源流とする荒川は、秩父盆地を長瀞町樋口付近まで北東方向に流れたあと、東へ向かって扇状地に出、やがて川筋を南東方向へと曲げて関東平野を下っていく。その曲がり角付近の左岸に営まれてきたのが熊谷市の市街である。近年では猛暑の町としてメディアで取り上げられることが多いが、古代には金錯銘鉄剣の出土で有名な稲荷山古墳をはじめとするさきたま古墳群に隣接する地域で、江戸時代は中山道の熊谷宿として栄え、いまも鉄道の上越新幹線、高崎線、秩父鉄道秩父本線、道路では国道17号など四本の国道が走り抜けるなど、交通の要衝を担っている。

高崎線熊谷駅の北口を出ると、広い道路がまっすぐに延び、最初の交差点で交わるのが星川通りである。この星川通りは一般道ではなく、幅二・二メートルの水路と、左右に遊歩道、さらに外側に細い車道を並行させた延長約七百六十メートルの直線空間である。水路には何カ所にも木橋が架かり、いこいの広場、若者広場、太陽の広場などと命名された踊り場風の場所が設けられ、ここができたいきさつを記す看板もいくつか据えられている。

それによると、この水路はもともとは元和九（一六二三）年の荒川氾濫の後に、現在の星渓園という回遊式庭園の「玉の池」から湧き出た伏流水によってできた川なのだという。戦後は、駅前の商業地域、西側の銀座町から筑波町を経て東側の本町、鎌倉町へ至る一帯の復興のシンボルとして、護岸の玉石を再利用して整備された。昭和三十九年冬には、地下水利用の増加と荒川の河床低下にともなう地下水低下のために枯渇したが、元荒川暗渠より玉の池に注水する処置で現状に復したとのこと。昼間歩けば人影もまばらに水音さわやか、静けさに包まれて、平和な気分に満たされる一角である。

しかしどの看板にも、この星川がかつて呈した地獄図については書かれていない。なにかと臭いものに蓋をしがちな役所の配慮かもしれないが、昭和二十年八月十四日の夜、日本が玉音放送の詔勅によって無条件降伏するまさに前夜に、B29の絨毯爆撃攻撃を受け、この川に出現した悲惨な歴史のことである。

森村誠一は昭和八（一九三三）年一月二日、父森村徳蔵、母雪枝の長男として、埼玉県熊谷町（現熊谷市）で生まれた。生家は中山道（現国道17号）の通りに面する老舗の足袋屋であった。父の徳蔵にはモボといわれるような新しがり屋の面があって、誠一が五歳のとき、足袋屋を廃業、アメリカ製のシボレーやオールズモビルなど四台の乗用車を揃えて個人タクシー会社「冨士森タクシー」を立ち上げる。市内に同業者はなく、かなり繁盛して家は豊かであったが、昭和十八年の年末に突然、商売道具の車すべてを、徴発の名のもとに二束三文の代価で軍に奪われてしまう。俄か失業者となった父親は半年ほどのちになんとか市長専用の運転手に雇われ、その後、太田市で零戦を製造する中島飛行機に自転車通勤して生計をたてた。

昭和二十年八月十四日の夜、森村誠一は寝ていた枕を父親に蹴飛ばされて起きる。そのときすでに空襲は始まっていて、周辺が真昼のように明るくなっていたという。熊谷がそれまでまぬがれていたB29による爆撃をついに受けたのだった。

森村誠一がこのような生家の事情と、熊谷空襲の体験を記した最初は「野性時代」一九七六年十月号のエッセー「我が家と軍隊」（『ロマンの切子細工』所収、収録時に「終戦の記憶」と改題）においてである。そのなかで空襲の様子をつぎのように述べた。

「我が家は終戦前夜の八月十四日に戦災で焼け落ちた。焼夷弾が雨霰と降る中を、私は母の後について幼い弟妹の手をひきながら南の野原の方へ逃げた。北へ逃げれば市内を貫く川があったが、そこへ逃げた人は皆死んだ。火災に伴う激しい上昇気流によって豪雨が降ってきた。スコールのような雨に叩かれながら、燃え上がった我が家の夜景を私は決して忘れない。父親の『誠一よく見ろ。お前の家が燃えているんだ』と言う言葉を聞きながら、私はただひたすら『チクショウ、チクショウ』と言っていた。あと一日無事にいれば、私の生まれた家は太平洋戦争に生き残れたのであった。終戦時私は十二歳であった」

このエッセーには自分の家が焼け落ちたことだけが書かれた。星川は「北へ逃げれば市内を貫く川」とぼかされて、空襲後の具体的な光景には触れていない。編集部に依頼された枚数の関係で筆が及ばなかったと見るべきだが、書いているとき、眼にその光景が浮かんでいないわけはない。筆を進める気があればできたはずで、そうしなかったのは、終戦からまだ三十年しかたっていないなまなましさから、躊躇したのではないかと想像される。戦場から生還した人たちは戦争体験についてなかなか口を開かない。いったん口にすれば、眼の奥に封印した戦場での地獄図がつぎつぎに甦って、精神的に耐えられないからである。似たような抑制が、このエッセー執筆当時の森村誠一にもあったのではないだろうか。

それはそれとして、熊谷空襲に関して詳細が語られたものとしては、このエッセーから二十三年後、一九九九年八月一日から十一月二十八日まで、埼玉県桶川市にあるさいたま文学館が企画展「森村誠一の証明――現代社会のリポーター」を開催、そのときの図録巻頭に書き下ろした「我が作品風土としての埼玉」というエッセーがある。この企画展直後の十二月十八日から翌年三月五日までは、生地の熊谷市立文化センター文化会館郷土資料展示室でも「小説家・森村誠一文学展」が開催されるとあって、このエッセー執筆には故郷が共有する熊谷空襲の歴史を語り伝える意味合いもあったようだ。空襲があった日からいつしか半世紀を過ぎ、それを知らない熊谷市民も多数を占めるようになっていた。そのエッセーには、市街の「七四パーセントが焼失した」という具体的な数字とともに、「我が家も同夜被災した」と前置きして、眼にした被災の様子をつぎのようにつづる。

「八月十五日、まだ空襲の余燼がくすぶっている我が家の廃墟に戻って来た私たち一家は、我が家の近くを流れている星川という小さな流れを見て息を呑んだ。いつもはよく見える清流の川底が見えない。累々たる死体が川底を埋めていたのである。これらの死体は煙によって窒息したらしく少しも損傷されておらず、盛夏の日光を浴びて、まるで水遊びをしているように見えた。私たち一家も火から水を連想して、いったん星川に避難しようとしたが、一瞬の父の判断で堤外（郊外）へ逃れた。もしあのまま星川に避難していれば、我々も川底を埋める死者の列に加わったはずである。父の一瞬の判断が一家の生命を救った。

（中略）

我が家は全焼したが、裏庭の家庭菜園の南瓜がほどよく焼けていて、何日かは焼け南瓜で飢えをしのいだ。三、四日して余熱が鎮まり、焼け跡の中に入って焼けぼっくいの取り片づけ作業が始まった。私も大人たちに混じって作業を手伝った。作業中、隣家との境界の路地に一個の焼けた南瓜を見つけた。なぜ、こんなところに南瓜が落ちているのかと不思議におもいながら取り片づけようとすると、南瓜がぐちゃりと潰れて、中から黄色い果肉がはみ出してきた。いやなにおいが鼻を衝いた。はっとして改めて観察すると、南瓜と見たのは人間の頭蓋であった。隣家の老人が焼死したものと推測されたが、私はその頭蓋の身許を確認していない」

十二歳の森村少年にとってこの戦争体験がどれだけ衝撃だったかは想像するまでもない。衝撃にとどまらず、「その後の私の人生に大きな影響を及ぼした」という。二〇一五年に東京新聞夕刊に連載された「この道」(『遠い昨日、近い昔』所収)ではふたたびこの熊谷空襲の体験に触れ、「私は焼けた南瓜のような人間の頭蓋を見たとき、星川の川底を埋めた死者の群と共に、いま自分が体験していることを、いつの日か書きたいという衝動をおぼえた」と回顧し、「いつ、どんな形かわからないが、書いて、それを発表したいという突き上げるような衝動であった。この経験が、私がものを書く方面を志した原体験と言えよう」と続けている。

これら時期の違う三つのエッセーには、父親が商売道具の車を徴発されたことで軍隊を憎んだこと、本が好きで鞄に尾崎紅葉の『金色夜叉』を入れたまま登校したところ、上級生に所持品検査で発見され、「国家非常時のとき、このような軟弱な小説を読むとはけしからん」と言われ没収されたこと、軍事教練で気をつけの姿勢がかかったとき、蜂が飛んできたので追い払おうとすると配属将校に見とがめられ、「不動の姿勢の間は、たとえ弾が飛んで来ても動いてはならん。蜂ぐらいでなんだ」とおもいきり殴られ、弾もよけるなと言われる不条理に腹がたったなど、ほかの多くの体験も書かれている。

それらの体験などを通して、森村誠一はやがて戦争の本質を悟ることになるのである。すなわち「戦争は人を非人間化させる」と。

二〇一四年に行なわれた衆議院議員選挙に際し、朝日新聞の同年十二月七日朝刊が、森村誠一へのインタビュー記事を載せた。「戦争は人を非人間化させる」は、この記事の見出しでもある。集団的自衛権に終始一貫して反対している理由を問われて、熊谷空襲の体験が「その後の僕の人生のトラウマ（心の傷）であり原点です」と語ったあと、こう続ける。

「見習士官にさせられた学徒が、たまり場にした我が家に来ては、銃剣がなくて木銃を担いで行進していたとか、軍隊の非人間性や不条理の数々について、信頼していた父に漏らすわけですよ。軍は父の1千円の車も70円で徴発し、会社は潰れた。僕がそうした環境で一番感じたことは、兵士は人を殺す前に、人間性を喪失させられることです。

市民生活も隣組同士での監視、密告社会。あそこはアカ（共産党）だ、とか。反戦・平和・自由主義者には非国民、売国奴とレッテルを貼る。普通の人間から正気を失わせ、人格を破壊していく。

戦場で死ぬ前に国内で軍奴（軍の奴隷）とされる。離陸しか知らない特攻隊。それが戦争です」

そして、安倍自民党政権が国家機関への国民の監視を弱める特定秘密保護法、国家安全保障会議を成立させ、集団的自衛権をも認めようとするのは、戦前の治安維持法、国家総動員法、日独伊三国同盟を彷彿させ、「国民あっての国」が、「国あっての国民」といういつか来た道に戻りつつあるように見えると現状を憂い、二度と戦争はしないと憲法で定めた国家が戦争可能国家に改造されていくことへの警戒を訴えている。

こうした戦争体験と、もう一つサラリーマン体験の二つが、森村誠一という作家の原風景である。森村誠一は高度成長期のサラリーマン社会が人を非人間化させたという視点で〈青の時代〉の長編作品や『カリスマの宴』など多くの作品を書いた。それらは自らのホテルマン時代の体験がもとになっている。「人を非人間化させる」あるいは「人が非人間化する」ことへの強い拒絶は、すべての森村作品に通底する意識なのである。

戦争を題材とした作品

十二歳のときに「いつ、どんな形かわからないが、書いて、それを発表したい」とおもったという戦争体験だが、作家生活に入って十年近くは実現されなかった。

戦争を題材とした最初の作品は、「小説新潮」一九七五年七月号掲載の短編「紺碧からの音信」である。天気のよい日曜日、公園に一人の老人が杖を突きながら現われる。しばらく休息したのち、持ってきた十数個の風船を空に放ち、行方をじっと見つめているというのが始まりである。一方でジェット戦闘機の操縦士となった八雲純男という男が編隊飛行の訓練中、空へかけのぼっていく前をゆらゆら上方へ逃げていく赤い風船の幻影を追っている。それは彼が三歳か四歳のころ、学徒出陣で特攻隊員にされた父親が出撃前に家族に別れを告げに来て買ってくれたものの、転んだはずみに空に飛ばしてしまった思い出と重なっている。父親の戦死は出撃を護衛した零戦隊長だった橋本正巳元中尉から直接、敵艦へ「真一文字に翔び去って行きました」と報告を受けて知るが、母親は「必ず還って来ると、私に約束してくれた」のだからためらったはずだ、と反論する。やがて米兵アルのオンリーとなった母親は、アルから、敵を前にして後ろを見せたカミカゼの一機を護衛機の零戦が撃ち落としたという話を聞き、そのカミカゼが自分たちのもとへ戻ろうとした夫の機に違いないと信じ込む。発足した航空自衛隊に入った橋本元中尉に偶然再会した母親は、それを確かめようとするが否定され、そうしているうちにアルが本国へ帰還、残された親子は橋本の世話を受ける。純男はパイロットをめざし、各課程をクリアして、橋本が初代編隊長のプロジェクトチーム「サンダー・ルージュ」の一員に抜擢される。その間、アルが教練中の飛行機事故で死亡したとの知らせに、落胆した母親もベランダから転落死してしまう。後進に道を譲って引退する橋本との最後の編隊飛行訓練中に純男は、

「あなたが墜したんでしょう」と橋本に突然問いかける。母親が夫の機と信じ込んだカミカゼがもしそうなら、撃ち落としたのは護衛機の橋本以外にない。異常な口調で問い詰めはじめた純男の機が、ついに橋本の機に接触、空中爆発を起こす。同時刻、風船を飛ばしていた老人は、特攻機で出撃後に妻子に必ず還ると約束したことを思い出し、こんなことで死ねないと敵前逃亡したところを護衛機に撃墜され、しかし島に漂着して一命を拾った記憶をたどっている。撃墜の衝撃で記憶に障害が生じ、妻子のことはそれ以上わからない。通りで売っていた風船に記憶が刺激を受け、風船を飛ばせばきっと妻子への使者になってくれるだろうと、今日も公園に来ていた。そういう内容である。

森村誠一が戦争を題材とする小説の最初に特攻隊を選んだ理由は、特攻隊こそが太平洋戦争中の、最大かつ象徴的な不条理だからである。片道分の燃料しか積んでもらえず、なおかつ護衛機と称する監視付きで、逃亡すれば味方に撃墜される掟を負わされた非情な存在。一死報国というが、実体は強引に死刑台に送りこまれる無実の死刑囚と変わらない。それを当たり前に強いる側はすでに非人間であり、強いられる側も爆弾の生きた部品としか扱われていない意味で、もはや人間とはいえないのである。

作中、橋本元中尉から夫の敵艦攻撃の様子を聞かされた母親が「祖国を守るという美しい名目の下に結局犬死にさせられたのです」と抗弁して、橋本が「ご主人たちの死が、今日の平和をもたらした貴重な礎になっているのです」といい返す場面がある。〝平和の礎〟とは、靖国神社に参拝する政治家がよく口にする言い方だが、今日の平和は特攻隊をはじめとする戦死者たちの戦闘行為のおかげで得られたわけではない。彼らは〝皇国〟という「国体」を守るべく死地へ送り込まれたのであって、国体を守り切ったときにはじめて彼らの死は礎といい得る。ところが戦後日本の平和は、敗戦と天皇の人間宣言で守るべき国体が壊滅して得られたのだから、戦死者たちの戦闘行為と戦後平和はつながっていない。つながっていないのだから、その死は無駄であったというしかない。本気で天皇のために死んでいった者ならなおさら、三島由紀夫の短編「英霊の聲」で特攻隊員が「などてすめろぎは人間となりたまいし」と憤激、呪詛したように、犬死にというものである。つまり平和の礎とは、敗戦の結果責任を曖昧にしてきた戦後日本のありように通じるまやかしの美辞である。戦死者たちは無謀な戦争を起こした戦前日本の〝犠牲者〟以外のなにものでもなく、特攻隊はその悲劇の最たる象徴である。にもかかわらず彼らを英霊と祀り上げるのは、死してなお爆弾の部品にとどめ置く所業といっていい。この作品にはそうした視点も打ち出されている。

ついでにいわせてもらえば、戦後自由民主党が憲法改正を党是としてきたのは、この「国体」崩壊への逆恨みに発していると見るべきである。ＧＨＱに押し付けられたものだから日本国民が主体的に作り直そうという自主制定論はまやかしである。押し付けられたものでも、それが素晴らしければ受け入れてなんら問題はないからだ。むしろ感謝すべきだろう。だが、終戦まで明治憲法下の支配階級に属して戦後に政界入りした元エリート官僚、元エリート軍人の体には、憲法とは〝国家が国民を支配するためのもの〟という観念がこびりついている。一度蜜を味わった者はその味を忘れない。戦争で敗けても、明治憲法がそのまま残って「国体」が存続できれば、戦前の支配階級は改めて国民を支配する正当性が保証される。ところが新憲法は〝国民が国家権力を監視するためのもの〟として成立した。新憲法は戦前の権力基盤の望ましい正当性を葬り、エリートも庶民も同列に位置づけたのである。戦前の支配階級には何百万人もの国民が死んだ結果より、こちらのほうが真の敗戦だったかもしれない。その逆恨みから自主憲法なる主張が発したとしても不自然ではない。現憲法をふたたび〝国家が国民を支配するためのもの〟にもどそうとする動きこそが自主憲法なる主張の本音であって、時代への逆行主義、アナクロニズムといっていい。敗戦から七十年以上たった今日の政権当事者が党是を理由に憲法改正を唱えるのは、そのアナクロニズムの無思慮な継承という意味で、じつは二重のアナクロニズムといえる。それを党是などと言い流すのは、憲法を〝国家が国民を支配するためのもの〟に変えたいとは口にできないので、論点をぼやかしているのだ。国民を国家の奴隷にしたがるというのが、国家権力の権力たるゆえんである。そうさせないためには、現憲法の〝国民が国家権力を監視するためのもの〟としてある一線を越えさせない不断の監視と抵抗こそが必要である。

　戦争が題材のつぎの作品は翌一九七六年、やはり「小説新潮」九月号掲載の「神風の殉愛」である。この短編作も特攻隊を扱うが、主眼のテーマは非人間的な軍国主義教育である。大崎富夫は第一次学徒出陣で海軍に志願、土浦海軍航空隊に入営する。そこで待ち受けたのが「罰直という名の恐怖のシゴキ」と「死ぬためだけの猛練習」である。上官の兵藤は、海軍軍人精神を注入するためと称して〝お棒様〟なる白木の棍棒をふるい、何かあれば「獲物をなぶる獣のような残忍な喜悦を面に浮かべて」制裁を加える。敗色濃厚ななか、訓練といえば〝消耗品〟として敵艦に体当たりする練習だけである。物語は、特攻隊員として鹿屋基地に配属された大崎は、そこでも先に赴任した兵藤と一緒になる。物語は、護衛機に乗る兵藤が基地に戻ろうとする特攻機はおれが撃ち落とすと宣言し、実際に大崎と親しい隊員が奉仕隊員の恋人と中国へ逃げようとした機を追って撃墜、それを〝戦果〟と報告したことで、大崎の心に憎悪が刻みつけられる。それが戦後の復讐劇に至るという展開になっている。

日本の軍隊における上官による非人間的なシゴキはよく知られる。一般には、虐める側の人間性と虐められる側の屈辱や忍耐の問題で受けとめられている。だがこの作品は、そうした表層の理解にとどめない。軍隊内のシゴキとは、それが国家なり組織にとって「意のままになる人間を仕立てる」手段を担うもの、と見抜いて描いている。心身一体にたいする洗脳教育以外のなにものでもないというのである。作中、「罰直」とは、「罰して直すという文字どおり、平等市民社会における人間の個性を非平等ヒエラルキーにはめ込むために削り直すことである。したがって最初から個性の希薄な、あるいは軍隊という全体制度に順応しやすい鈍感な人間のほうが、よい兵士になれるのである。よい兵士とは、全体のために全体の命令によって一片の疑いもなく死ねる人間、いや〝命令遂行機械〟のことである」とその本質をあばいている。罰直は、兵士を「全体のために全体の命令によって一片の疑いもなく死ねる人間」に仕立てるのに役立つというわけである。そうして個性を抹殺された人間の製造が国家的に容認され、まかり通っていたのが戦時日本の軍隊である。兵藤はそういう兵士を仕立てる軍国主義教育を実践するために非人間と化した上官の典型として描かれている。

この二つの短編ののち、戦争が題材といえる小説はしばらく中断する。『青春の証明』では特攻隊から生還した男性、『火の十字架』でもミッドウェイ戦で死闘を経験した日米兵士が登場するが、これらは推理小説を構成するうえでのシチュエーションであって、戦争が題材とはいいがたい。一九八一年十一月に出版された『悪魔の飽食』はノンフィクションなので別に触れるとして、つぎに明確に戦争が題材の小説作品となると、一九九一年六月刊の長編『ミッドウェイ』(ハルキ文庫は『血と海の伝説』に改題)、そして一九九八年一月刊の『勇者の証明』にまで時代が下る。

『ミッドウェイ』は、犬養毅首相が過激軍人グループによって暗殺され、軍国主義が日本に暗い影を落としはじめた昭和七(一九三二)年ごろからの世相をたどりつつ、太平洋戦争で勝敗の転換点となったミッドウェイ海戦を後半の軸に置いて、そこへと至る日米両国の若者たちの生き方と過酷な命運を描くものだ。

物語は中学一年生の降旗圭が特高警察を父親にもつ二年上級生の大山雄一に、持ってきた島崎藤村詩集を軟弱だと没収され、腐った根性をたたきなおしてやると鉄拳制裁を受ける場面から始まる。その詩集は隣家の梅村弓枝から借りたもので、彼女は文学のすばらしさを降旗に教え、あなたは軍人などにならず詩人をめざすべきだとアドバイスする。翌年彼女は共産主義グループのオルグだとして特高に連行され、残虐な拷問を受けたあと隙を見て逃げ、飛び降り自殺をする。降旗は弓枝の助言をかみしめながら軍事一辺倒の世相を嫌悪するが、家の商売が傾いて進学が難しくなったことで、軍人になりたくない気持ちのままに、学費不要の海軍兵学校を受験して合格する。

江田島の海軍兵学校に入学した降旗は、初めは詩人になる夢に未練をいだくが、厳しい訓練や規律への強制、また先に入校していた上級生の大山雄一によるイジメにさらされるうちに、いつしか判断停止に追い込まれていく。短編「神風の殉愛」で軍隊内のシゴキは国家なり組織の意のままになる人間を仕立てる手段を担うものと洞察されていたとおりに、降旗はまさに仕立てられていくのである。『ミッドウェイ』では、その手段の最終的な目的は「人間改造」にあったとさらに洞察を深めている。

海軍兵学校では、性格の違う少年たちを同一の鋳型に入れて鋳造し、一般人とは区別された海軍というファミリーの幹部成員に育て上げることを教育方針とした。その教育は上級生を主体におこなわれ、生徒は起床の所作から整列の姿勢、食事での箸の上げ下げまで、厳しい規格に従うことが求められる。規格に適合できなければ「修正」の名において「海軍精神注入棒」なる道具や鉄拳で制裁される。制裁は罰でもなく刑でもなく、あくまでも正しく矯正する手段として容認されていた。そのことに「なぜ」という疑問をもつことは許されない。「天皇陛下の御為、進んで祖国に殉ずることを至上の光栄とする者に、個人としての疑問があってはならない」からで、そういう規格とそれに合わせるためのしつけに従ってさえいれば、海軍ファミリーの庇護が受けられる。逆にいえば、従わなければ庇護してもらえない恐怖を突きつけられる。

この教育方法は、〝過保護〟という作者が付けた言葉で表現されている。自分で何も考えずに毎日を生きていけるようにしてもらうのだからという意味だが、それによって個人の思考力は封印される。がんじがらめの環境に飛び込んでしまった降旗は、

「毎日、分刻みで定められた課業を消化している間に、兵学校という鋳型にすっぽりおさまっている自分を見出す。馴れてみると、これが意外に楽なのである。為すべきことがすべて課業として事細かにきめられているので、なにを為すべきか自分で判断する必要がない。各課業に耐えられるだけの体力さえあれば、日課表に従い行動し、さらにこうしろああしろと教官と先輩が手取り足取り教えてくれるので、精神的には意外に楽である」

と人間性を変化させていく。「分刻みで定められた課業」すなわち〝過保護〟の教育によって、初めに抱いた抵抗感はしだいに薄れ、大山雄一による不当な鉄拳制裁さえ「〝手当〟のように

感じられ」るようになる。梅村弓枝にあなたは軍人などにならず詩人をめざすべきだとアドバイスされたことは頭の隅からはじけ飛び、いつしか忠君愛国こそ自分の使命であると信じるまでになっていく。個人としての自由と分別が奪われ、心身ともに国のために殉じてよいと洗脳されていく人間改造の恐ろしさ、軍隊教育の真意がここに暴露されている。

一方、こうした人間改造の教育は日本に限らないという指摘も、アメリカの若者ロバート・ウッドを通してなされる。ロバートは日本人女性中川寛子と恋仲になり、将来はパイロットになる夢を語る。しかし、中川寛子が急に日本へ帰ると決まり、彼女を乗せた自家用機でサンフランシスコの夜の上空を飛び、再会を誓って別れる。その後海軍航空隊に入り、フロリダの基地で訓練を受ける。その訓練は一日十二時間以上におよび、休日もめったにない点では日本海軍と変わらない。違っているのは海軍精神注入棒や鉄拳による肉体的制裁がないことだが、代わりに精神にたいする制裁が繰り返される。苛酷な訓練に不満を見せれば、「きさまのようなやつは人間のくずだ」「きさまの両親はおおかたオカマか淫売だろう」「きさまはアメリカの恥だ」といった言葉を投げつけて精神を痛めつける。日本海軍の底流にあった人命軽視にたいして、アメリカの軍隊では人格軽視が教育の手段になっている。そうしなければ、人間を「生きた兵器」に改造できないという考えによるのだが、つまりは個人の思考力や批判の気持ちを奪うことでは日本海軍の教育と変わらない。軍隊の教育は、人間らしさを人間から剝ぎ取ることで死地へ赴くことへの疑問を封じる手段であって、それは日本であれアメリカであれ、あるいは他の国でも大差ないというわけである。ロバートは日本での降旗と同様に、訓練を通して命令遂行機械の鋳型にはめられていく。

ロバートと別れて帰国した中川寛子は、ある出来事がきっかけで、霞ヶ浦航空隊への入隊を前にした降旗と出会い、おたがい相手にロバートのおもかげと飛び降り自殺した梅村弓枝のおもかげを重ねて付き合うようになり、降旗が空母「飛龍」に乗り組む前に、一度だけ結ばれる。彼中川寛子はその後、降旗が乗艦した飛龍でも上官となった大山雄一と知り合って結婚する。彼女はロバート、降旗、大山雄一とつぎつぎに男を渡ったことになるが、戦争の時代の女性の生き方としてはそうするしかなかった現実を代弁したといえる一方、外国生活経験もあって最低限ではあっても自分の意志のままに自由に生きた女性と解釈することもできる。そして、中川寛子の肉体と交わった見えない縁でつながる三人の男たちが、真珠湾攻撃で始まった戦争によってミッドウェイへと導かれ、奇しくも弾幕のおおう空の一点で遭遇して戦い、同時に壮絶に命を散らせるのである。その死は非人間の軍隊教育に耐えてきた年月にくらべ一瞬のことで、あまりにあっけなく、それまでの努力も苦労も、戦争がなければさまざまにあっただろう若者の可能性を無に追いやり、踏みつぶされた生の無念、虚しさを痛切に響かせる。死者にはもはや大義など意味はないのである。

『ミッドウェイ』の終章に作者はこう記す。

「太平洋戦争を通して無数の若者の夢が花開かぬまま摘み取られていったことであろう。私は戦火の中に散った若者の夢を、太平洋戦争の帰趨を分けたミッドウェイに重ね合わせて一編のドラマに組み立ててみた。（略）自由が氾濫し、どんな夢でも意志さえあれば追いかけることができる現代から、夢の一かけらも許されなかった当時の若者たちの夢の残渣をミッドウェイの海底からすくいあげてみたいとおもった」

そこに鎮魂の深いおもいがあることはいうまでもない。

『ミッドウェイ』の七年後に刊行された『勇者の証明』は、戦争教育を名目に教師や上級生からいじめを受けていた関東近郊に暮らす中学生四人組の物語。西洋館に住むドイツ人の少女を長崎の祖父のもとへ送り届けるように依頼されて日本縦断の旅に出るというロードストーリーふうの内容で、彼らの目に映った戦時下の日本の姿を描いている。主人公の中学生四人組は森村誠一が熊谷空襲を体験したときの年齢である。加えて『金色夜叉』を鞄に入れたまま登校して所持品検査で没収された話や、熊谷の空襲後に目にした星川の惨状が具体的な川の名で描写されているなど、作者自身の体験が忠実に取り込まれており、空襲翌日の自宅跡で「いつ、どんな形かわからないが、書いて、それを発表したい」とおもったという気持ちが実現した作品といっていいかもしれない。メインテーマは日本にとって最悪の苦難のときに、少年たちが出会って目撃する大人たちの勇気と、その体験によってはぐくまれていく平和への意識である。別のいい方をすれば、人を非人間化する戦争の時代になお、人間的であることをつらぬこうとした人たちの物語であって、主人公の少年四人組にとってのビルドゥングスロマンの要素を含んでいる。

ではどんな大人たちと出会ったのか。

少年たちは途中、横浜駅で一人の脱走兵の青年と道連れになる。青年はあるべき前途を無視されて消耗品のように戦場に送り込まれる現状に反撥して脱走中なのだった。ところが列車が蒲原あたりに差しかかったとき、列車内で妊婦が早期破水を起こし、だれか処置できる人はいないかと車掌の声がかかる。すると青年は「ぼくは医者です。まだ卵ですが」と呼びかけに応じ、処置がすむと、緊急停車した近くの村の診療所まで付き添っていく。もし憲兵が身許を知れば、軍に連れもどされて脱走罪で銃殺される可能性が大きい。しかし医学を志す者の使命として、母子ともに生死にかかわる急場を前に、良心を捨てることはできなかったのである。

その青年とともに列車を降りて診療所へ妊婦を運び込んだ少年たちは、そこで老医師と出会う。折から敵機が撃墜されて搭乗員が落下傘で脱出し、兵士たちによる山狩りがおこなわれていた。老医師は、診療所の裏口に大けがを負って転がりこんだアメリカ軍パイロットを室内にかくまい、手術したうえで逃走手段を考えてやる。幸い出産したばかりの女性が静岡市内の病院の医師の娘であったことを利用して、伝染病患者の急搬送を名目に車で捜索網の突破を試みるのだ。運なく露見すれば、老医師も静岡の病院の医師も反逆罪に問われる行為である。しかし彼らは「医師たる者私を滅し、患者の保全に尽くすべき」との信念を貫きとおすのである。

静岡駅から列車にもどった少年たちは名古屋から乗り込んできた数人の特攻隊員と乗り合わせる。彼らは酒を飲み、他の客の目もはばからず騒ぎ出す。「同期の桜」を「なにが花もつぼみの若桜だ」と鬱屈をこめて歌い、「おれたちは靖国の面汚しだとよ」と同乗している憲兵グループを尻目に自暴自棄の言葉を吐く。憲兵グループが空襲警報で停車した列車から立ち去ると声をかけてきて、もう日本には飛行機がない、連合艦隊もすでに壊滅したことを告げ、だから自分たちも無駄死にでしかないと、戦局の実相を知らされる。

大阪、神戸と過ぎ、岩国へ向かう列車のなかでは、通過したばかりの広島に落とされた原子爆弾の閃光と、盛り上がるきのこ雲を目撃する。ようやく到着した翌日の長崎でも、原爆の災禍に見舞われる。被災をかろうじてまぬがれた少年たちは、送り届けたドイツ人の少女の祖父の勧めで鹿児島へ向かい、訪ねた航空隊基地の知覧で、一人の特攻隊員が敵艦ではなく、上官たちのつどう官舎に機をつっこませて自爆する場面に遭遇する。生還率ゼロの命令を押し付けられた特攻隊員が、人の生死を微塵とも感じていない軍幹部にたいする反逆として、味方への攻撃を敢行したのだった。

直後に終戦を知った少年たちは鹿児島から帰途につき、郷里へ帰ったあとは、戦中いじめられていた相手に痛烈な復讐をするというのが結末である。つまりこの作品は、戦争の時代の暗部をあくまでも念頭に、人を非人間化する戦争下にあっても人間性を奪われまいとした人たちの姿を軸に描くことで、不条理と闘う人間の勇気はけっして失くならないとのメッセージを託すものと読むことができる。

『悪魔の飽食』の衝撃と波紋

作家に運命というものがあるとしたら、それは格別な題材との出会いだろう。森村誠一にとって七三一部隊、正式には関東軍防疫給水部本部満州第七三一部隊との出会いは、まさに運命といってよい出来事だった。七三一部隊とは、石井四郎中将を部隊長に医学者、病理や薬理、細菌学の研究者、助手など二千六百人余を軍属として動員、「マルタ（丸太）」と称した三千人以上の八路軍捕虜や中国人、ソ連人、モンゴル人、朝鮮人など拘束者を対象に生体実験等を重ねて、細菌兵器の研究開発をおこない、また細菌戦を試行した部隊を指す。大規模な研究実験施設や宿舎、細菌製造工場を備えた本部は、ハルビン市南方二十キロの平房《ピンファン》付近に組織されていた。

きっかけは、日本共産党の機関紙「赤旗」日曜版一九八〇年六月二十二日号から、長編小説「死の器」の連載を始めたことである。VIP相手の特殊な接待役をしていた高級クラブのホステスが消息不明になり、幼馴染みだった相模新報記者の平野達志と家出人捜索員の片山竜次、ホステス仲間の仲村慶子の三人が協力して調べはじめると、VIPには米軍細菌戦部隊所属の将校や元首相、武器産業関係者などがおり、彼らの周辺から新型戦闘機と核燃料再処理技術開発に関する秘密文書が見つかる、というように展開する内容で、一九七六年九月二十八日に南海日日新聞のスクープ報道で発覚した国による徳之島核燃料再処理工場計画、通称「MAT計画」および住民の反対闘争をモデルとした作品である。徳之島のこの騒動は一九八四年に再処理工場用地が青森県の六ヶ所村に決まって収束するが、小説では徳之島の近くにタツノオトシゴ島という戦時中細菌兵器工場があったとする島が設定されていて、関連して七三一部隊の元関係者が何人か登場し、七三一部隊についての説明がある。

ただしその説明は、ハバロフスクでの極東軍事裁判記録を参考に書かれた刊行物が資料で、推理小説の仕立ての範囲を出るものではなかった。七三一部隊は終戦時に収監された「マルタ」全員を殺害、部隊施設の大部分を爆破して証拠を隠滅した。さらに戦後、石井部隊長以下関係者全員の戦犯免責と引き換えに、生体実験と細菌兵器の全データをＧＨＱに提供してその存在を隠蔽、個々の関係者には非人間の所業から箝口令が敷かれていて、詳細は戦後三十数年たってなお闇に埋もれていたのである。

ところが、「死の器」の連載が終盤にかかったある日、作者に一本の電話がかかってくる。「もしもし、『死の器』を読んでいる者だが、七三一に関する記述が不正確だよ」（『《悪魔の飽食》ノート』所収「三七年目の通夜」）というのが第一声だった。関西訛りの電話の口調から年齢は六十歳代と察せられたが、その男性は、生体実験を担当したのは第一部ではなく第二部であること、挿絵に描かれている服装が違う、ゲートルを巻いているとき軍帽は脱がないのだとか具体的に指摘して、「とにかく戦後出版刊行された七三一に関するあらゆる書物や週刊誌記事はまちがいだらけですわ。そんなものを鵜呑みにせず、もっとよく調べて書きなさい」（同）と忠告、最後には「せっかく『死の器』が現実味のあるなまなましい小説になっているのに、七三一の個所だけ惜しいやないか。仲間が読んだら笑いまっせ」（同）と結んで、身許を確かめる前に電話を切ったのだという。

森村誠一は、「私の脳裡に電流のようなものが走った。なにげなく流していた釣糸の先に大魚の魚信が伝わった」（同）と興奮をおぼえ、必ずまたかかってくると予感をもった。すると予感が的中、翌週に再度電話があり、こんどは七三一部隊のシステムなど内情に立ち入った話を聞くことができた。さらには、真実を知りたい、一度会いたいと申し入れる。相手は古傷を探られることへの警戒でなかなか同意を得られなかったものの、粘って必死に説得し、ようやく「私は、時期がくるまで七三一の秘密は話しとうない。けど仲間の紹介ぐらいならええでしょう」（同）と応じてもらい、住所氏名を聞き出すことができたのである。

当時、森村誠一は「死の器」のほかに週刊誌一本、月刊誌二本の連載をかかえていた。作家にとって締切は絶対厳守であり、それを蹴っての行動は簡単には許されない。そこで急遽、「死の器」の担当者であり「赤旗」の記者でもある下里正樹にサポートを願い、三つの原則のもとペアを組み、ベールに包まれた七三一部隊の実態調査にあたる態勢を講じた。三つの原則とは、森村に連絡が取れず指示をえられない場合は下里自身が判断する、相手の人権を傷つけないように最大限の配慮をする、取材費用を惜しまないことである。費用に関しては実際、その後のアメリカや中国への取材、資料収集を含めて嵩むことになるが、折からの大ベストセラー『人間の証明』の印税を頼りとした。

下里はまず、電話をかけてきた人物の住む三重県津市へ旅立った。一九八一年春のことである。下里はその日からの取材の経緯を『森村誠一読本』所収のエッセー「世紀を跨ぐドキュメント」でつづっているが、その人物Y氏から、「無視されるかと思うとったのに、早いこと見えましたなあ」という言葉で出迎えられたという。聞き取りを始めてまもなく、Y氏は二階に上がり、「マル秘関東軍防疫給水部本部 満州第七三一部隊要図」と手書きされた茶褐色に変じた図面を手に下りてきた。そこには施設建物を記した平面図と部隊の組織図が描かれていた。組織図には七三一部隊の四部二十一班におよぶプロジェクトチームと担当責任者の氏名が列記され、高名な医学者の名前もあった。Y氏は部隊が出動する際に作戦地図をつくる任務についていたので、戦後に仲間と記憶をすりあわせて作成したとのことであった。Y氏はさらに「房友」と題する小冊子を持ち出してきた。軍属の研修助手として全国から集められた少年隊員たちの機関誌および戦友会名簿で、部隊がハルピン南方の平房にあったことによる誌名と説明をうけた。最初の旅で得た成果は思いがけず大きかった。

このY氏から提供された情報と証言を足がかりに進めた取材と、ハバロフスク軍事裁判の公判書類ほか既刊資料をもとに、日刊「赤旗」紙上でドキュメント「悪魔の飽食」の連載が始まったのは、一九八一年七月十九日号からである。同紙の日曜版ではまだ「死の器」の連載が続いており、並行しての執筆となった。
連載がスタートすると、直後から反響があった。第一回目にY氏が作成した部隊要図を掲載したことが内容への信憑性を高め、読者の期待につながったようであった。それが元隊員や関係者のあいだにも口伝てで伝わって注目され、情報提供や体験談の投書が幾通も寄せられる流れに進展した。下里は拡大する情報の確認と聞き取りに全国を飛びまわり、得た証言は森村誠一のもとに集められた。そうして書き継いで、加筆の上でまとめられたのが、同年十一月に光文社がカッパ・ノベルスで刊行した『悪魔の飽食』である。「著者のことば」にはこう記されている。

「太平洋戦争は日本にとって侵略戦争であったにもかかわらず、被害の記録が多く、加害の記録は少ない。いま全国に戦争体験を語り継ぎ、記録に留めようとする運動が広がっている。その中で加害者の史実こそ、戦争体験の核心《コア》として、真っ先に記録されるべきである。
これは日本が戦争という国家集団発狂に取り憑かれた時代に、他国民に対して犯した残虐の記録である。世界最大規模の細菌戦部隊・関東軍第七三一部隊は日本陸軍が生んだ悪魔の部隊であり、戦史の空白であった。歴史の空白を埋め、戦争を抑止するための一臂の力とすべく同部隊の実態に迫ったつもりである」

内容は、「歴史に空白を残してはならない」という執筆意図を冒頭で表明し、まず七三一部隊の前身からの沿革、石井四郎部隊長以下の幹部氏名、部隊の施設区分、二十におよぶ研究作業班、生体実験の犠牲者にされた「マルタ」と呼ばれた人たちの内訳や処遇、細菌製造工場などの概要を示し、つづいて数々の具体的な実験の様子を暴露する構成となっている。人体凍傷実験の残酷、生きたまま解体されて部分ごとに標本にされた中国人少年、暴動を起こした特設監獄の「マルタ」にたいする毒ガスによる掃討、ペスト・ノミ爆弾の製造と実験、ソ連軍参戦による撤退のさい「マルタ」全員を虐殺したことなどが細かに明らかにされている。終戦後は石井四郎が帰国後いち早くGHQに取り入り、持ち帰った全資料を提供して保身をはかった経緯に触れたあと、終章で「人間はこれほどまでに残酷になれるのか」と問い、「人間が戦争という狂気に取り憑かれたとき、それは少しも残酷でも異常でもなくなってしまう」のだと、その恐ろしさを訴えて結んでいる。

『悪魔の飽食』は発売とともにセンセーションをまきおこした。一方で、下里正樹と森村誠一のペアは「死の器」完結後の「赤旗」日曜版一九八二年一月二十四日号から、その続編・第二部の取材と執筆にとりかかっていた。そして前著から八カ月後の同年七月、『続・悪魔の飽食』をやはり光文社のカッパ・ノベルスで刊行した。内容としては初めに、前作の終盤に触れていたソ連軍参戦にともなう部隊撤収と証拠隠滅のためにおこなわれた施設破壊の様子と、収監されていた「マルタ」全員の殺害の事実がより具体的に描かれている。そのあとは主としてアメリカ側の研究者ジョン・パウエルの証言と公開された資料をもとに、七三一部隊の細菌戦の研究成果の入手をめぐって繰り広げられたアメリカとソ連の攻防戦の実態に迫る。つづいて石井四郎がアメリカ側に供述した内容の詳細を追い、最後に朝鮮戦争との関わりに言及した。森村自身が渡米し、現地取材した成果の一作といってよい。『悪魔の飽食』『続・悪魔の飽食』は一九八二年秋までに、合わせて二百二十万部を記録した。

ここまで売れた理由の一つはやはり、未知の歴史との遭遇だろう。七三一部隊については島村喬『三千人の生体実験』や山田清三郎『細菌戦軍事裁判』といったハバロフスクでの極東軍事裁判記録をもとにした著作が出ていたし、帝銀事件における七三一部隊関係者のきわめて濃い関与の疑いから知る人ぞ知るで、その存在がまったく知られていなかったわけではない。しかし『悪魔の飽食』が刊行されるまで、一般人がその名を耳にすることはまずなかったはずだ。本が売れる条件は、有名人の著作であることと、話題性につきる。逆にいえば、無名に近い人がどんな名作を書いても、なにかしらで話題にならない限りこの世から消え去るしかないのが出版界の常識である。当時、森村誠一は『人間の証明』の大ヒットで知名度はピークにあった。その作家が挑んだノンフィクションであること、題材が衝撃的であったことで、話題性が相乗した結果、そこまで売れ行きを伸ばしたと見てよい。当然の理解である。

ただそれでも、二百万部を超えるのは常識外といわざるをえない。この時期、世界的にヨーロッパに発した反核運動が起きていた。また中国政府高官による戦前の日本軍について文部省が「侵略」を「進出」に書き換えさせているとの発言をめぐって始まった教科書問題での議論があって、そういう世相に重なったとの説もあるが、それはない。『悪魔の飽食』の沸騰には独自の理由があったと考えてしかるべきだろう。

それは、戦後日本人の原罪に触れたということではないだろうか。『悪魔の飽食』を読んだ多くの読者は、アウシュビッツにも匹敵する悪魔的な所業にショックを受け、日本人である身を恥じることになった。戦争体験者は自分たちが遂行した戦争の罪の深さを知り、戦争を知らない世代は自分たちが属する国家の秘めていた悪行に呆然と立ちすくんだ。すなわち、ある年齢以上の昭和世代にとっては、「マルタ」という言葉の衝撃で、侵略戦争と敗戦の結果によって潜在的に刷り込まれていた日本人ゆえの原罪、共犯の意識を刺激されたのではないだろうか。その刺激への他人事ではない受け止めが、戦後三十七年目という戦争の時代から近すぎなく、しかしこれ以上時が下れば風化がより進むにちがいないと実感するようになっていた曲がり目の時点での時代感覚に響き合い、共有された結果、単なる話題性とは異なる広がりの売れ行きにつながったと想像される。

写真誤用問題の経緯

『続・悪魔の飽食』の写真誤用問題が突発したのは、発売から二カ月ほどが経った一九八二年九月十四日の夜のことである。森村誠一はペアを組む下里正樹とともに成田空港内の成田ビューホテルに泊まっていた。翌十五日、『悪魔の飽食』第三部の取材で中国へ旅立ったためだった。夜も深まった十一時ごろ、日本経済新聞の記者から受けたインタビューの席で、『続・悪魔の飽食』に収載した写真三十五点中二十点が、七三一部隊とは無関係の、満州日日新聞社発行「明治四十三、四年南満州ペスト流行誌附録写真帖」掲載のものであると告げられたのだった。

すぐに対応すべきではあったが、一行は訪中を優先して予定どおり北京へ向かった。春から中国での取材を中国大使館に申請し、ようやく入国許可を得たところであり、中国側が好意をもって迎え入れの準備をすっかり整えてくれていたため、出発中止は事実上不可能だったからである。それでも北京到着の翌十六日、滞在した市内のホテルで記者会見して、誤用を謝罪したうえで、写真提供者A氏の素姓について説明した。十七日にも「赤旗」の電話インタビューに応えてやはりA氏の素姓などについて答えている。

その後の対応を先に述べると、三十日に帰国した成田空港で記者会見。十月四日に下里正樹、A氏を伴って京王プラザホテルで三度目の記者会見。十二月発売の月刊「文藝春秋」新年号に、誤用に至るまでの経緯および各メディアが寄せた批判への反論、言論への考え方を述べた「私が知った『A氏』の正体」という百五十枚の見解書がある。

一連の対応を要すれば、この問題の本質は金銭目当てのA氏という人物に下里正樹も森村も騙されて、七三一部隊と関係のない写真を掲載してしまったという話につきる。よって作者と版元は読者に謝罪し、誤謬部分を削除して改める、とそれだけですむはずのことだった。

ところが、そうはいかなかった。

「『悪魔の飽食』において私は日本の軍国主義が犯した罪業を厳しく告発した。執筆の動機は私自身戦争の被害者であり、軍国主義を憎み、その復活を防ぐためである。執筆に際して、そのような告発を喜ばない筋からの著しい妨害や干渉を予測していた。しかし不思議なことに写真誤用問題が表面化するまでは、まったくなんの妨害もなかった。それはむしろ拍子抜けがするぐらいになにもなかった。

だがこれはいまになって振り返れば嵐の前の静けさであり、この本が日本国民の一部にとっていかに苦々しい存在であり、彼らが反撃の機会をじっとうかがっていたか、おもい知らされたのである」（「私が知った『A氏』の正体」）

と述べる嵐が襲いかかったからである。頑迷保守のメディアと日ごろ「南京虐殺はなかった」「慰安婦問題はでっち上げだ」と唱えているような勢力から、ここぞの攻撃にさらされることになったのである。

時間をもどして騒動の経過を見てみよう。

日本経済新聞が九月十五日朝刊で写真誤用の事実をスクープすると、朝日新聞が「『続・悪魔の飽食』勇み足」の見出しで報じたのをはじめ、読売、毎日、サンケイの各紙は大見出しと八段、九段の紙面を使って後追い記事を載せた。二百万部を超える大ベストセラーのスキャンダルであり、扱いはやむをえないところである。十月四日の京王プラザホテルでの三度目の記者会見のあとは、毎日新聞が「『A氏はわざと間違ったものを私につかませる意図はなかったと思う。間違いを見つけることができなかったのは著者の責任だ』と森村氏は述べた」と書き、東京新聞や読売新聞もおおむね同じ内容で会見内容を報じている。

ただ読売新聞は、そのうえで佐木隆三と山本七平のコメントを載せているのが他と異なる。佐木隆三は「森村さんの個人の問題だが、あれほど多くの人に読まれた作品なのだから、経過を明らかにして、本文の方もあやまりではないかという疑問を持たれないようにしてほしい」とどちらかといえば同業者として心配しているように読める。

だが山本七平はというと、「提供された資料を判定する自信のないものをやるのは、知らない人の怖いもの知らずのなせるわざ」であり、「あの本を読んでみたが、ある点で、これはっとピンとくるものがあってそれ以降、読むのをやめた。これが小説なら一向に構わないが、読者は事実として読むわけだから……。本来、ノンフィクション物では、どこか一点でも虚偽があったらそれで全体が信用されないはずのものだ」と非難する。山本七平は頑迷保守の論客の一人である。「これはっとピンとくるもの」とは何かを言っていないし、そのあと読むのをやめたのでは評者の資格は本来ない。そもそも全部が全部事実であるノンフィクションなど、まったく不可能である。どんな事実にたいしても作者の判断や主観を介さずには表現できないからで、知らぬまに事実とのズレが紛れ込むリスクは避けられない。軽佻な中身のないコメントだが、それを受けて記事は、作品全体の真実性にも疑問を投げかけている。読売新聞には、写真誤用問題の責任を写真提供者でなく、作者自身に転嫁することで、『悪魔の飽食』そのものが虚偽の書であると誘導しようとしているらしい意図が垣間見える。

読売新聞とともに頑迷保守のメディアとみなされるサンケイ新聞は、この問題のための特別取材班を立ち上げたという。なにを特別取材したのかといえば、その後「正論」十二月号にサンケイ新聞社会部特別取材班の名で「奇なことだらけの『歴史の改ざん』」という記事が掲載されていて、この見出しからも推して知るべしだろう。記事のなかで、下里正樹が取材した元隊員たちを追跡取材し、「執筆に重要な協力をしていた元隊員たちには、なぜかこの写真を見せていないことが判明した」とあるが、もともと見せていない人から見ていないという言質をとって不思議がるほうがよほど不思議である。ただしこの一文は「なぜか」と一語入れたのがミソで、ニセの写真だから見せられなかったのだ、と匂わせているのである。読売新聞同様、『悪魔の飽食』に書かれていることは嘘だと誘導する仕掛けの内容にほかならない。

そうしたメディアのバッシングの一方で、森村誠一本人への執拗な攻撃が始まっていた。このころ森村誠一の一家は厚木市の緑ケ丘団地の四階に居住していた。エレベーターはない。『遠い昨日、近い昔』所収「戦争の飽食と『悪魔の飽食』」にはその様子がつぎのように記されている。

「右筋の街宣車の大行列が連日群衆した。お経を唱え、最大ボリュームの拡声器で国賊、売国奴、非国民、日本から出て行け、と怒鳴り続けた。『グラビア写真がインチキであるから、内容も嘘にちがいない。筆者は筆を折るべきである』と著名な学者までがグラビアを見ただけで雷同した。(略)

電話は鳴りっぱなし、窓に投石され、玄関ドアに赤ペンキがぶちまけられた。地元の警察が朝九時から夕方五時までは警護してくれた。またご近所衆が総力を挙げて支援してくれた。抗議文や脅迫状は毎日、山のように配達され、メールボックスからはみ出した。右筋の団体は差出人名を明示したが、おおかたの脅迫状や抗議文は匿名であった」

脅迫状には「売国奴、死ね」とか「売国の国賊に天誅を加えん」といった文言が躍った。右翼団体からの面談申し出は、迷彩を施した戦闘服や行動服でアプローチする姿勢自体が威嚇行為なのですべて断わったという。だが、家族が受ける不安は消えようもない。集団より一匹狼的な人が怖いと大藪春彦に進言され、十万円の防弾チョッキを買い、外出や講演で地方へ出かけるさいに着用した。

版元の光文社にも右翼団体が押しかけ、連日大音声の罵声や軍歌を響かせた。光文社は写真の誤用が発覚した直後に『続・悪魔の飽食』の回収と重版済みの分を廃棄して対応したが、止むことのない社前の騒擾にしだいに業務に影響が出はじめ、周辺の企業や一般家庭への迷惑、面する音羽通りの交通の混乱をも考慮して、ついに十二月に入って『悪魔の飽食』をも絶版、回収することを決定した。光文社には十年前に終息した労働争議で似たような事態を長く収拾できなかった苦い経験があり、二の舞を恐れただろうことに酌量の余地はあるし、また本意でないことは理解できる。だが結果的に、言論弾圧の暴力に屈したと後ろ指を差される不名誉を背負うことになった。

「文藝春秋」一九八三年新年号に寄稿した「私が知った『A氏』の正体」はこの問題にたいする森村誠一からの最終的な回答書といえる。そのなかで、写真提供者A氏との出会い、嘘の多い発言の変遷、さらには十月二十四日に改めてホテルニューオオタニにA氏を呼び、信頼すべき証人立ち会いのもとでおこなったインタビューを再録、詳しく聞いた事情を検証して、写真の誤用に至った経緯を丁寧に明らかにしている。そのうえで自らの歴史観、政治観にも触れている。

改めていうが、この問題は金銭目当てのA氏という人物に騙されて七三一部隊と関係のない写真を掲載してしまった、よって作者と版元は読者に謝罪し、誤謬部分を削除して正す、とそれだけの話であって、その騙された経緯が「私が知った『A氏』の正体」で明示されたわけである。

それでも頑迷保守のサイドは執拗だった。

サンケイ新聞は、「森村氏は『写真を誤用した責任はまさに重大であり、その責任を痛感しているが、《悪魔の飽食》全体を否定し、かつて犯した過ちを糊塗しようとする動きに対しては決して屈しないつもりである』という。今回の事件は、でたらめな説明文をつけたニセ写真が掲載されたことが問題なのに、そのことについての説明はあっさりとしたもので、論点のすりかえといいえなくもない」との記事を出した。

そして、前の新年号で森村誠一に誌面を提供した「文藝春秋」二月号の中田建夫「〝飽食〟したのは誰だ」と渡部昇一「『悪魔』と『天使』の間――森村誠一氏『私が知った「A氏」の正体』に対する疑問」、そして月刊「諸君!」二月号の杉山隆男「『悪魔の飽食』虚構の証明」という記事が追い討ちをかける。

中田建夫と杉山隆男の記事は、サンケイ新聞同様「ニセ写真」という言葉を使う点、やたら謎や疑問という言葉を並べたてる論法も含めて、相似形である。「文藝春秋」も「諸君!」も同じ出版社の雑誌なので、連携したとしても不思議はない。論点の一つは、森村誠一がおこなった三度の記者会見で述べたA氏の素姓説明で住所などに矛盾があり、写真入手後に元隊員にも確認したとする下里正樹の発言に疑問があるということ。

二つに、誤用した『続・悪魔の飽食』の写真は「赤旗」が連載時に使用した写真と異なる。写真の顔の一部とキャプションはA氏によって黒塗りにされていたのに、「赤旗」掲載時の写真は顔がきれいだった。「赤旗」は同じ写真を別に持っているにちがいない。持っていればキャプションの内容を知っていたはずで、にもかかわらず『続・悪魔の飽食』の写真には七三一部隊に付会したキャプションが付けられている。本来のキャプションを知っていて違うキャプションを付けたのだから、最初からニセ写真とわかっての行為であり、よって捏造である。わざわざニセ写真を捏造したのは『悪魔の飽食』そのものがデッチ上げである可能性を証しており、それはまた、『悪魔の飽食』は日本共産党機関紙「赤旗」が森村誠一をダミーに立てて書かせたものかもしれないことを示唆している、ということ。

三つに『悪魔の飽食』で人間の生体解剖をしたと証言したKさんが、直前の取材に答えて、そんなことは証言していない、ウサギの生体解剖をしたとは言ったが、やったのは死体の解剖だけだと怒っている。よって『悪魔の飽食』は真実性に欠ける、というものである。

しかしこれらの論点はとっくになされた反論と、「私が知った『A氏』の正体」の説明で解決済みの話であり、蒸し返しの弁にすぎない。

一つめについては、森村誠一は三度の記者会見で述べたA氏の素姓説明に矛盾があったことを認めている。というのも、まず題材の性格上、情報提供者の素姓を秘匿する必要があったこと、またA氏自身の嘘に振り回されたことで、発言が記者会見のたびに違ってしまった。写真入手後の確認については、基本的にペアを組む下里正樹に一任していて、彼がA氏に本物と信じ込まされてしまったところに問題があった。何人かの元隊員に見せはしたが、本物と信じ込んでいたせいで、元隊員に見せた事実をイコール確認と勝手に思い込んだ点で落度がなかったとはいえない。七三一の巨大な施設のなかで部署が違えば彼らにさえ本物かどうか見分けはつかないだろうと想定し、より十分な確認作業をおこなうべきではあったと、これも認めて反省している。だからといってその不注意をもって下里正樹をウソつき呼ばわりするのは筋違いであり、無意味である。騙されるとはそもそもそういうことだからである。ましてそこから彼の取材内容を全否定しようとするのは暴論である。

二つめについては、『続・悪魔の飽食』の「赤旗」連載中、A氏から提供された写真を使用する際に印刷技術をもって黒塗り部分を修整したからきれいなのであって、別の同じ写真など所持していないと「赤旗」編集部が釈明している。画面を損なわない範囲での汚い写真の修整は、紙誌いずれであれ珍しくはない。「赤旗」が別の写真を持っているにちがいない、だからニセの写真と初めから知っていたはずだという推理は、出版界の常識と印刷技術への無知による誤認であって、言いがかりにすぎない。また森村誠一ダミー説に関しては、「諸君！」三月号「誌上対決『悪魔の飽食』スキャンダル」のなかで当人が、

「満州の辺境に配置された単なる一部隊の罪業であれば、そのグラビア写真の誤用がこれほどの問題にならなかったであろう。要するに『悪魔の飽食』は日本国民の一部にとってまことに苦々しい書物であり、都合の悪い本だったのである。（略）『悪魔の飽食』の写真誤用を武器として、日本共産党攻撃と、戦争犯罪の糊塗に利用している。ターゲットをすり替えているのである」

と述べ、謂れなき下里正樹を含む「赤旗」への攻撃に反論している。むろん、ダミーと決めつけられることは、森村誠一にとって名誉毀損、不愉快以外のなにものでもない。

三つめは、同一証人による相反する証言の問題である。『悪魔の飽食』には人の生体解剖をやったというKさんの証言が記述された。しかしその後、そんなことは言ってないと証言をくつがえしたという。しかし第一と第二、どちらに信憑性があるかはだれにも証明できない。証言をくつがえしたからといって、第一の証言が真実ではないとはいえない。第一の証言のとき、K氏は匿名であった。ところが『悪魔の飽食』の話題性から一九八二年一月に七三一関係者の立場でテレビ朝日「トゥナイト」に出演、飯田市文化会館で講演もして証言し、顔を世間にさらすようになった。そうなると人間の生体解剖をした人物がだれと特定され、白眼視される可能性が大きくなる。それは家族や親戚、知人の手前、好ましくなく、こんどはウサギの生体解剖の話だったとすり替えて、必死に前言の否定に回ったとも考えられるのである。いずれにしろ、どちらの証言が正しいかは本人の心の内にしかない。真実を問えば水かけ論に終わる。ゆえにK氏の第二の証言をもって『悪魔の飽食』は真実性に欠けると言い切ることはできないのである。

結局、両人の追及なるものは内実のない、なにがしかのためでしかなかったといわざるをえない。

渡部昇一の『『悪魔』と『天使』の間——森村誠一氏『私が知った「A氏」の正体』に対する疑問」はどうか。渡部昇一が頑迷保守のリーダー的論客であることはいうまでもない。この二十五枚ほどの原稿は、中田建夫と杉山隆男が用いた「ニセ写真」をさらに「インチキ写真」と見下す書きぶりに象徴されるが、初めから森村誠一を「嘘や矛盾を平気で繰り返す人らしい」と決めつけ、貶めることを目的とした文章としか見えない。前号で「フォート・デトリック基地のコバート氏に国際電話をかけた」と森村が書いた箇所を取り上げ、森村誠一の英会話力もコバート氏との親交も知らずに、自分は語学の教師で通訳の体験者だからわかるという口ぶりで、専門用語を交えての通話など一般日本人にできるわけがない、だから虚偽だ、といいちらしている。尊大な自足の物言いである。渡部昇一が執筆の下敷きにしたのはサンケイ新聞と世界日報という新聞の記事のようで、両紙の写真誤用問題への追及を手放しで絶賛し、またしばしば記事を引用していることからも、その信頼ぶりがうかがえる。世界新報は統一教会の日本組織とその政治組織「国際勝共連合」の会長を兼任していた久保木修己という人物を初代会長に一九七五年に創刊した右翼の地方新聞である。一つ穴の貉といっていいわけだが、そういう仲間内の偏った持論をベースにとどのつまりは、「私が知った『A氏』の正体」が掲載したA氏へのインタビューの再録は「やらせ」であり、ペアを組む下里正樹は大ウソつきであり、誤用写真は誤用ではなく最初からインチキとわかっていたはずだ、とやはり決めつけ、鬼の首でも取ったかのように最後に本音でこう結ぶ。

「森村氏の『続・悪魔の飽食』の写真のインチキは証明されたが、『悪魔の飽食』の内容ももう一度疑ってみた方がよいであろう。三十数年も前のことを、下級軍属や少年隊員などの伝聞証拠――つまり戦場のデマ――をたよりに書いたものが、そっくり事実にされるのではかなわない。（略）中正の立場によって能力ある人が検証しなおすべきである。それまでは『悪魔の飽食』の内容を信ずることは保留しておいた方がよいであろう」

「能力のある人」とは、下級軍属や少年隊員ではなく、責任のあったエリート軍人という意味である。つまり身分が下の人間の証言は信用できないと主張しているのであり、頑迷保守派の貴賤感覚、差別意識の一端が透けて見える。それはそれとして、つまりこの文章が物語るのは、提供者の嘘と作者の不注意によって発生した写真誤用問題を執拗に取り上げ、それを過失ではなく故意のほうに強引にねじまげて、果ては『悪魔の飽食』の全体を否定しようとしていることである。シンプルに言い換えると、『悪魔の飽食』という本が犯したたった一つのミスを突いて、中身の全体を否定しようとしたのである。「私が知った『A氏』の正体」発表後にサンケイ新聞が出した記事には「論点のすりかえといわざるをえない」とあったが、論点をすりかえたのは一体どちらなのか、明らかというものだろう。

その後、この騒動を機にかえって七三一部隊研究の気運が国内外に生まれ、多くの成果論文が発表されて、いまでは『悪魔の飽食』があばいた非人間的な実験の存在は証明されている。

それはひとえに、命の危険を感じてもなお、暴力的な言論封殺勢力と正面から戦った森村誠一個人の勇気と使命感のたまものである。またこの騒動で、自分たちの考え方や利益と異なる、同族的意識に反する他人を排除しようとする蠢きの伏在が顕著に見えたことは、常なる教訓とすべきことだろう。他人を排除しようとする蠢きは治安維持法や共謀罪にひそむ思惑にもつながる意識であり、戦争をも厭わない心理に通底するからである。

なお、『悪魔の飽食』はノンフィクションではなくフィクションであり、フィクションだから嘘に基づいていると、内容を全否定する筋もあると聞く。しかし出版界でいうノンフィクションとはフィクションの反対語ではなく、文芸の一ジャンルを指す。調査・取材した事実をいわば〝再現ドラマ〟として読者に伝える表現形態の名称である。集めた資料を記録やレポートにまとめて終わらせるのではなく、著者の判断や洞察を交え、事実に極力近づけることを意識しながら、読者に臨場感をもって再現してみせるジャンルである。そのためにフィクションの方法を取り入れることは認知されている。むしろ積極的に取り入れることを標榜してさえいる。たとえばX氏とY氏が激しい言い合いをした事実が取材でわかれば、それを小説のようにカギカッコの会話と表情の描写で再現する。一九七〇年代にその表現方法の旗手として沢木耕太郎や本田靖春、田原総一朗、内橋克人などが輩出し、ニュージャーナリズムとも評されて確立している。要は事実の核心を外さずに再現できるかどうかの作者の能力と技量にかかる。フィクションの書き方を一部に採用している本だからノンフィクションではないと非難するのは、ノンフィクションという言葉の上だけの狭い認識によるもので、じつは方法論をともなう文芸の一ジャンルであるという実態を知らない人の誤解にすぎない。

版元の光文社が『悪魔の飽食』『続・悪魔の飽食』の絶版を決めた段階で、右翼は戦果と受け止めたのか、街宣車攻撃は急速に下火となった。しかし全力を投じた二作が絶版の憂き目にあい、中国への取材旅行で得た多くの資料をもとに執筆を開始していた第三部が、当面は宙に浮く状況となってしまった。

第三部の刊行と、絶版となった二冊の復刊を申し出たのは刎頸の友、角川春樹の角川書店である。復刊にあたって角川書店がまず整えたのは、春樹社長の身の安全対策だったと伝えられた。『悪魔の飽食・第三部』は一九八三年八月に書き下ろしのノンフィクションとしてカドカワノベルズから刊行され、『悪魔の飽食』は同年六月、『続・悪魔の飽食』は八月に、ともに文庫版で復刊がなった。

『悪魔の飽食・第三部』は、それまでの二冊が加害者側の証言によってまとめられたのにたいして、被害者側の声と記憶、中国側の調査資料などに沿って構成されている。

「関東軍が特別軍事施設を〝設定〟した地域は他国の領土であり、日本固有の土地ではない。平房には先住の人たちはいなかったのか。いたとすればその人たちはどこへ行ったのか。土地や家屋の徴用に際し、日本軍による補償はあったのかなかったのか。それらの人たちはいまどうしているのか。七三一部隊が現地の医療防疫面に貢献したという声もあるが、現地の人たちの七三一に対する記憶、印象はどうなのか。(略)

七三一部隊の所業を確かめるためには現地調査が最も確実な方法である。七三一がなんら罪業を犯していなければ、その爪跡は残っていないはずである。七三一が現地の医療に貢献しているのであれば、住人の感謝の声があるかもしれない。(略)

現地へ赴けば、被害者の生まの言葉が聞けるのではあるまいか。マルタは全員殺されて一人も生き残った者がないと伝えられているが、果たしてそうなのか。マルタの生存者がいないとしても遺族がいるのではなかろうか。そしてなによりも七三一の〝現場〟を自分の目で確かめたい」

序章に中国取材へ向かうおもいと期待がそう記されたあとは、取材先の順にその成果が、旅行記の趣を漂わせながらつづられている。

第一章では北京の「中国人民革命軍事博物館」で七三一部隊製造の細菌爆弾である「宇治式爆弾」と、朝鮮戦争でアメリカ軍が使用した細菌爆弾の残骸を見、投下後に撃墜されて捕虜となったアメリカ空軍将校の供述調書の内容を分析、考察している。第二、第三章では「悪魔の飽食」の〝核心〟である平房の地での歓迎懇談会をへて、七三一部隊施設の数々の建物跡を訪ね、そこでおこなわれた非人間の行為を確認したことが記されている。

第四章では、七三一部隊が平房に進出したときからの当時の住民たちの証言を収録。突然立ち退きを命じられ、期日までに立ち退かなければ焼き払うといわれ、補償金も不当に安かったこと。成人男子が七三一労務班に苦力《クーリー》として強制徴用されたこと。反抗者は便つぼに放り込まれたり、手首を切り落とされたなど、中国人への抑圧統治の残酷な所業。またソ連軍侵攻時の施設破壊にともなって逃げ出したネズミが原因で広まったペスト禍の苦しみなど、数多くの証言が書き留められた。第五、第六章ではハルビンと長春に残る七三一部隊関連の史跡をめぐり、第七章では瀋陽へ向かい、七三一の二代目部隊長であった北野正次が籍を置いた旧満州医科大学を訪問、日本軍事医学の実態をさぐっている。

そして最終章では、七三一部隊で人を生体解剖するといった狂気がどこから生まれたのかを考察している。そうした狂気は一部の軍属リーダーに誘導されたものであることは疑いないが、その誘導はお国のためという〝合言葉〟を免罪符とする、すなわち「日本人という血を一つにする同族意識と日本という巨大な村落に対する強烈な従属意識から発した」内因的なものであって、その意味では日本人全体が共犯者であったと指摘するのだ。そして、

「人間の生命を自分の医術の素材化する発想は、患者に対する愛情や尊重があれば決して

生まれないものである。医学の徒としての使命感の根底には生命に対する愛と尊重が据えられている。どんな医学者でも、そこから医学を志したはずである。だがいつの間にか医学の使命感が、個人的な知識欲、功名心、技術の向上意欲とすり替わってしまった。そしてそれを国と医学のためにという錦旗で糊塗したのである」

と総括して、『悪魔の飽食』三部作をしめくくった。犠牲者の無念、そしてノーモア・悪魔の飽食。それが三部作の伝える理念である。

『新・人間の証明』と七三一関係者の戦後

『悪魔の飽食』三部作の姉妹編といえる長編小説がある。「赤旗」日曜版に「続・悪魔の飽食」の連載を始めたとほぼ同じ時期の「野性時代」一九八二年一月号から連載を開始し、同年九月に角川書店が刊行した『新・人間の証明』である。七三一部隊の加害の実態を客観的に追ったノンフィクションが『悪魔の飽食』とすれば、こちらは七三一部隊の非人間的行為に余儀なく巻き込まれた被害者、加害者たちの戦後の生きざまを主題に据えたミステリー小説である。

物語の発端は、タクシーの中で瀕死に陥って麹町署に運び込まれた女性客の薬物中毒死である。毒物はパラチオン系で、タクシーのなかには一個のレモンが残されていた。六十前後のその女性は、農水省と日中善隣協会の共同招待で来日していた中国人の通訳、楊君里で、日本人との間にできて生き別れた子供に会おうとしていたらしいと判明する。麹町署の棟居刑事が、彼女の持参していた現代日本の作家二十八人の短編を収める中国語訳の本を手がかりに、タクシーに乗り込んだ付近に住む作家の一人に聞き込みをかける。すると作家は脳卒中で倒れて病臥の床にあり、口はきけないものの女性の訪問を認め、本箱の『智恵子抄』を指差してみせた。『智恵子抄』には「レモン哀歌」という詩も入っている。

外国人女性楊君里の毒物死、残されていたレモンと『智恵子抄』の謎、そして棟居刑事の登場という流れは、『人間の証明』の黒人青年ジョニー・ヘイワードの刺殺死、残されていた麦わら帽子と西条八十詩集の謎と重なるシチュエーションで、棟居刑事も以前のジョニー・ヘイワード事件を思い起こしながら捜査にあたるというつくりになっている。作品タイトルが『新・人間の証明』とされたゆえんの一つでもあろう。

しかしその後の棟居刑事の捜査は、真相へ向けて一歩一歩イバラの道を行く展開となる。楊君里がホテルで七三一号室を嫌ったとの話からもしかすると関東軍七三一部隊への嫌悪かと当たりをつけ、まもなく死亡した作家の告別式に参列した七三一部隊関係者らしきグループに接触して、智恵子という娘が部隊内で死亡後解剖に回された、との情報を得る。棟居はその娘の父親、奥山謹二郎の親友だったという男性の住む熱海へ向かう。得た情報で前橋、相馬、米沢へと回るが、空振りに終わる。奥山は都内で殺人死体となって出現する。

棟居は奥山の過去につながる七三一部隊関係者と接触し、そのなかで七三一部隊の実像があぶり出されていく。奥山が詠んだものとして熱海の男性が送ってきた「凍傷譜描く画家の手おののける」「生体の肉裂きしメス血で凍り」「十字架に感染の蚤襲いせん」などの句や中国人少年の生体解剖、一ロシア人が煽動したマルタの反乱、一九四五年八月の部隊撤収時に独房壁面前面にわたって血書された「日本帝國主義打倒！」「中国共産黨萬歳！」の文字の証言への驚きといったディテールは、『悪魔の飽食』に出てくる同内容を、ある程度脚色して描いたものだ。

そうしたディテールが語るのは、戦争がいかに人間を狂わせるか、非人間化するかである。捜査の結果をいえば、奥山謹二郎の殺害は、保守党幹事長千坂義典の娘婿で秘書の前田義春によるものと最後に判明する。千坂義典は七三一に在籍していたとき女子軍属を妊娠させ、挙句に殺害、楊君里の日本人パートナー殺害にもからんでいた。それを知る奥山に脅迫され金を振り込まさせられていたところへ楊君里が来日、その不審死の捜査で刑事が千坂の本籍地まで来たと知ると、早晩奥山に手が伸び、自分が七三一部隊に所属していた過去が暴露されかねないと恐れた。そこで秘書の前田に「なんとか手を打て」と命じ、忖度した前田が殺害に及んだのだった。犯人や動機の部分はむろん創作だが、この女子軍属殺害のディテールも『悪魔の飽食』が記す実際の事件を下敷きにしている。

しかしノンフィクションの『悪魔の飽食』と違って、フィクションであるこの作品には、歴史の告発だけでは終わらない視点があって、それが作品の厚みにもなっている。一つには部隊にいたときは人間性を封印するしかなかった元隊員たちだが、普通の心に返ってからのそれぞれの生き方にたいする視点である。

棟居は、生体解剖された内臓をスケッチさせられた指を切り落として二度と絵筆をとろうとはしない人物に出会う。過去への懺悔の気持ちから山奥で一人暮らしをつづけている人物にも出会う。多磨霊園の近くでレストランを営みながら、亡くなった元七三一部隊員の慰霊碑である「精魂塔」を、マルタも含めたすべての犠牲者の鎮魂のためのものとして墓守りを続ける人物からも話を聞く。作品は彼らの姿に、取り戻した人間性の尊さを託している。過去を風化させて戦友会に集い懐旧にふけるのではなく、加害者側の人間としての罪業を自覚し、反省の心と行動で示すそのつらい真剣さにこそ、人間の正しいあり方、果たされるべき人間の証明がなされていると、棟居に彼らの人間らしさを信じさせている。

そしてもう一つ、楊君里の死の真相への視点である。

楊君里はマルタ唯一の生き残りだった。楊君里はマルタとして拘束されたとき日本人との間にできた女児を出産、そのとき同時に生まれた技師伊崎義忠夫妻の赤子が死産だったので、交換を提案され、いやおうもなく取り上げられた縁で、部隊撤収時に隊員数人の手でひそかに救い出されたのだった。交換させられたときに届けられた技師夫妻の死児にレモンが添えられていたため、楊君里はレモンを我が子の分身と受け止めてきた。奪われた赤子は伊崎夫妻の隣人奥山謹二郎の娘と同じ名前の智恵子と名付けられて育った。

棟居は、伊崎義忠がアメリカにいると知り、渡米して伊崎を問い詰め、智恵子が結婚していることと、その嫁ぎ先である「弁天堂」という薬局の住所を聞き出す。それを突破口に、来日した楊君里が最初に訪ねた作家からわが子の結婚相手の実家を教えられ、たまたま近所だったこともあって智恵子の夫の実家を訪問して義父と会い、二十分ぐらい会見した事実をつかむ。そのあと楊君里はタクシーに乗り込み、毒物死したのである。結局、状況から楊君里の死は自殺と判定されて捜査本部は解散する。

ただし、なぜ楊君里が自ら死を選んだのかの詳しい説明は書かれていない。どういうことだろうか。物語は、事件解決後ふたたび多磨霊園の精魂碑を訪れた棟居の姿をラストシーンにしている。すると碑に線香がたむけられている。棟居は今日が楊君里の命日であると気づき、だれかが日本で客死した彼女の霊を慰めにきたのだろうと推測する。ではだれだろうと頭をめぐらせたとき、ふっとラベンダーの香りが前をよぎる。一瞬はっとして、智恵子の父親である伊崎が「なにも知らずに幸せに暮らしている智恵子を巻き込みたくないだけです。智恵子の幸せには何人もの人間の願いがこめられています」といった言葉をよみがえらせるが、棟居はまさかと打ち消してしまう。書かれているのはそこまでである。

その含みは、ラベンダーの香りは最初にこの霊園に来たときバスでたまたま乗り合わせた智恵子が漂わせた香りであり、楊君里の命日を知る者は限られているということである。今日が命日と知るのは捜査員以外では、すでに妻を亡くしている伊崎義忠ともう一人、楊君里が毒を飲んだ日とわかっている人間、すなわち楊君里殺害の犯人だけである。伊崎は事件当日、アメリカに住んでいて加害者にはなれない。

智恵子は棟居の聴取に楊君里という人物は知らないと答えていた。だが線香をたむけたのが彼女なら、彼女は楊君里の命日を今日とわかっていたということだ。そして、智恵子の嫁ぎ先はパラチオン系の薬物も扱う薬局「弁天堂」なのである。智恵子は実際には実の母親と夫の実家で、義父死亡後の義母も棟居に証言しなかったが、たまたま来ていて自分の出生の秘密を知り、ひそかに追いかけて、しかし七三一部隊のおぞましい過去に巻き込まれて、いまある幸せを奪われることを恐れ、楊君里に毒物を渡したのではないか。棟居の脳裡にそのようなイメージが閃いたのである。

真相がそうであるなら、楊君里のおもいはどうであったろうか。毒物が体にまわるなかで、わが子は自分を拒否したことを理解したにちがいない。そして『人間の証明』のジョニー・ヘイワードが母親から受けたナイフをしっかり胸に抱きながらストロー・ハットのホテル四十二階をめざしたように、彼女もまたわが子の分身として受け止めてきたレモンを、しっかりと胸に抱きしめたにちがいない。我が子の犯行は絶対に露見させない、というおもいで。

なぜなら実の母親だから。母親は何があっても子どもを守ろうとする。タクシーの座席下に転がり落ちた一個のレモンは、わが子の幸せを守るために唯一、初めて、実母として尽くせる愛を実現できる満足で艶めいたにちがいない。母子の関係性復活と、その悲愁の象徴がレモンなのだ。

ベトナム戦争を描く『青春の源流』

『青春の源流』は「週刊現代」の一九八〇年一月一日号から一九八三年十一月五日号まで連載され、単行本全四冊にまとめられた二千五百枚に及ぶ小説巨編である。連載期間が示すように、『悪魔の飽食』とほぼ時期を同じくして書き進められた作品である。完結編の「あとがき」には、『悪魔の飽食』の写真誤用問題に際して作者が苦境に陥っていたときも、終始『青春の源流』の登場人物は力強く励ましてくれた。あの苦境の時期を通して私を支えてくれたのは、読者と共に彼らであった。『青春の源流』がなかったら、あるいは『悪魔の飽食』は挫折したかもしれない」と、当時の心の内との関係が吐露されている。

この作品の最大の特徴は、ベトナム戦争が題材の軸に据えられていることである。

物語は、太平洋戦争中期、学徒出陣の応召前に北アルプスの縦走登山を敢行した二人の若者、逢坂慎吉と楯岡正巳が、「戦争が山を殺してしまったのだ」「この山々がまたよみがえる日がくるだろうか」と交わす会話で始まる。戦争で山に登る人が消えたせいで、新しく石が補充されないケルンは崩れ、山小屋は戸が破られて備品は一切合切盗まれている。その荒廃ぶりに山は死んだと感じる二人の戦争への反感がこもる会話である。二人は「もし戦争を生き長らえることができたら、またここへ戻って来よう」と誓い合う。下山して立ち寄った「日暮山荘」には二人が共に想いを寄せる娘美穂がいて、死なずに帰ってくることを約束させられる。この三人の青春がどのように変転するかが、こののち貫かれるテーマである。

入営日の直前、楯岡は逢坂から、入隊せずに逃亡して二人で北アルプス山中の山小屋に隠れ、終戦を待たないかと提案される。逢坂は「死ね死ねと言われて、黙って死ねるか」と軍部の横暴に憤慨し、「まだ花も開かない命」を散らさせられてはたまらないという。しかし徴兵逃れは非国民と非難されるため、楯岡には迷惑をかける人間が多すぎて、応じることはできなかった。二人の進路はここに、憲兵や特高に見つかれば銃殺をまぬがれない山ごもりと、戦場へ行って「運命にまかせてみる」生き方とに、たもとを分かつのである。

逢坂は日暮山荘の美穂の父親剛造の手引きで、水晶岳斜面に残る鉱山師《やまし》が建てた採掘小屋に身を隠し、厳しい風雪の冬を雪渓で滑落してけがを負うなどしながらも生き抜き、夏には自然の濃厚な輝きの蔭に身をひそめ、孤独の慰めに飼いはじめた二匹のウサギとともに、時が来るのをひたすらに待って過ごす。

一方楯岡は、陸軍特有の私的制裁である〝罰直〟が猛威をふるう軍隊生活に放り込まれ、古兵の命で泥まみれの軍靴を陛下から賜ったものだからと舐めて拭かされるなど辛いばかりの訓練をへて航空通信隊に配属後、南方転属命令を受けて輸送船に乗る。だが輸送船は撃沈、救出された護衛艦も被弾して沈没、ほうほうの体で生き残り、やがてハノイの進駐地に着く。そこで警備隊本部の高級将校が悪徳商人と結託してコメを運び出し、ベトナム人のせいにしている醜い実態を知る。ある日、米泥棒だとしてベトナム人の中年女性を将校が斬り殺そうとしている現場に遭遇する。駆け寄ってきた老母と三、四歳ぐらいの幼女の三人の前に楯岡は立ちはだかり、許してやるように乞い、激昂した将校に肩口を斬りつけられ傷を負うが、三人を逃がすことはできた。数日後、美穂によく似たペンヨンと名乗る女性が楯岡の前に現われ、中年女性の妹だといい、お礼にと髪に巻くクレープを押し付けていく。そのペンヨンが野中大尉一派の女狩りに遭い、またも楯岡は解放せよと立ちはだかって銃を向けられ、幸い上官が駆けつけて事なきを得る。ベトミンとの戦闘が起こり、楯岡は小隊を率いて出動するが、頼りの本隊が逃走、救援は来ないと知って降伏する。全員処刑されそうになるが、ペンヨンの口添えで命拾いをした直後に、終戦となる。

楯岡たちは独立がなるベトナムのために正規軍の軍事顧問として参加してほしいと要請を受け、承諾する。ところが一月後にフランス軍が進駐してベトナムの独立は夢と消え、それならと日本への帰還を許される。帰還の途中、ペンヨンの村に立ち寄るが、村をかつて女狩りをしていた野中を含むフランス軍部隊が襲い、虐殺と凌辱の果てにペンヨンの姉が虐殺され、仇を討ってやらずに帰国すれば日本人の名折れと意見が一致して、元小隊の全員がベトナムにとどまることを決める。楯岡は抱きついてきたペンヨンに美穂の面影をかさねると同時に、心で美穂に永遠の決別を告げ、ベトナムを第二の祖国として戦いに加わる決心をする。

逢坂は終戦を迎えると山を下り、空襲で廃墟となった町の実家へもどる。すると父親は息子の徴兵忌避後に特高に連行され、十日ほどのちに全身痣だらけで帰宅し、その夜、頭部への打撃が原因で死に、母親はまもなく風邪をこじらせて死んだと知らされる。家を売り、日暮小屋に戻った逢坂は、剛造親子の手伝いをして生きることを申し出る。山をよみがえらせるためにまず剛造とともに三俣小屋を再建し、ついで雲の平に山小屋を建設する計画を進めるなか、美穂と結婚する。しかし逢坂が山で発見した骨が米軍の諜報員のものと判明し、逢坂が殺したものと疑われてB級戦犯容疑でMPに引き立てられる。誤解とわかって解放されたものの、その間に美穂はショックで流産していた。そうしたところへ逢坂と楯岡が所属していた山岳倶楽部の会長が訪ねてきて、「きみ、ヒマラヤへ行きたいとはおもわんか」と誘いかける。

ここまでが単行本の一冊目、全体の四分の一までのあらすじである。

このあと楯岡は、日本人小隊を率い、対フランスのインドネシア戦争を戦うが、妻のペイヨンが一ベトナム人の裏切りによるフー・ト村虐殺事件の犠牲となる。そして一九五三年の対米仏両軍のディエンビエンフーの戦い、五四年のジュネーブ協定でフランス軍完全撤退後、米国の傀儡政権として樹立されたゴ・ジン・ジェム南ベトナム政権との戦い、ユエの重要政治犯収容所〝迎賓館〟の襲撃、六〇年にベトコンこと南ベトナム解放戦線が結成されると、解放戦線を指揮して南ベトナム各地を転戦、六五年のプレイク基地襲撃、六八年のテト大攻勢、ユエ王城での攻防戦と、七五年のサイゴン陥落まで戦いの日々がつづく。そのなかで楯岡は最初のペイヨンをはじめ四人の妻と十人もの日本人の仲間たちを失ってしまう。

逢坂は美穂との間に二人の子供ができるが、戦中に張り付けられた非国民という烙印の痕が、平和になってかえって楯岡への負い目となり、穴埋めをするかのように、戦時中死んだも同然だった山をよみがえらせる夢の実現に邁進する。しかし山がよみがえれば、煙草の不始末で山小屋を火事で燃やしてしまう不心得者も登ってくるようになる。そうしたなかで逢坂はヒマラヤの登頂に情熱を燃やすようになる。念願かなってアグリヒマール峰への挑戦が許可され、いよいよ頂上間近にせまったところで、別の登山グループが功を焦って悪天候のなかを無謀なアタックに出て遭難、救援に向かって二次遭難死する。

三十年ぶりに帰国した楯岡は、物資にあふれた日本の現状についていけず、逢坂も剛造もすでに亡くなっていて、「今浦島」の虚脱状態に追い込まれる。頭に残る弾痕の後遺症もあって、再会した美穂と三十年前の美穂のイメージとを一致させることができない。ついには、「もし戦争を生き長らえることができたら、またここへ戻って来よう」と誓い合った三十年前の青春の〝源流〟である北アルプスへ向かい、そのまま消息を絶ってしまう。

こう書くと、逢坂、楯岡、美穂の半生を描くだけとおもわれかねないが、戦中北アルプス山中でおこなわれていた殺人事件の捜査と劇的な解決、その被害者の妹の夫である報道カメラマンが逢坂と楯岡の活躍を追って命懸けの接点となり、またフー・ト村虐殺事件で裏切ったベトナム人への復讐劇も織り込まれていて、多彩な読みどころを備えている。とはいえ主役三人の生き方という軸が貫かれることで、すべてのことが終幕の一点に収束していくわけである。

じつはこの作品には単行本化されたときに、作者自身の「まえがき」が付けられた。そこにこうある。

「私はこの作品の中で、戦争と青春を対比し、戦争が青春にどのような影響をもたらし、しかもかつ青春が孕む独自の可能性によって、どんな人生を切り開いていくかというテーマを追求してみた」

そして続ける。

「戦争によって制約を受けた若者達の生き方は凄絶である。青春とは、無限の可能性を孕む時期であるが、それだけにその可能性を戦争や自分の意志に依らないさまざまな反対要素によって、蓋をされた時は、あらゆる年代の人々の中で若者が最もみじめである。可能性に富めば富むほどそれを押しふたがれた若者の視野は暗い。前途に一筋の光明も見出せない時代に生まれ合わせた不運な若者の生き方は切実である。切実性が彼らの青春を凝縮させる。（略）

私は戦争という極限状況において凝縮された青春を描いてみたかったのである。それを描くことによって、肉体的には通り過ぎつつある自分の青春をふり返り、『青春とは何か』を改めて問うてみたかった」

楯岡は赴いた戦場そして日本が敗戦したあとのベトナムの現状を見かねて戦いを続け、逢坂は徴兵逃れという非国民の過去を負い目に北アルプス蘇生のために戦い、青春を凝縮させた。

しかしその戦いの結果は三十年ぶりに帰国した楯岡の「今浦島」であり、逢坂の山へのおもいは不心得者の登山家の出現をも招き、あげくに無謀なヒマラヤアタックに挑んだ別グループの行為に巻き込まれての遭難死である。

彼らの戦いによってもたらされたものは、戦いの意味が打ち消されかねない虚脱の現実だった。しかし青春の戦いの価値はもたらされた結果で測られるのではない。いかに戦ったかの中身によるのであり、それしか測るべきものもない。楯岡と逢坂の青春の戦いは、決して楽でも明るくもなかったが、その困難さを乗り越えて生を切り開いていく瞬間瞬間ではまちがいなく充実して輝いていた、と作品は語るのである。

ちなみに戦争を見つめたとはいえないのだが、主人公たちが戦争を引きずっている森村作品というのがある。『星の陣』(一九八九)と『星の旗』(一九九四)である。ただし青春の戦いの物語が『青春の源流』とすると、こちらは老人たちの戦いの物語である。

『星の陣』は街を仕切る暴力団にはめられて一家心中した娘夫婦の親である老人が、生気を失って人通りのなかに娘の面影を追っている姿の描写から始まる。その老人に娘と同じ名前の女性が声をかけ、老人はしだいに心をなごませるのだが、その女性もまた暴力団に殺害され、にわかに復讐心を燃え上がらせる。老人はかつて陸軍の中隊長で、敗戦時に機関銃や迫撃砲などの武器を奥秩父の山中に隠匿していた。老人はそれらを発掘し、戦地で生死をともにした戦友をさがしに出る。訪ね当てた戦友六人は、老人ホームでさびしく暮らしていたり、子供たちの家庭から追い出されて汚いアパートで一人暮らしをしていたり、ホームレスになっていたりと、いずれも死に体の余生を送っていた。六人はビルマ戦線で自分たちを置き去りにして逃げた連隊長がいまは政界の大物になって暴力団の背後に幅を利かせていると知り、死に花を咲かせんと連帯、無人島で訓練を積み、暴力団組長の要塞のような豪邸に重武装で殴り込みをかける。

『星の旗』も、やはり家族と心の恋人を暴力団の餌食にされた元日本軍特攻隊員の老人が、生き甲斐を失って無意味な暇つぶしに明け暮れていた戦友六人とともに、暴力団と上部組織、黒幕の政治家、政商に〝五十年後の特攻〟をかけるという内容だ。

どちらも痛快な娯楽作品といえるが、『星の陣』初版のカバー袖に載る「著者のことば」には、「これは永遠の青春小説である。ヤングにもアダルトにも熟年にも共通する青春の冒険をこの作品で追い求めた。（略）社会の窓際に追いつめられたかつての日本軍の古強者が、戦場体験とロートル兵器を駆使して、暴力団に〝戦争〟をしかける。だが真の的は暴力団ではなく、青春の復権である」とある。

老人は社会の老廃物ではない。老人には潜在的に隠されているパワーがある。そのパワーを使って老いを拒否して生きるべきである。そのためには無限の可能性を秘める青春の時点に立ちもどり、人生と戦いつづけることが必要だと、老人たちへエールを送っている作品といえる。

一方でかつて老人たちの青春を奪った戦争の記憶が半世紀をへて薄れ、自由と平和を当たり前に享受している時代への作者の疑念が、戦争で身につけた技術を駆使して暴れまくる老人たちの活躍にこめられているようにも見える。

『星の陣』『星の旗』の面白さは、人生において死に体となっていた者が新たな生きがいを見出し、仲間とともに巨悪に挑む勧善懲悪の筋立てにある。この二作のあと、同じ構造をもつ作品が何作か発表され、魅力の一群を形成する。『星の町』（一九九五）は、いわくある前半生の者ばかりが住む通称「敗人ホーム」というマンションの住人七人が、街を乗っ取ろうとする暴力団に立ち向かう。『人間の証明ＰＡＲＴ・Ⅱ』（一九九七）は老いて隠退した七人の元ヤクザが、非道を繰り返す暴力団に鉄槌を下す。『誉生の証明』（二〇〇三）は男に裏切られた女や親分に裏切られたヤクザなどが新興宗教の巨悪に挑戦する。

主人公たちの境遇が戦争体験者から社会の底辺でくすぶる市民へと移っていくが、いずれも弱者が強者に、敗残者が悪の牙城に立ち向かう〝市民たちの戦争〟の物語である。日常生活を脅かす悪を許さないふだんからの意識こそが、人を非人間化する本当の戦争を許さない精神につながっていくと、そんな作者のおもいが感じられる作品群である。

第六章　時代小説への雄飛

歴史への視点と史観

歴史は予測のつかない流れのなかにある。にもかかわらず歴史は、結果がさも必然であったかのように説明される。それは歴史家が結果から過去にさかのぼって、結果に整合を与えるからだ。桶狭間の戦いは、織田信長が幸若舞「敦盛」を舞い謡って出撃、雷雨にまぎれた奇襲で勝利を得たというが、これは信長の従者だった太田牛一が書いた『信長公記』に記載されたことによる。だが信長が本当に出撃時に「敦盛」を舞い謡ったのかどうか、信長の大物ぶりを示す作り話かもしれない。事実としても、結果的に信長が今川義元に勝ったから関連づけられる話であって、それが勝利に結びついた要因ではない。決定的な勝因が記録から欠落していないともかぎらない。『信長公記』は本能寺で明智光秀の謀反と告げられた信長が「是非に及ばず」と叫んだとも書く。側近だれもが討ち死にしたなか、逃げ出した腰元の一人に作者が取材したことになっているが、それも信長の潔さを誇張する虚偽と疑って疑えなくはない。古い記録には嘘が加わる可能性も含め、客観性への危うさを考慮する必要がある。

歴史とは要するに、「結果としてある大筋の出来事」にたいする後追いの認識にすぎない。広い範囲での社会感覚に沿って解釈され、整理され、説明されている後世のおおまかな認識にとどまる。そのゆえにイデオロギーや政治体制、宗教、民族意識、認識不足・改ざんなどによる極端な歪曲が入り込む余地が多分にある。

歴史とはそういうものだからなおさら、歴史家の真実探求は当然である。逆にいえば、歴史がそういうものだから歴史を題材とする創作、時代小説も成り立つわけである。かといって、結果としてある大筋の出来事をまったく無視しては、SFかファンタジーになってしまう。そこで時代小説作家はおのずと、歴史とどう向き合うかの兼ね合いを問われる。現代小説であれば、いま生きている時代の自分の体験や見聞をシチュエーションに書き込めばすむことだが、時代小説ではそうはいかない。創作の土台となるモチーフにせまるには、歴史への立ち位置を明確にしておかないとその持続が困難になる。田沼意次は賂《まいない》づけの拝金主義者だったのか、それとも現実を見据えた開明的な政治家であったのか、別の隠れた面があるのか、そうしたことへの向き合い方しだいで、物語はどうにでも展開可能だからである。

純文学の名編集者として名高く、一方で時代小説の大ファンであった寺田博は『時代小説の勘どころ』所収のエッセー「歴史か小説か」で、孤高の長編『富士に立つ影』の著者白井喬二のエッセー「小説と歴史の区別」（昭和五年十一月「文芸時報」）を引用し、考え方に触れているので孫引きしたい。山カギのカッコが白井喬二の文の部分である。

「〈小説と歴史とは純然たる区別があって小説は歴史に侵されない。互に侵されない境地に立っていると思う。〉として、互に侵されない作品の例として『クオヴァヂス』『戦争と平和』をあげ、〈『平家物語』なども後半は非常に歴史的で、懐古的色彩をおびているが、その中を一貫して流れているものは、やはり人間的に宗教的に帰着している。〉と、歴史小説のめざす方向を暗示している。さらにこの考えを伸ばして、〈大衆文学の形式は歴史的主材を持っているために、歴史と小説とが混同される傾向があって、歴史的分量の多寡、濃薄によって価値が論じられるようである。（略）もちろんその中に含まれた歴史的な部分は正確でなければならぬが、しかし、歴史的な正確さは非常に疑問であって、これは自説ではないが、古書の中で（史）を表題としている本と言うものは極端に言えばほとんど捏造したものだとみられている。〉と書いた末に、〈だいたい歴史小説と言うものは、小説が主体であって歴史は資材であるべきだから、厳密に言って、歴史小説という名は成立たない。私自身はそう言う相互に侵されざるべきと言う持論を持っているし、歴史小説が成立しないと言うのは、結局、小説でないか歴史でないかのどっちかに陥らざるをえないからである。（後略）〉と結んでいる」

つまり、時代小説はあくまでも歴史を資材として、そこから人間的に宗教的に帰着するものをめざすものである。ただし歴史的な部分については、「――史」などと銘打った古書にはフィクションが多いと聞くので惑わされずに、結果としてある大筋の出来事とのあいだで、互いに侵されない関係で書き進めるべきである――というのが白井喬二の創作時の歴史への向き合い方である。互いに侵されないとは、歴史に従おうとすれば物語が逃げ、物語ばかりにかかずらうと歴史が逃げるので、その均衡を意識して書かなければならないということ。人間的に宗教的に帰着するものとは、白井喬二が追求してやまなかった真善美と同義、ということである。

寺田博によれば、白井喬二は黎明期の時代小説を通俗読物と一線を画す文芸作品にするために、そのありようを自覚的に問い続けた作家として位置づけられるとのことである。時代小説は黒岩涙香、村上浪六、翻訳小説、探偵小説などとは区別されるべきだし、またそれらに抵抗する文壇的評価を意識した芸術作品とも区別されるべきで、〈それらとは違う地の底に埋っている磁鉄が出て〉くるような新しい文学領域を目指すべきだと他のエッセーに書いていて、そのうえで、時代小説の作者は〈歴史の題材を資料に用いることは一向に差し支えないにせよ、〉〈歴史上の人物の名前を知っている日本の読者と作家との合作状態において行われる事態をことごとく歴史小説と称してよいものか〉と問いかけているという。読者と馴れ合うがごとき内容の作品は避けなければならないというのだ。一方で読者も、〈主従関係、風俗点出、言語動作の階級制、武力の発揮、男女の不平等性などなど〉といった封建的な歴史事実への〈潜在している郷愁心との邂逅〉を期待するようであってはならないと、厳しい注文をつけた。寺田博もさすがにこの注文には首をひねり、部分的に的を射ているにしても、時代小説が読者に伝達する創造的感興にとっては当たっていると思えないと、距離を置いている。白井喬二のこの態度は、『富士に立つ影』がまさにその実践ではあったが、普遍的なものを導くべきとする近代文学の意思に近く、創作の羽の広がりに窮屈さを強いることは否めない。

このエッセーで寺田博は、時代小説の愉しみ方には二つあるとしている。

「一つは、歴史上の人物が考えたことや起した行為、そのことから派生するさまざまな出来事を探索するように読んで愉しむことができ、もう一つは、超能力・超常現象や秘教・伝説の類が歴史上の出来事と符合するリアリティを愉しむことができる」

時代小説の魅力は歴史探索と伝奇性にあるというのだ。ものすごく強い現実ばなれした剣豪や、地上から屋根へ跳躍したりする忍者の超身体能力も、伝奇性にほかならない。

森村誠一は、一九八〇年ごろから小説雑誌に時代小説の短編を何作か発表、『真説忠臣蔵』（一九八三）にまとめた後、一九八四年に週刊朝日で「忠臣蔵」の連載をスタートさせ、本格的に時代小説に参入した。では、森村誠一は歴史とどう向き合おうとしていたのか。

二〇〇七年に刊行した小説の実作教本『小説道場』の「自作品の解説」の章に、ミステリーからスタートしてなぜ時代小説を書くようになったかの経緯に触れた部分がある。

「もともと時代小説が好きで、吉川英治や角田喜久雄、国枝史郎、野村胡堂、山本周五郎、佐々木味津三、海音寺潮五郎などの愛読者であった。いつかは自分自身もあのような時代小説を書きたいと願っていた。

きっかけとなったのは、ある江戸学者の『後世の人間が過去を書こうとするときは、過去の時代の人間の精神になり切らなければならない』というような要旨の文章を読んだことである。それは一面の真理ではあるが、文芸において過去を描くときは、死者の忠実な再生を目的としていない。現代の意識を持って、現代の視点から過去にスポットライトを浴びせる。そうすることによって、まったく新たな人間像が再生される。それは文芸の生命であり、歴史学とは異なった歴史の新しい解釈となる。

現代的な視覚《アングル》からの過去への照射が、それぞれの著者の史観になる。忠実な史実の再生は歴史学に任せて、文芸やエンターテインメントにおける再生は、過去の闇に常に現代の照明を当てている。小説作家にとって歴史学は参考にはなっても、歴史学的再生はあまり意味がないとおもったことである」

歴史への向き合いは、歴史と小説は切り離して考えるべきとする点で、互いに侵されない関係であるべきとする白井喬二とほぼ同じ見識といっていい。白井喬二が歴史と物語との均衡を意識して書くとしたところを、森村誠一は現代の視点から過去にスポットライトを浴びせるという次元で両者を切り離している。

同様の見解はエッセー「なぜ『忠臣蔵』を書いたか」（『ロマンの珊瑚細工』所収）にもある。

「現代に生きる人間が歴史的事実の再構成あるいは、それに基づいた物語りを構成するとき、現代の人間としての意識を過去に照射しなければならない。またそれ故に過去の再構成に意義があるのであり、現代人の意識の投影のない過去の再生など、死者を玩んでいるに等しい」

歴史小説、時代小説が過去の時代を描くものであっても、そこで描かれる物語が、いまわれわれが生きる現代をどう反映し、逆に現代に何を問いかけるかを踏まえなければ、取り組む意味がないというのだ。ふつう作家が歴史小説、時代小説に取り組む場合、多くの史料や記録に基づいて歴史家が整合を与えた出来事、いわば通説のおおすじを出発点に、作者の想像力による新たな解釈を過去に吹き込もうとする。ただ、それだけではだめで、そこに描かれる『その時代』と人間」が、現代と現代人のありかたに反照するかたちで取り組むのでなければならないと表明しているのである。

そのうえで、過去への照射、過去の出来事へ吹き込む作者の想像力の違いによって、小説に描かれる歴史の様相は異なっていくが、その相違こそが、それぞれの著者の「史観」である、としている。

たとえば南條範夫は歴史の流れを人間性悪説的な観点で解釈し、そのニヒルでグロテスクな雰囲気は残酷史観と評され、戦後の重く暗い世相にいっとき受け入れられた。司馬遼太郎は、歴史上の各人物を個人の人間性、性格の観点から、いわば列伝ふうにとらえ、その色分けのからみあいで歴史のうねりを解釈、わかりやすさから絶大な人気を博した。もちろん歴史上の人物がどんな人間性、性格の持ち主だったかは本当にはわからない。わかっているのは行動の足跡だけである。それを想像力で補い、歴史を再構築してみせたところに魅力が生まれ、司馬史観と称されるゆえんともなった。

では、森村誠一はどうか。先に引用したエッセー「なぜ『忠臣蔵』を書いたか」につぎの記述がある。

「べつに忠臣蔵は日本の運命や歴史を塗り変えたような事件ではない。要するに片隅の小藩の主が私怨からけんかをして、その不公正な処分を家来どもが不服として主君の仇敵にリンチを加えたというものである。

それにもかかわらず私が執筆テーマとして惹かれたのは忠臣蔵を取り巻いている人間群像の多彩さにある。四十七士を中心として浅野、吉良両家にまたがる直接間接の登場人物の多様性、そこではむしろ元禄という時代の人物の多様性が主役であり、四十七士すら脇役とおもわせるほどの時代の群像のダイナミズムがある」

人間群像の多彩さ、時代の群像のダイナミズムに惹かれたというのだ。「時代と人間」を大枠の執筆テーマとする作家らしい視界である。ミステリーは犯人にしろ捜査員にしろ、個人同士の智恵のせめぎあいが表現の中心になるので、時代の群像のダイナミズムという観点とは馴染まない。そのことが森村誠一を時代小説の執筆へと向かわせた一因かもしれない。当初、なぜミステリー作家が好きこのんで時代小説を書きはじめたのか、変化したのかと取り沙汰されたものだが、犯罪者の正体という特殊への収束をめざすミステリーとは異なる表現への好奇心に、森村誠一がとらえられたとしても不自然ではない。あえていえば作家の業にちがいない。すなわち「現代的な視覚から過去に照射」し、「時代の群像のダイナミズム」をとらえることで歴史を描く。それが森村誠一の時代小説における史観、森村史観である。

森村版『忠臣蔵』の視点

森村誠一の時代小説は内容的に、またほぼ時期的に、前期と後期に大別できる。

前期は赤穂事件の『忠臣蔵』（一九八六）に始まり、吉良側から描いた『吉良忠臣蔵』（一九八八）、後期にもまたがる森村通史の一大絵巻『人間の剣』シリーズ（一九九一～二〇〇一）、鎌倉末期から南北朝動乱の時代を描く『太平記』と続編『新編太平記』（一九九一）、幕末に血潮にまみれて生きた者たちをみつめる『新選組』（一九九二）、奥州伊達藩のお家騒動に材をとった『虹の刺客』（一九九三）、源平の戦いを描く『平家物語』（一九九四）の一群である。

後期は、その先行作品となる連作集『刺客の花道』（一九八八）、「非道人別帳」シリーズ八巻（一九九四～二〇〇〇）や「刺客請負人」シリーズ五巻（一九九七～二〇〇九）、「虹の生涯」（二〇〇四）、「暗殺請負人」シリーズ三巻（二〇〇八～一二）、『刺客長屋』（二〇〇九）、「悪道」シリーズ五巻（二〇一〇～一七）などだ。

前期の作品群は、戦国時代から現代までの折々の歴史的事件を織り交ぜて描く『人間の剣』シリーズをやや例外に、いずれもだれもが知っている歴史物語の森村版である。後期はフィクションの度合いが高い娯楽作品群で、剣客、奉行所の同心、影の者などが縦横無尽に活躍するアクション小説を主体とする。

初めての長編時代小説である代表作『忠臣蔵』を見てみよう。

書くきっかけはある会合で隣り合わせた週刊朝日編集部の重金敦之記者に「今後はどんな作品を書くつもりですか」と質問され、なんとなく時代小説と答え、「どんな時代小説ですか」と重ねて問われて苦しまぎれに忠臣蔵と応じたところ、「その節はぜひ週刊朝日にお願いします」と依頼されたことによると、『忠臣蔵』の「あとがき」に記されている。ただし執筆まで十年を要した。資料の収集と読み込みに時間をとられたからである。資料収集には神田神保町の小宮山書店が力を貸した。当時暮らしていたのは厚木市緑ヶ丘団地の四階だが、空いた隣家を所有できたので仕事場に使っていた。仕切り板を取りはずしたベランダを通って案内された編集者の何人かは、書架にびっしり詰まった黴臭いような書籍の列を、こんなにたくさんというおもいで目にしたものである。

森村版の『忠臣蔵』は、三人の浪人それぞれの振る舞いから書き起こされる。一人は赤穂藩士の不破数右衛門。初めて出府した江戸の町で、十六、七の娘に襲いかかった「お犬様」を見かねて切り捨て、いさぎよく腹を切る決心を富森助左衛門に打ち明けると、それではかえって殿に迷惑がかかると諫められ、逐電する。不破数右衛門の目には幕府開闢以来およそ百年のいま、「四民の最下位におかれている商人がその巨大な経済力によって天下の財貨の実権」を握り、「商人の金力の前に大名、旗本ひいては公儀までが押さえ込まれて」いると映ったと描写されている。

二人目は、借金の返済猶予を土下座して頼んだ浪人が金貸しの町人に唾を吐きかけられて激高し、切り捨てたあとに幼女を人質にとって空き家にたてこもるが、その浪人を説得、人質を解放、切腹させて場をおさめる鳥居理右衛門である。その見事な振る舞いを見ていた吉良上野介が家臣に引き立てようとする。しかし鳥居は路上の一事だけで判断されたことを買いかぶりと受け止め、保留させてもらう。主取りは人生を決める重大な選択であって、慎重さが必要だからである。鳥居の謙虚さに上野介はますます執心する。のちに鳥居は吉良家に仕官し、赤穂浪士の討ち入り時に義理堅く上野介を護って討ち死にする。

もう一人は、奥州浪人の磯部儀右衛門。彼の兄は奥州水沢藩主伊達美作守の家中で使い番であったが、主君が江戸城より下城の際、行列先を酔って乱した旗本岡八郎兵衛との言い合いから刀を抜き合う事態におよび、その後、旗本の仲間が伊達美作守の上屋敷に押しかけもして、幕府の評定を仰ぐことになった。結果、伊達美作守は逼塞、兄は切腹すらも許されず打首、岡八郎兵衛は役を解かれるだけで済まされた。兄の部屋住みであった儀右衛門は浪々の身となり、江戸に出て、旗本か御家人の子息とみられる若者どもと遭遇、口論から斬り合いとなって、窮地を不破数右衛門の助太刀で救われる。儀右衛門はその後、数右衛門と親交を結び、岡八郎兵衛を仇と狙いながら、赤穂一党を陰から援助していく役割をになう。

これら浪人三人の振る舞いは、舞台となる元禄期の時代情況を表現している。五代将軍綱吉による天下の悪法「生類憐れみの令」が人々を苦しめ、かたわら武士と商人の力関係に大きな変化が起きた時代であることを不破数右衛門の行動と目を通して語り、鳥居理右衛門と吉良上野介の仕官をめぐるやりとりでは、徳川家が綱吉の時代、中央集権体制を強めるために、「すでに十六藩の外様、二十九家の一門譜代が改易（領地の没収）、減封（領地石高の削減）の憂き目にあっている」と説明があって、その結果、浪人が江戸にあふれ、しかし彼らの再就職は絶望的である世相を表している。吉良上野介から鳥居理右衛門への仕官の要請は、そんな時勢であれば喜んで食いついて当然のところだが、それを冷静に対応され、吉良上野介はいっそう惚れ込んだのである。

磯部儀右衛門のエピソードは、旗本、御家人という幕臣と外様大名間の反目、戦なき世の武士階級の形骸化を象徴している。幕府開闢から百年、世は太平であり、徳川親衛隊の旗本、御家人はじつはもはや用済みの存在である。次男三男ともなれば長兄の俸禄に依存する居候であり、なにもしないで生きていけるといえば良い身分だが、悪くいえばごくつぶしのヒモともいえる。その鬱屈を支えるのが幕臣としての矜持であり、その矜持の行き先が百年前には敵だった外様大名への一方的な反感である。外様大名は「いまは徳川の武威の前におとなしくしているが、なにか事あれば、すぐに反旗を翻しかねない危険な輩」であるとみなし、比べて自分たちは「一朝事あるときには徳川家に身を挺して楯となる忠誠無比な股肱の臣」であると思い込むことで自尊を保っている。それなのに「幕府は外様に対しては篤く旗本に対してはなにごとにつけ『身内だからがまんしろ』という態度」を強いる、とひがみがちである。一朝事あれば楯となるというのも幻想に等しいが、そうして時代錯誤の尚武の気風をふりかざしでもしなければやっていられない。それが伊達美作守の行列と岡八郎兵衛との事件ともなり、幕臣への気づかいから幕府の不平等な裁定に結びついている。このエピソードは松の廊下刃傷事件にたいする幕府裁定の是非をめぐる伏線としても描かれている。

これら三人の浪人を通して、元禄という時代の特質をうかがい知ることができる仕掛けである。すなわち元禄期は、幕藩体制が強固に安定して天下泰平の一面、理不尽な法令「生類憐みの令」に苦しむ人々、浪人という失業者の群れ、武士階級の形骸化からくる階級内部の反目、武士と商人との間での力関係の逆転など、じつは不安定要素をかかえる閉塞の時代でもあった。赤穂浪士による吉良邸討ち入り事件は、その不安定要素のからみ合う時代性があって起き、かつ実現したと、作者は認識しているのである。

松の廊下刃傷事件、浅野内匠頭の即刻切腹、吉良上野介には咎めなしの幕府裁定、赤穂城明け渡しから、ついに討ち入り決行、本懐を遂げた後に全員切腹の沙汰が下りる展開は、森村版も他の忠臣蔵作品と変わらない。そこはなぞるまでもないので、ここからは森村版の特徴にしぼって見ていきたい。ちなみに、他の忠臣蔵作品としては舟橋聖一『新・忠臣蔵』、大佛次郎『赤穂浪士』、柴田錬三郎『裏返し忠臣蔵』、山田風太郎『忍法忠臣蔵』、歌舞伎の『仮名手本忠臣蔵』などがある。

まず全体でいえば、浅野側の立場に重点を置く書き方ではなく、浅野側と吉良側、両方の立場からほぼ平等に書かれた点があげられる。討ち入った側を善、討ち入られた側を悪というとらえ方はしていない。喧嘩両成敗が定法とはいえ、現代の視点でいえば、経緯はどうあれ公の場で刃物をふるい、相手を傷つけた側が罪を負う。それが不満だからと、加害者の身内が被害者を殺しにいくのは、逆恨みにも程がある。森村版はあくまでも武士社会の論理、武士道をめぐるせめぎ合いのもとで生死を懸けた人々の物語として、両陣営を対等にあつかっている。

また、討ち入りのシーンが詳細で、二千枚に近い全体のうち百枚ほどを費やしている。「私は『忠臣蔵』大好き人間で、『忠臣蔵』映画のすべてを見た。ストーリーはわかっていても、演ずる役者が異なると面白い。だが、（略）どの『忠臣蔵』もクライマックスの討ち入りが呆気なさすぎる。ようやく盛り上げた頂上がせいぜい五分、吉良方の抵抗があまりに脆く、吉良上野介が炭小屋から引き出されてしまう」（『小説道場』「自作品の解説」の章）ということへの不満から、清水一学や小林平八郎を中心に一時は吉良方も浪士を圧倒しかけたこと、しかし作戦の不統一から兵力が分散してしまうなど、互いがくりだす攻防の経過が個々の戦闘場面を多用する展開で描写されている。

刃傷事件に至った経緯は、柳沢吉保および吉良上野介ら文治主義体制派と、戦国時代の気風をなお引きずっている一部大名など武断派の対立という視点で把握している。文治派からすれば、関ヶ原から百年もたつ世の中である。時代が変われば処世のあり方も相応に変化して当然である。にもかかわらずなんの役にもたたなくなった尚武の気風をあいかわらず遵奉している武断派は、時代錯誤の存在にしか見えない。逆に武断派は、文治派を武士の魂を捨てた堕落した種族と見て反撥を隠さない。吉良上野介にとっては、武断派の思考しかできない浅野内匠頭などは、はなから古い価値観に胡坐をかいてわかったような顔をする田舎大名の一人にすぎなかったわけである。

勅使下向に際しその饗応役を命じられた浅野家では、殿中の典礼、仕来りの一切について指南役となった吉良上野介にどのような〝挨拶〟をすべきか問題になる。同じく饗応役を仰せつかった伊達三万石は家柄禄高に応じたかなりの進物を届けたと伝わり、国元の大石内蔵助の指示もあって側用人の片岡源五右衛門が十分な進物を手配りするよう江戸家老たちに進言するが、判断を仰がれた内匠頭は「伊達殿は伊達殿じゃ。当家には当家の姿勢がある。賄賂をもつて追従し、御用を勤むべきは、武士たるものの為すべきことではない。無用にいたせ」とはねのけてしまう。浅野家の江戸家老二人が使いとなって吉良家に伺い、〝挨拶〟として差し出したのは菓子折一折である。二人が帰ったあと、上野介は菓子折の下敷を改めさせ、まんじゅうに黄金色のあんが入っていないかと割らせてもみたがなにもなく、高家として当然の役得と考えていた期待を裏切られて、愚弄されたと怨みをいだく。

加えて浅野家と吉良家のあいだには、製塩をめぐる競争がある。吉良家では三河の領邑沿岸で饗場塩という製塩業がおこなわれ、重要な財源となっている。しかし生産量においても品質においても赤穂塩に太刀打ちできていなかった。そこで家老と数名の家臣に命じ、製塩の要である釜焚きの技術伝授を浅野家に請わせたが、企業秘密をライバルに教えるはずもない。あっさり断られて、それならと釜屋にしのびこんで釜の構造を模写していた家臣の一人が見つかり、浜辺の木に縛りつけられて晒し者にされる。家臣が辱めをうけたことで、ならば「目にもの見せてくれる」と深く含むところをいだくようになっていた。さらには、柳沢吉保が吉良上野介と紀伊国屋文左衛門と謀って、饗場塩を公儀御用として納めさせることを企てていた。そうなれば間に立つ文左衛門からの見返りも大きいからで、そのため上野介も浅野家をなんらかの失態で幕閣の印象を貶めようと、勅使饗応の料理や手順にいいかげんなことばかり教えて、浅野内匠頭を怒らせた、としている。

『忠臣蔵』の主役である大石内蔵助は、沈着冷静、深謀遠慮、何を考えているかよくわからないという従来の〝昼行燈〟のキャラクターに加え、人間として生々しさを身にまとう人物として描かれている。浅野家取り潰しが決まったあとの大石の策は、まずは決定に身を屈し、忍びがたきを忍んで家の再興を公儀に嘆願し、その行方を見届けてから上野介を討つかどうか決める。討つにしても、吉良一人を狙うのではなく、ご政道にたいする批判こそを真の目的とするというものである。

しかし城の明け渡しに際して江戸からやってきた堀部安兵衛、高田郡兵衛、奥田孫大夫の三人が、籠城合戦をつよく主張する。大石はなんとか説得したものの、三人が収城目付を襲う可能性を考え、藩の存亡危機とあって駆け付けた不破数右衛門に、やはり駆け付けた元藩士らとともに三人を抑え、抑えきれないときは斬れ、と命ずる。不破が辞去したあとで、小山源五右衛門が、堀部たち三人と不破たち元藩士が事を構えたら「公儀の聞こえもいかがかと案じられますが」と不安を口にすると、内蔵助は「万一、事を構えても、藩士と浪人どもの軋轢として繕える。浪人の一人や二人死んでもこの際已むを得ぬ」と平然と答える。急進派の動きを制するために藩士を向かわせれば、家中の統制ができていないということで公儀の心象を害するが、藩士と浪人の騒動であれば、城明け渡しへの動きとは無関係と主張できる。源五右衛門は「大石という人物の恐ろしさを垣間見たようにおもった」と書かれており、つまり大石は信念のためには冷酷さをも厭わない心根の人物となっている。のちにその冷酷さが脱盟者の悲劇を生むが、非の打ちどころのない大石よりはリアリティを感じさせる。

また大石にとって吉良上野介を討つことは、世の中に自分が注目され、生きた証を残したい気持ちからだともしている。山科の隠宅に逼塞した大石が夏の早朝、牡丹の花を「花はその美しさを見せるために咲く」とおもいながら、わが身の境遇をおもう場面で、こう書かれる。「自分も牡丹のように生きたいとおもう。片隅の小藩の家老として終わるべく承代運命づけられていた自分に千載一遇の機会が経めぐってきた。これを生かすも殺すもこれからの自分の処し方次第である。

この元禄という爛熟の時代に生まれ合わせておもいきって派手な武士道の精華を咲かせてみたい。それは亡き主君のためでもなければ、武士の面目のためでもない。すべて自分のためである。大石内蔵助という名前を不朽にするか否かの正念場を与えられたのだ。やわかそれを無為にするようなことがあってはならぬ。内蔵助にとっての武士道は『名を惜しむ』ことである。だれの名でもない、自分の名前である。主君のうっぷんも、赤穂一藩の面目も、主家の再興もその後に位置する。

小藩の承代家老の名前を公儀を相手取って日本の津々浦々に轟かせるのが、彼の武士道であった。もともと武士道とは戦場の名誉を重んじる個人的な規範である」
そして派手な大輪の花を咲かせなければならないので、「それまで吉良上野介、生きていてくれよ」と願うのだ。露骨な名利主義、自己顕示欲といっていいが、サラリーマン社会で出世欲が強くなければ出世できないように、これぐらいの強い野心あるいは欲望がなければ、結果へたどり着けないだろうとも推察は可能で、そうおもえば、これも合点のいくリアリティといえるだろう

大石が伏見撞木町を中心に京、大坂、奈良にまで足を運んで限りを尽くした放蕩は、復讐の意志はないことを吉良方や公儀にたいして見せる擬態、カモフラージュだったとの解釈が定まっている。森村版はその放蕩ぶりを官能小説ばりに具体的に徹底して描写している。カモフラージュといっても生半可では間者の目を欺けないという前提を踏まえて、あえて繰り返す酒池肉林なのだが、その一方で、実際に大石は遊び好きで、好色だったとしている。

浅野家再興の夢を託していた浅野大学が広島の宗家預かりと決まり、いよいよ残された道へ進むべく招集した密議「円山会議」に、開城時から盟約に加わり援助を惜しまなかった縁戚の二名が現われないと知った内蔵助の心情がこう描かれる。

「内蔵助を見限ったと同時に、彼の心底にあるものを見抜いたのかもしれない。確かに当初は幕府を欺く擬態として始めた放蕩であったが、遊んでいる間に生来の遊び好きの血が目覚めた。

女の柔らかい体に埋もれている間こそ、自分がこの世に生きている実感をまざまざと味わえるときであり、それ以外のものはすべて色褪せて見えた。

武士道も忠も孝もすべての徳目も価値も、女の体に埋め立てられた生の実感に比べれば虚しい。そんな虚しいもののために唯一の人生の実体とも言うべき女どもをなぜ捨てなければならないのか」

大石はみずから認める煩悩の徒であり、それを恥じてもいない。そもそもよほど欲望が強くなければ、記録に残るほどの放蕩ぶりは持続できない。大石内蔵助は精神的に強い人物であっただけでなく、肉体的にも欲望的にも強靭で、それゆえ四十七士のリーダーが務まったと森村誠一は推察したにちがいない。


そういう大石の動きに、上杉藩江戸家老の色部又四郎が警戒し、対抗する。上杉家の当主綱憲は吉良上野介の長男で、上杉藩の末期養子として藩主を継いでいた。吉良家は次男が嗣子となったが夭折したため、今度は綱憲の次男が吉良家に養子に入り義周を名乗った。また上野介の妻は上杉家先代定勝の娘であって、縁がきわめて強い。色部はそれゆえ、上杉家が吉良家と浅野家のいさかいに巻き込まれる事態を避けなければならなかったわけである。

色部はまず家臣の山吉新八郎を赤穂に派遣し、偵察させる。山吉新八郎は花見でにぎわう上野を歩いていたとき、立小便をしていた地回りの酔漢がいきなり向きを変えたため足元に飛沫を浴びたが、気にせず通り過ぎようとした。ところが地回りは「人に突き当たっておいて、挨拶もせずに行くつもりか」と呼びとめ、「小便をした跡に土下座してあやまれ」とインネンをつけた。ならば、といわれるままにすると、土下座した上から汚物を吐かれてしまう。それでも相手にせずに立ち去ろうとすると、群衆に「腰抜け侍、ナマクラ武士」と囃し立てられる。噂が広まって上杉家の重役にその理由を問われた新八郎は、「当日家重代の末広を帯びておりました故、万一市井の無頼漢と事を構え、伝家の名刀を穢すようなことがあってはならぬ」とおもって耐えたと答える。さらに、尿や反吐の汚れは落とせても刀が血に穢れれば研ぎに出さねばならず、その費用が惜しかったと言ってのける。恥辱を払って地回りを切り捨てるのが武士道なのか、地回りの酔漢を斬って刀の汚れにしてはならないと考えるのが武士道なのか、山吉は後者を選択したわけである。やや偏屈な武士といえるが、その問答が色部の耳に入り、武士たるものかくありたいと感心して、腹心として使うことにした、となっている。

山吉新八郎は大石内蔵助の仮寓を監視していたところ、夜陰に乗じて元家老の大野九郎兵衛と息子の郡右衛門が訪れ、何事か密談して立ち去ったと、報告を色部又四郎に送ってくる。大野九郎兵衛は赤穂の城を明け渡す前に、籠城合戦の可能性への危惧から、一家眷属引き連れて逐電したというのが従来のキャラクターで、ここからは森村版の独創である。色部又四郎は、逃げ出したと評判のわるい元家老がなぜ大石と密会していたのかと首をひねる。そして大石が藩札の両替を最優先に進め、大野がそれに反対した真意に気づく。城明け渡しの際、籠城合戦を選択すれば金がいる。にもかかわらずさっさと藩札の両替に応じ、不足分は未収金取り立てで手当てまでした。それは初めから籠城合戦の意思などなかったことを意味する。大野はといえば開城派なのだから、資金面で籠城合戦が不可能になる藩札両替には賛成すべきなのである。しかも自分が願った開城が決まる前に姿をくらましている。色部は大石の陰で、大野九郎兵衛親子が未収金の回収などでひそかに復讐のための軍資金集めをしていると結論づけ、これは容易ならないと臆断する。そして大石に刺客を向けるように山吉新八郎に申しつける。ところが、山吉は刺客の手配はしたものの、その刺客が大石を襲うと邪魔をして大石を助けてしまう。武士同士の戦いは暗殺などの汚い手段ではなく、堂々と正面からぶつかり合ってなされるべきという山吉の考えからである。「花見の恥かき武士」の武士道への偏屈な考え方が大石の命を救うわけで、武士道への理解が一通りではないということが、作品を動かしていて絶妙である。

いったんは大石内蔵助の暗殺を策した色部又四郎だが、浅野大学の広島への配流が決まると、大石の監視を続けさせる一方で、決して手を出してはならないと命令を変更する。赤穂の遺臣たちにはもはや復讐あるのみと確信、そのうちの強硬派が暴発した場合、上杉家に累が及ぶ事態を必ずまぬがれるとはかぎらない。大義名分を重んじる大石がいるかぎりは暴発を押さえられるだろう。だが、いなくなれば、行動あるのみの暴徒が何をするかわからない。「理性をもった棟梁に率いられた一団に対しては防備のしようもあるが、狂犬の群れには手の打ちようがない」と、これからは智恵と能力の限りを尽くして大石と対決するのみと、心に決めるのである。

そうして吉良家と浅野家の戦いに上杉家が巻き込まれまいとする色部又四郎と、上杉家も巻き込んで公儀に一矢を報いようとする大石内蔵助、この二人の折々の駆け引きが物語の緊張を持続させていく。討ち入りの夜、知らせを受けた綱憲が、すぐに助太刀に向かえと叫ぶのにたいして、色部は討ち入った赤穂の浪士は二百名を超えると嘘をつき、藩邸の人数をかき集めても三、四十人しかなく、万一後れをとるようなことがあれば「藩祖公以来武勇の家門の名折れ、公儀よりいかなるお咎めを蒙るやも測り難し」と断固立ちはだかり、ついに上杉家が巻き込まれる事態の阻止に成功する。これももう一方の「忠臣蔵」なのだ。

盟約から脱落していった浪士たちは森村版と限らず、忠臣蔵の準ストーリーといっていい。森村版では、彼らを〝武士道の犠牲者〟という視点に立って描くところに特徴が見られる。作中、森村誠一は武士道とは、「個人の人生の目的や幸福の追求を家と主君のために犠牲にすることを要求する」ものであって、「お家大変の際はためらうことなく家を優先しなければならない。武士の基盤となった主家に対する忠誠が、価値体系の最上位に据えられるのは当然ともいえるが、その家と主君が滅びてしまった後にこそ、忠誠の本領を発揮しなければならないのが武士道である」と述べる。

それは「つまるところ家という団体を、構成員個人の上位に置く全体主義的価値観」にほかならないのだが、肝心な家という団体が消滅して、もはや存在しないにもかかわらず、抽象化されて元構成員個人を縛る倫理と化してしまっているところに、「日本人のマゾヒスティックな美意識であり、一種の『滅びの美学』といえよう。多分に悲壮美で味つけされたロマンティシズムなのである」と分析している。その滅びの美学から抜け出すことができなかった者たちを、しかし決して美しいとはいえない封建主義の思考の犠牲者として描くのである。

最初の脱落者として描かれるのが、萱野三平である。三平はもともと萱野村の領主大島伊勢守の家来であったが、大島伊勢守と親しかった浅野内匠頭がその利発さに目を留め、借り勤めという形で浅野家に仕えた。それが十四年に及び、内匠頭の刃傷事件を早駕籠で江戸から赤穂へ伝える任に当たるほど浅野家内部で信を得ていた。赤穂家が取り潰しとなり、大島家は元の主家に帰参するように求め、生家の父親や親族からも本来の主家の求めに応じるように勧められる。借り勤めなので「武士は二君に見えず」に抵触はしない。とはいえ十四年の間に浅野家への義理は身に蓄積されている。折から江戸急進派鎮撫のため江戸へ下る一員にも選ばれた三平は、赤穂家への忠義と大島家への忠義、二つの忠義のいずれをも選択できずに、どちらを選んでも他方へは不義をはたらくことになると悩み、また討ち入りに参加すれば父親や親族にも累が及び不孝を働くことになると考え、いずれにたいしてであれその不義と不孝を未然に清算するために、自害してしまう。

堀部安兵衛とともに江戸急進派の代表格であった高田郡兵衛の脱盟は、女がその理由だったとする。郡兵衛は吉良上野介の屋敷を偵察に行った掘割の近くで、胡椒の紙袋をかぶせて被害者がむせる間に懐中物を盗む霞の由吉という怪盗を捕え、その被害者になりかかった娘と親しくなる。娘は村越伊予守組下、内田三郎衛門の養女てつで、いつしか相思相愛に。それでも婿入りの話には吉良への復讐があるからと断ったところ、てつは郡兵衛が自分と郡兵衛の武士道との板ばさみになるのは本意ではないと川に身を投げ、助け上げられたことで、郡兵衛は武士を捨てても「そなたを離さぬ」と決意する。郡兵衛が女と所帯をもって脱盟したと知った大石内蔵助は、絶対にないと信じた者が離脱したことに驚き、万一とはいえ密盟のことが郡兵衛の口から洩れることを恐れ、口を封じないまでも吉良方の目の届かないところへ移すように部下に指示する。一方で上杉家の家老色部又四郎も郡兵衛の離脱を耳にし、山吉新八郎に郡兵衛を襲い、大石が仕向けた刺客であるかに装うように命令する。郡兵衛に大石への不信感を植え付け、秘密を洩らさせようとの作戦である。山吉たちは色部の策どおりに襲って大石から遣わされた刺客ぶりを存分に演じ、郡兵衛をまさかと疑心暗鬼にさせる。その三日後、堀部安兵衛と近松勘六が訪れ、しばらく江戸を離れ、京か大坂あたりで暮らしてもらえないかと要請する。郡兵衛はたとえ脱盟しても同志を売るようなことは絶対ないというつよい志を信じてもらえていない、むしろ信念を踏みにじられたと悟り、身の潔白の証として泉岳寺の浅野内匠頭の墓前で腹を切る。大石内蔵助の冷徹と色部又四郎のかけひきに取り込まれたともいえるが、女を愛して生きることに徹しきれず、せっかく一度は捨てた武士道の面子にこだわったがゆえの自足の末路を、引き込んでしまったのである。

武士道の犠牲者は浪士だけではない。大石内蔵助は江戸へ向かうために取引先との清算などさまざまな雑事をこなし、愛妾の阿軽と名残の一夜を過ごしていよいよ発つというとき、余計なことをされては迷惑という広島宗家の意を体した高田郡兵衛の兄、高田弥五兵衛に弟の仇討ちと斬りつけられる。そこへ阿軽が前に飛び出し、袈裟懸けに斬られてしまう。駆けつけた護衛が弥五兵衛を倒すが、阿軽は虫の息でおなかに子がいると告げる。それまで告げなかったのは、告げれば内蔵助の決心を鈍らせると配慮したからだった。内蔵助は「なにものにも替え難い貴重な存在を失った」と悟り、「阿軽を斬ったのは、高田弥五兵衛ではない。武士道が彼女を斬ったのだ」と嗚咽するが、武士道をつらぬこうとする自分の決心が、阿軽とその腹の子の命を奪ってしまったわけである。

大石内蔵助の武士道の犠牲者といえる人物がもう一人描かれている。国元での急進派で十八歳の橋本平左衛門である。彼は大石の廓遊びにつきあわされ、同じ年頃の安女郎阿初をあてがわれると、二人ともに恋の免疫に乏しいこともあって、たちまち肉欲の虜になる。平左衛門は二日に一度の割で会って情痴にふけり、わずかな家産を蕩尽、その後も阿初のツケでのめりこんだ。見かねた左々小左衛門が、阿初に「平左は大望のある身、このままでは彼の武士道が立たなくなる」と手を切るよう因果を含め、察した阿初は芝居をうってつれなくする。ところが平左衛門は激昂して阿初に斬りつけ、自分も胸に刃を突き立てて相対死をとげる。大石のとった擬態の遊廓通いがなければ起きなかった悲劇である。

小山田庄左衛門は、討ち入りを待ってはいられないと集まった清水一学ら吉良方の侍の奇襲を受け、重傷を負い、這って歩くしかない身となって酒びたりとなるが、水茶屋の女おしののの世話になっていた。もはや戦力にならない庄左衛門から秘密の洩れるのを心配した内蔵助は、堀部安兵衛に早急になんとかするように指示し、安兵衛の意をうけて毛利小平太が刺客に立つ。しかし同志を討つためらいから本気になれず、庄左衛門はおしのの必死の抵抗と隣室にいた山吉新八郎の助勢で難をのがれる。しかし太刀筋から刺客は毛利小平太と感づき、自分が見捨てられたと知って、かえって討ち入りに加わる気持ちをつよくする。別れを言いにきた磯貝十郎左衛門の口ぶりから今宵がその日と察し、おしのの肩にすがって吉良邸へと向かうが、途中、旗本の悪人連中といさかいになり、おしのもろとも嬲り殺しにあう。おしのは虫の息で「こんなことが庄さんの忠義だったのね。死んだお殿様が庄さんになにをしてくれたのか知らないけれど、親からもらった身体を不具にしたうえにとうとう一つしかない命を無駄にしちまった。私ゃそんなおつき合いは真っ平だよ」と語りかける。庄左衛門の武士道がおしのの命を巻きぞえに滅ぼしたのだった。

そのように赤穂浪士たちの武士道が内に外に犠牲者を生み出していくなかで、ようやくそのしがらみから抜け出す人物として描かれたのが、庄左衛門への刺客にされた毛利小平太である。小平太は、数人の仲間と抜け駆けで吉良上野介を襲撃し失敗した過去があって、討ち入りにはなにがなんでも参加しなければならないと思い込んでいた。討ち入り当日、小平太は用心棒として世話になった門屋伝右衛門と好意を寄せる娘まゆの引き止めを振り切り、雪道に飛び出していく。ところが途中、血みどろになった手代が追いつき、店に盗賊団が入って狼藉をはたらいていると訴えて息絶える。門屋へ駆けつければ討ち入りの集合時間に間に合わず、武士の面目を捨てることになる。では武士道を立てるために門屋を見捨てるのか。葛藤の末に自分は侍なのだと集合場所に行きかけるがそのとき、「小平太様、たすけて」というまゆの声を聞き、その声から耳を閉ざしては「人間であることを止めなければならない」とようやく気づく。小平太は踵を返して一目散に引き返し、盗賊団と戦って共に討ち死にするが、それによって門屋の親子を救うことができた。

この毛利小平太のエピソードから、森村版『忠臣蔵』では「武士道」と「人間であること」は相容れないものとして対比されたことがわかる。武士道はよくいえば思想であり、くずしていえば建前である。思想とは考え方の体系であって、自由や可能性の追求といった人間の存在原理ではない。所詮人間が編み出した規範の一種であって、絶対ではない。ところが武士道は人間の存在原理にも浸潤して、それへの服従を強いる。そこから逃げ出すことを恥辱として縛る。恥辱にまみれるより、死ぬことを促す。その促しに取り付かれて死んでいった者たち、巻き込まれた者たちのありようを描くことで、武士道にひそむ不条理があぶり出されている。

森村版『忠臣蔵』にはほかにもこれまでの忠臣蔵作品とは異なる筋立てがある。前述したが、いち早く脱落したとされてきた大野九郎兵衛が、じつは大石の密命を受け、悪名を負いながら、陰で未収金の取り立てなどに当たって討ち入り資金の調達を担ったというのも一例だ。また、元禄六年に死んだとされる井原西鶴を生き延べさせ、大坂で出版された『日本忠臣蔵』の著者の石原無息庵は同一人であるとして、絶対君主制下における言論の側からの批判、抵抗のありようをシンボライズさせているのも森村誠一らしいディテールである。

そして、小野寺十内が討ち入り後の預け入れ先で処分の沙汰を待つなか、「私のしたことがはたしてどんな意味があったのかと自らに問われてならぬ。本当は亡君のご無念を散ずるためではなく、自分個人の武士道の作法を踏まえんがためではなかったか。作法というよりは見栄と申そうかの。そんな見栄のために、私はかけ替えのないものを、家族や、愛しい女どもや、人生のもろもろの楽しさや悲しさ苦しさを、生きていればこそ確かめられる多様な価値を、武士の見栄のために捨ててしまったのではないか」と述べ、それに大石内蔵助が、「それでよろしいのでございますよ、大夫。武士道は作法であり、見栄そのものと言ってもよろしいでしょう。人生の価値と別のところにあるのが武士道でござる」と答えるところに、赤穂浪士討ち入り事件への森村誠一の見方の一端が明かされている。

ところで、先に森村誠一の時代小説における史観は、「現代的な視覚から過去に照射」し、「時代の群像のダイナミズム」をとらえることで歴史を描くことだと述べたが、それはどう満たされたのだろうか。時代の群像のダイナミズムについては赤穂側、吉良側と多様な人物が絡み合う内容で例証するまでもないが、現代的な視覚から過去にどのような照射がなされたのだろうか。

一つには、元禄期の幕藩体制を、日本が高度成長期に確固たる構造をあらわにした企業主義社会の「祖型」ととらえていることがあげられる。江戸時代の幕藩体制とは将軍を頂点に、御三家、親藩、譜代、外様の大名から御家人、最底辺に暮らす浪人に至るまで、序列を基とする完全なピラミッド社会である。農民や商人はアウトカーストの存在でしかなかった。そのピラミッドの機能がもっとも堅牢、盤石にはたらき、一方で「生類憐みの令」などによる閉塞感が町民のあいだにただよう時代に、最底辺に転落していた元浅野家の武士たちが引き起こした大事件が「忠臣蔵」である。事件は赤穂四十七士の切腹、要するに処刑で幕を下ろし、君主への忠義の精神や幕政の公平性を糺すとして祭り上げられはしたが、ピラミッド社会の秩序を問うまでは許されずに終わった。森村版『忠臣蔵』は、この盤石なピラミッド社会に、ニホン・アズ・ナンバーワンと持ち上げられ、日本株式会社とも世界から見られた戦後日本のピラミッド社会である企業社会と、その組織の論理によってサラリーマンたちの生存権が左右されもする国の形を重ねているのである。企業内の上下関係のなかでまかり通る非論理と保身の世界、体制に逆らえばどうなるのか、といった生身の現実が投影されている。

もう一つには、作品が書かれた時期が太平洋戦争から四十年がたち、平和ぼけという言葉が生まれたほど平和を謳歌している世相が、関ヶ原から百年後の元禄という天下泰平の時代に照射されている。軍閥政治が民主主義の政治に移行した時代と、武断政治が文治主義の政治に移行した時代の共通性に目が向けられている。戦争がなくなると、政治は経済中心に動くようになる。その結果、余剰資金を得た者が社会の強者となっていく。戦後日本ではその強者が企業であり、そこから政官業の癒着、金権政治へとつながり、ロッキード事件のような不正を生んだ。そうした世相が、元禄期の紀伊国屋文左衛門や奈良屋茂座衛門など豪商の台頭、柳沢吉保との癒着といった構図に当てはめられている。また、作者個人の体験である『悪魔の飽食』騒動で不当に反撥を繰り広げた頑迷保守勢力や一部メディア、扉に赤ペンキを浴びせた右翼団体が、もはや用済みの存在でありながら既得の身分を振りかざす旗本や御家人の姿に投影されているともいえる。南京虐殺についても同じだが、かつて日本軍がおこなった非道をなかったことにしたがる意図は、過去の出来事を都合のよい部分だけで理解し、それを矜持として他国民より上位、優性の国民であるとおもう差別の心理、ナショナリズムに由来する。敗戦国の国民でありながら、でもまだ負けていないという負け犬の遠吠えに近い心理なのだ。その心理は、関ヶ原から百年がたっていつしか時代の負け犬となったにもかかわらず、外様大名や町人よりなお上位、優性の人間であると信じたい旗本、御家人に重なるものである。

ついでにいうと、森村家の扉に赤ペンキを浴びせた右翼団体は尊皇右翼ではなく、軍国主義右翼なのだろう。軍国主義右翼は、一九六〇年の安保闘争時、時の総理大臣岸信介が黒幕たる児玉誉士夫とはかって、全学連ら左翼対策のため、暴力団とテキヤ団体に要請してつくらせたといわれている。尊皇右翼ならば、天皇が許可してもいない人体実験などを勝手に実行した七三一部隊の所業は、天皇の軍隊である以上は天皇の名を騙ったも同然であり、後世天皇に恥をかかせたことになるので、右翼はむしろ七三一部隊を糾弾してこそ正しいからである。

『忠臣蔵』完成後まもなく、森村誠一は吉良方にも十分配慮して書いたつもりがなお不満が残ったと、吉良側からの視点で『吉良忠臣蔵』を書く。登場人物に新たな名前が加わり、浅野家が吉良上野介に贈った〝挨拶〟の品が菓子折から鰹節に変わったり、浅野内匠頭の墓前で切腹した高田軍兵衛の死が堀部安兵衛に無理やり立ち合いを挑み自分から刃に体をぶつけての死であったりと、ディテールを変化させているものの、物語展開はもちろん『忠臣蔵』に則している。『忠臣蔵』の中心が大石内蔵助の動向とすれば、こちらの中心は上杉家家老色部又四郎の対応といえ、大石との腹の探り合いだけでなく、上杉家の取り潰しをも狙う柳沢吉保との攻防が読みどころになっている。

『新選組』と前期の他作品

元禄期が幕藩体制というピラミッド社会が盤石な時代だったとすれば、幕末はそれが崩壊し、天皇制の新たなピラミッド社会へと日本が大変化する時代である。二世紀半にわたる武家社会は西欧列強からの開国要求をめぐってかき乱され、国内に尊皇攘夷、尊皇倒幕の気運が盛り上がり、それを鎮めようと幕府側が公武合体で乗り切ろうとする。天下泰平の元禄とはまさに正反対の動乱の時代である。

森村誠一が『新選組』を『忠臣蔵』のつぎの題材として目をつけたのは、その相反する時代相にあったことは間違いない。『新選組』の「まえがき」で森村誠一は、「こういう時代においては進むにしても逆行するにしても、人々は流される。抵抗しても時勢に押し流される」と書き、その時勢の先の新しい時代を産むための胎動となった一つが新選組であったと継ぐ。ただし、「新選組の面白さは、滔々たる時勢に逆行して生きた男たちの時代錯誤にある」とし、「多摩の半農半士団が風雲に乗じて京へ上り、衰えていく幕府の中で時代錯誤の剣を振るって、万丈の気焔を吐いた。それだけで十分ドラマチックであるが、私の目的は新選組そのものを描くことにはない。新選組を狂言回しにして幕末という日本歴史の中でも稀有な激動の時代と、そこに生きた人間群像を描きたいのである」と、執筆の狙いを述べている。

新選組は時代錯誤の集団と、ここではひとくくりにしているが、作中では構成員の時代錯誤ぶりの違いがそれぞれに書き分けられる。近藤勇は時勢について逐一伝えられても理解する回路があまりなく、義理堅さや堅実な判断力、忠義の意識はこれまでの武士社会の感覚で、直参、大名になることを夢みる野心家でもある。時勢への鈍感さがかえって新選組のリーダー、上部組織である京都守護職との政治的かけひきに向いている。土方歳三は自分たちの行動が時代錯誤であると知っており、わざわざ逆の方向へ歩くことを楽しむ気質だったとする。沖田総司には近藤のような野心はなく、ただその日その日が充実していればよく、行き先に滅びが待っていると予感しながら、そこから逃れようとしない「滅びに至る体質」だったとする。他の隊士の目もはばからず酒と女の日々に明け暮れ、傍若無人な振る舞いをつづけた芹沢鴨もまた、時代の流れの中で目標を描けず刹那主義、快楽主義に走った滅びに至る同族だったとしている。作者の筆致は精巧なアナログ機械のような土方より、矛盾や弱点をかかえていた芹沢のほうに人間味をみとめるところがある。近藤が道場主の試衛館の食客だったかかわりから加わった新選組随一の理論家で情報通の山南敬助は、時代に逆行していることを承知しながら、そこから逃れられない。自衛本能は逃れよと命じるのだが、なぜか動けずに、気がつけば渦に巻き込まれている。運命の岐路に立って迷ったときは悪い方角を選ぶという因果な体質で、これも滅びに至る体質の一つとしている。こうしたそれぞれの人間性が、その後の人生を苛烈に決めていくわけである。

時局を理解できず大名になる夢をもっていた近藤勇の人間性は、鳥羽伏見の戦いに敗れて江戸へ逃れ、勝海舟の戦局への深慮遠謀から、甲府百万石の城を好きにしてよいと預けられたときの行動に顕著に表出する。幕府が大政奉還して、もはや百万石などという数値は意味をなさない空手形なのだが、近藤は夢であった出世の最後の一段を上ることができたと受け止める。甲陽鎮撫隊と称し甲府へ向かわされた近藤は、その喜びから内藤新宿では遊廓を貸し切って遊女総揚げの祝宴を開き、甲府までの行路が多摩を経るとあって、大名駕籠に乗って文字通りの大名行列で故郷入りする。しかし歓迎する村々での「飲んでは泊まる」の道草に日数を費やした結果、甲府城は先に官軍の手に落ちるという失態を犯してしまう。さればと城に入るための勝沼戦争にも敗れ、江戸へと敗走、百万石の城は一場の夢と化して、甲陽鎮撫隊も雲散霧消する。先に入城できたとしても官軍兵力の前に三日天下ではあったろうが、大名駕籠に乗って錦を飾るという得意ぶりが示すように、失敗は成り上がり根性による自業自得というしかなく、時勢や戦局を理解する回路に乏しい近藤の時代錯誤の本質をよく表している。近藤は流山まで退陣した時点でただ一人、あっけなく官軍に投降してしまうのだが、それは成り上がり者のよりどころである地位や名声を象徴する具体的な形が足元から崩れ去って、胸に挫折感が棲みついたからでもあったとしている。さんざん故郷の村々で歓迎された直後でもある。作中では土方に向かって、「あんたとおれでつくった新選組だが、もういいだろう。実を言うと飽きてきたんだよ。徳川でも朝廷でも薩長でもどうでもよくなったんだ。あんたはあんたの道を行け。おれは止めない。あんたもおれを止めないでくれ」という言葉を吐かせているが、いわゆる燃えつき症候群で、あくまでも個人の立場しか語らない。人間、心が先に死ぬことは確かにあるのである。

比べて、土方歳三の時代錯誤は自分でわかっているぶん徹底していて、時代の潮流に逆らうことで自分の可能性の限界を極める目的のためには、恐怖政治も厭わない人物として描かれる。

土方については、彼が厳格に執行した局中法度や軍中法度に見られる内部粛清の冷酷さという事実がある。新選組の中核をなす近藤、土方、沖田はもともと幕府直轄の多摩地方出の半士半農の身分で、公儀からなんの俸禄にもあずからないぶん、藩における上意下達の帰属体系にがんじがらめにされるようなこともない。野良犬といえばいえるが、野良犬の自由もあわせてもっているわけで、それだけいだく夢への制約もない。清川八郎の奸計による浪士隊の話が伝わったとき、近藤も土方も、試衛館に寄食していた山南敬助も藤堂平助も原田左之助も、そして永倉新八も、各人各様に夢をいだいた対等自由な集団だったはずである。それが芹沢鴨を粛清して近藤と土方が新選組の実権を握ったとたんに、鉄の規律がふりかざされる流れになる。なぜ自由が放棄されなければならなかったのか。なぜ身内を殺すという極端な仕打ちがなされなければならなかったのか、そのことはどう書かれているだろうか。

それは、「メンバーが対等の横型組織は、いざというときに空中分解しやすい」ので、「その横型の体質を、強固な命令系統に貫かれた縦型の軍団に改造しよう」としたからだという。「在来の藩ならば、主君を頂点にして縦型の階級組織体制《ヒエラルキー》が固まっている。集団の凝集力の中軸に忠誠があり、忠誠の対象として、なんの疑いもなく主君がおかれている。

だが新選組には忠誠の対象がない。武士団の要となるべき主君がいないことは、強力な軍団の支柱を欠くことになる。この新選組に欠落した主君と忠誠という支柱を、土方は鉄の規律を以て埋めようとしていたのである。

主君がいなければ主君を造り、指導の中軸たる忠誠を要求する。母体の横型人間関係に縦型の主従関係を擬制し、『士道』を以て強制する。『士道に背く間敷事』、問答無用、抵抗は許さない。（略）そうすることだけが烏合の衆である新選組を幕府最強の戦闘集団に仕立て上げていく」

ということである。

土方のこの論理が、試衛館以来の仲間である山南敬助の処刑につながる。山南は理論家であり、状況判断と正義不正義に敏い。近藤と土方は芹沢鴨粛清後に、彼がやっていたのと同様、大坂の富商から大坂の秩序維持を名目に資金を脅し取り、富商連が被害届を出して、大坂西町奉行所与力の内山彦次郎が探索に入ると、内山を暗殺してしまう。そういう行為に山南は正義を見出すことができない。「六十八歳の老与力を斬るのは士道に反しないか」と疑義をつきつけ、以来近藤と土方に無視され、とうとうついていけなくなって脱走するが、引き戻されて詰め腹を切らされるのだ。また、播磨の豪商の嫡男として生まれながら新選組に入隊、勘定方として持ち前の商才を発揮していた河合耆三郎は、隊員に前貸しして不足した手元元金の穴を土方から言いがかりで咎められ、父親からの穴埋め用の金の到着も待ってもらえず、武士ではないからと切腹ではなく斬首されてしまう。同志どころか、新選組の縦型人間関係の論理も超えて、士農工商の階級差別が適用されたのである。軍中法度に違反したとして粛清された者は、慶応元年と二年の二年間に二十五名を数え、さらには、途中から入隊した伊東甲子郎らが高台寺党を結成して新選組から離れていくと、土方は血で血を洗う内ゲバを率先して仕掛けるのである。

そういう土方の非情な態度を沖田総司はどう見ていたのか。作者は沖田が土方を、「心の中に決して溶けない氷をかかえている。氷が溶けるのを自分から拒んでいる」と見抜き、しかし多摩以来一緒に歩いて来たので氷の冷たさに馴れてしまっていた、と書く。少しずつの変化を許容しているうちに、のっぴきならない事態をも容認してしまう、個人的に認められない罪業にいつのまにか加担していたということは、十分にある真理である。

この土方の論理と非情さは、戦後昭和で起きた唯一の粛清殺人事件を連想させる。一九七二年、永田洋子と森恒夫が率いる連合赤軍が榛名山の〝山岳ベース〟において十二人を「総括」と称しておこなったリンチ殺人、その流れで坂東国男、坂口弘らメンバー五人が起こしたあさま山荘事件、また山岳ベースを脱走した二名が「処刑」されていた印旛沼事件、その一連が新選組の鉄の規律に照射されているとおもえるのである。事実、新選組を連合赤軍、主君すなわち〝近藤と土方〟を指導者すなわち〝永田と森〟、士道を共産主義思想に置き換えれば、連合赤軍の党派理論に重なっていくところがある。連合赤軍が奉じた暴力肯定の理屈について、坂東国男が『永田洋子さんへの手紙』（彩流社／一九八四）で、「指導としてなぐらねばならない。そうして共産主義化し、自分の弱さ、ちゅうちょを乗りこえねばならない」というのがあったと述べているが、これを逆に新選組にあてはめると、「指導としてころさなければならない。そうして士道を貫徹し、自分の弱さ、ちゅうちょを乗りこえねばならない」となって、土方の考え方に合致する。

この論理は、横型人間関係の上に主君なり指導者なりを置いた縦型人間関係を構築し、横と縦のクロスするところに士道や共産主義の神聖思想、絶対原則を打ち込んで全体を引っ張っていくというものだが、この論を実行すると、横型人間関係は認められないことになるのがミソである。つまりメンバーに自由の放棄を求めているにほかならないからである。一種の論理の罠なのだ。新選組と連合赤軍は、この論理に取り込まれて、同志を殺す展開に進んでしまったといえる。

このことは土方がめざした理想が、まさに時代錯誤の、もっとも盤石な姿での武士社会にあったことを示唆する。結局のところ土方は、絶対君主、忠誠、滅私奉公、上位下達といったピラミッド構造の人間関係を論理的な理想とした人物として描かれた、と受け止められる。

とはいえ、ピラミッド構造のこうした人間関係を理想とする論理は決して特別ではない。戦前の日本の軍隊、戦後昭和の企業社会においても広くはびこった暗黙の組織論でもある。士道を軍規や社是に置き換えればいいだけのことで、軍隊では脱走者への処刑もあったし、社是に背いたサラリーマンは殺されこそしないが解雇されるわけである。それを考えると、こういう論理は軍隊や企業にとって都合のよい、好ましいものとして社会に当たり前に蔓延するだけでなく、組織というものが求めるもっとも原初的、絶対的な理屈なのかもしれない。自由な集団が組織に代わる瞬間に、無から有が生じるようにまといついて切り離すことが不可能な、組織の宿業なのかもしれない。森村誠一はそのような理屈がまかりとおる企業社会を〈青の時代〉の作品やミステリー作品の中で見つめてきたし、戦争を題材にした作品や『悪魔の飽食』で日本の軍隊の理不尽さと諸悪を糾弾した。それをおもうと、近藤と土方が突き進んだ生き方は、森村誠一が見つめ、糾弾してきた世界の写し絵でもあるということができる。

新選組は男のロマン、滅びの美学と称される。森村誠一自身、「時代を逆行しながら、滅びの坂をあえて転がり落ちていく後半期、土方を中心とした新選組の末路は、まさに滅びの美学である。私はその美学を『最後の隊士』まで追いたいとおもった」(『小説道場』「自作品の解説の章」)と語っている。しかし彼らが彼らの滅びの美学で走り抜けた人生を現代の視覚からとらえれば、それは美とは到底いいがたい。近藤勇の燃えつき症候群じみた投降のありかた、処刑のされ方は、心の抜け殻の頓死としかいえず、ロマンとはほど遠い。土方歳三は非情、姦策を弄し他人を排しても自己都合にこだわる冷血漢である。彼は〝剣〟に夢を託したのでもなく、〝剣〟の時代に殉じたわけでもない。時代に逆行する自分の錯誤に居直り、その利己においては人の命などなにほどでもない、いわば人食いの生涯として見とどけられている。沖田総司にいたっては、ついには「死ぬまでに斬れるだけ斬りたい」と心にも刃を砥ぐ、血に魅入られた殺人狂で終わる。

彼らをそのように描いたことは、あくまでも新選組が空前絶後の人斬り集団であり、さらには幕藩体制が確固として内在させていた武断政治の断末魔の象徴として、一朝有事のさいには身命を賭して闘うという幻想と身分の上に胡坐をかいてきた武士階級の、その二百六十年の幻想の化身として、踏まえられていることを物語る。武器で事を決しようとする人間には、ロマンも美学も、むろん正義も似合わない。森村新撰組はすべての日本人を呑みこんでいった幕末という激流の時代を証言する、あくまでも人間たちのリアルなドラマとして描き込んだところに、本領があるのである。

もっとも作中には、

「壮大な時代錯誤の中で精いっぱい暴れまくった新選組が、歴史の中でいつまでも生彩を失わないのは、未来を拒否し、頑なに過去ばかり見つめていた彼らの一徹さが、新しい物だけを追いかけている高速回転の現代にあって、ふと郷愁を呼ぶからであろうか。郷愁とは過去を振り返るところにあり、過去一途の新選組と通底するものがある」

という文もあって、新選組の変わらない魅力を語ってもいる。

『人間の剣』は不思議な力を秘める無銘剣の、戦国時代から現代にいたる流転を介して、さまざまな階層にわたる歴史群像を描き出すシリーズである。戦国編、江戸編、幕末維新編、昭和動乱編とあるが、そのなかで最初に書かれたのは幕末維新編（一九九一）である。その後、昭和動乱編（一九九五）、戦国編（一九九九）、江戸編（二〇〇一）の順で書き継がれ、のちに中公文庫において改めて編年版全十三巻に再編集されて、戦国時代以降、四百数十年の歴史が森村史観によって順に一望できる体裁となった。

無銘剣は、政略で今川氏真のもとにつかわされた北条氏康の娘頼姫を取り返そうと今川城に乗り込み、見つかって城内警護の者と切り結び、瀕死の状態で無住の寺に逃げてきた匿名の家臣の持ち物として出現し、それが三河松平家元康の家臣植村新六郎に伝わる。上村は桶狭間の戦いのさなか、小姓時代に暗殺された元康の父広忠の仇をその剣を使って討つ。その剣が川中島合戦下の百姓丑松へ、宣教師ルイス・フロイスへ、最後の最後に御巣鷹山墜落事故機に搭乗した記者中西哲也まで、「深い怨みをもつ人だけがもつ資格がある」剣として、歴史上創作上の人物をまじえ、つぎつぎに人の手を転変する。無銘剣の長い旅路に歴史の出来事をからめる仕立てで、その時代背景と意味、深層に迫るとともに、そういう時代の世相下、人はなにを目的に生きたか、なにに賭けて生きたかを問いかける長大な連作集である。

『虹の刺客』の伊達騒動を題材とする先行作としては、歌舞伎の『伽羅先代萩』や山本周五郎『樅ノ木は残った』が知られる。歌舞伎では原田甲斐が大悪人で、メインの物語は幼い藩主を守り抜く乳母や家臣たちの忠義にある。山本周五郎の作品は、従来は悪人とされた原田甲斐を主人公にして、たとえ自分が悪人の汚名を着ても、幕府による外様大名の取り潰し政策から藩を守ろうとした真の忠臣だったと解釈している。『虹の刺客』も山本周五郎と同じ解釈に立つが、主眼は徳川幕藩体制がまだ盤石といえない一六〇〇年代後半の時代性に置かれ、そのような時代に人間はどのように動くかという視点で全体が構成されている。

主たる役柄は原田甲斐より、伊達藩取り潰しを画策する老中の酒井忠清のほうにある。取り潰しの策謀は原田甲斐らの反撃にあって失敗に終わるが、その流れで本田正俊が台頭し、つぎには柳沢吉保が台頭し、という幕閣内の権力をめぐる野心と暗闘を表出させている。原田甲斐の行動も、前藩主を担ぎ出すことで自らも権力に近づこうとしたところを酒井の放った刺客に斃されたとし、必ずしも純粋な忠臣ではなかったと見ているところが森村作品らしさといえる。

『太平記』『新編太平記』と『平家物語』は、古典文学で馴染みの歴史物語を森村誠一の視点で編み直し、歴史を縦糸に、野心や欲望、苦悩や哀愁、愛と憎しみ、出会いと決別、出世や凋落、そして生と死といった人間の情念や運命を横糸にして、それを絢爛多彩な人間群像の織り成すドラマに仕立て上げた大河歴史小説である。

『平家物語』の「はじめに」で、作者はこう述べる。

「強烈な指導力を発揮して天下を統一した覇者の下では、群像が色褪せて見える。太陽の下に夥しい灯も輝きを失ってしまうのである。乱世、あるいは突如、天下泰平の眠りが覚まされたとき、群像が本領を発揮する。強力な個性が犇めき合い、権力を争い、あるいは正義の実現を目指して、さらには新たな時代の胎動の中で歴史の流れを形成していく」

二つの古典文学の舞台となった時代は、まさに乱世、天下泰平の夢が覚まされた時代であり、森村誠一の「人間群像のダイナミズム」を描くという時代小説への向き合い方に合致しており、作者の執筆への意欲をつよく刺激しただろうことは疑いない。

『太平記』『新編太平記』では後醍醐天皇の野望と隠岐への配流、楠木正成と鎌倉軍の戦い、千早城の攻防、後醍醐天皇の隠岐からの脱出、新田義貞の挙兵、足利高氏の反旗をきっかけに鎌倉幕府が滅亡、後醍醐が都に還幸して建武中興が成し遂げられる。しかしヴィジョンなき新政権は失望を招き、人心は離れて、護良親王と足利尊氏が対立、そして護良親王の暗殺に激怒した後醍醐から尊氏討伐の綸旨が下され、はげしい内乱に突入する。しかし後醍醐に忠誠を誓う楠木正成が湊川で戦死、後醍醐が吉野に都落ちして南朝を立てる一方で、奥州を発した北畠顕家、追討軍の大将軍に任じられた新田義貞が相次いで討ち死にする。後醍醐の死後は北畠親房が尊氏に対抗するが、楠木正行が玉砕して、南北朝いずれにも正義はないただ覇権だけをめざす争乱が打ちつづく。

作品は足利尊氏の死までを描くが、読みどころをあげると、建武の新政権樹立で訪れた束の間の平和時にくりひろげられる後醍醐の酒と女、遊興への没入、猟官運動に狂奔する群臣たち、人を蹴落とすことを厭わない権謀の数々といった、志を見失った人間の浅ましさが描かれるあたりが一つだろう。人間、権力を手中にするとそれを保持すべく独裁が指向され、腐敗が始まる。権力の座に着いてなにを目指そうとしたかを忘れ、わが世の春に執着する。そこへ権力にへつらい、無批判にまとわりつく者たちが現われる。善悪、思想にかかわりなく、無自覚に権力の〝飼いイヌ〟になりたがるのが人類大半の特質である。現代にももちろん通じるそうしたむき出しの人間性を批判的に描くことは、森村作品本来のモチーフである。

『平家物語』は貴族の〝番犬〟にすぎなかった武士が次第に平氏と源氏の二大勢力として台頭、平清盛がまず権力を奪取し、清盛の死後は源氏が平氏を滅ぼして鎌倉幕府を開くが、それも頼朝の岳父側一族、北条氏に乗っ取られるまでを描く。清盛、平氏一族、木曽義仲、義経、頼朝と、権力の頂上にいったん上り詰めながらも、その重みに押されてつぎつぎ身を亡ぼしていく過程が、作品の眼目である。義経にしても、兄頼朝への兄弟愛や忠誠心からではなく、権力への強い野心をもって決起し、結果的に頼朝との権力闘争に敗れた人物であったとし、後世のイメージである兄に切り捨てられた悲哀や、判官贔屓にくみする書き方はしていない。英雄の物語ではなく、原典に沿う諸行無常の物語でもない。あくまでも権力抗争をめぐる生存競争の歴史を描き出すことに徹している。そして権力というものは、人間が絶えることなく追求する生理であって、歴史の教訓が学ばれることは決してないと洞察し、その虚しさを問いつつ、現代に見られる権力情況に反照させているところに、森村版の真骨頂を見て取ることができる。

後期の時代小説と、吉川賞受賞作『悪道』

後期と大別した時代小説は、いずれもフィクションの度合いが高く、娯楽小説の範疇に属する。

一九九四年スタートの「非道人別帳」シリーズは、南町奉行所臨時廻り同心祖式弦一郎を主人公とする短編連作形式の捕物帳で、全八巻五十三話が編まれた。臨時廻り同心とは定廻り同心の遊軍的存在で、町奉行の直命で動くが、祖式弦一郎は組織のはみだし者と見られていて、語呂から「葬式」と綽名されている。役宅に十五歳の飯炊き女おこなと住み、独身。飛燕一踏流という「聞いたことのない」流派の遣い手で、推理力に優れ、半兵衛と茂平次二人を手先に、江戸市中で起きる事件の数々を解決に導いていく。現代なら名刑事に該当する。

続いて始まった「刺客請負人」シリーズは、主人公が松葉刑部、人呼んで病葉《わくらば》刑部という浪人で、江戸の闇に居場所をすえた独り身の剣客である。江戸の闇に生きるといっても、請け負った殺しが正義に背くと判明すれば寝返ることをはばからない、人間として当たり前のキャラクターである。かつて刑部は東北の小藩で、馬廻り役を務めていた。しかし、祝言間近の許婚を藩主に見初められ、側室に差し出すように命じられる。許婚を連れて脱藩しようとするが後顧を憂える許婚に拒絶され、さらに上意による捕縛命令を受ける。咎められるのは自分ではないとして、召し捕りにきた目付を斬り、逐電して江戸に来た過去をもつ。生まれてから信じて疑わなかった武士道の根本、主君への忠誠の正体が、家臣の許婚を力づくで奪うという不条理にあると知って、武士道への心服ががらがらと崩れ、その怨みを忘れないために、江戸の裏稼業に手を染めることになった。刺客として戦う相手は悪人どもにとどまらず、悪人たちの背後にひそむ武士社会の非人間性を斬るという構成をとっている。全五巻五話のシリーズだが、初めの三巻は新潮社が担当し、あとの二巻を中央公論新社が引き継いだ経緯がある。

『虹の生涯』は幕末、隠居していた元御庭番の四人が、おもいがけず和宮降嫁の陰の護衛をまかされたことを始めに、死に花を咲かせるつもりで職に復帰し、一人は途中理不尽な死を求められて欠けるが、ついには新選組の流転とともに数々の修羅場を潜り抜け、激流の時代を生きぬいてしまう。いわば新選組外伝で、人間は老いても生きることを諦めてはならないとするメッセージが感じられる。

「暗殺請負人」シリーズ三巻は、山羽藩という藩の藩主の落とし胤で、育ての親である父方の祖父から授かった剣法の達人鹿之介が、家督争いに巻き込まれ、つぎつぎに暗殺陣に襲われる。それをやはり祖父に鍛えられた血のつながらない妹のくの一るいとともにはねのけるというもので、二巻目からは山羽藩の跡継ぎとして迎えられた鹿之介が幕府側からの命で、隣の藩の将軍の血筋である暴君への刺客となるという展開のものである。

これらの作品は雑誌や新聞連載が初出だが、二〇一〇年、十年ぶりに書き下ろした長編作品『悪道』が、平成二十三年度の吉川英治賞の受賞作となった。

内容は、五代将軍綱吉が急死し、柳沢吉保が寵僧の隆光の勧めに応じ、ひそかに養っていた影武者を急きょ代役に立てる場面から始まる。その入れ替えに気づいた伊賀者の末裔である主人公流英次郎、将軍の最期を看取ったために殺された奥医者の娘おそで、累代影武者の教育を務める立村家のやはり父親が殺された道之介の三人が、秘密保持のために幕府の暗殺集団猿蓑衆の追跡を受ける。三人は討手の網をかいくぐり、松尾芭蕉『おくのほそ道』がたどった行程をなぞるかたちで逃げていく。そうしている間に江戸では、起用された影将軍がおもいがけず名将軍ぶりを発揮し、幕府の主権を柳沢吉保から取り返し始める。しかし影将軍も慌てる柳沢吉保と隆光の思惑しだいでいつ暗殺されるとも知れず、それなら同じように身に危険のせまる流英次郎一行を呼び戻して自分を守らせようと、影将軍が思いつく。影将軍と対面した英次郎はその賢君ぶりに心服、忠誠を誓い、おくのほそ道の逃避行中に知り合った剣豪、亡くなった猿蓑衆の弟、掏摸の名人、稀代の早耳である元雲助ら仲間とともに猿蓑衆に逆襲、壊滅させるというものである。「非道人別帳」シリーズの南町奉行所祖式弦一郎も流英次郎を補佐する立場で準レギュラーを務める。その後、続編が四冊書かれるが、糸刃遣いで美女と見まがう変装の名人を仲間に増やしながら、影将軍の隠れた護衛役をになう一方、密命を受けて御三家の陰謀など将軍家の危難に立ち向かうというシリーズである。

『悪道』の一冊目がおくのほそ道を舞台としたのには理由がある。角川グループの角川歴彦会長の提案による企画で、二〇〇八年十月から二〇〇九年七月の間に、五度に分けて「おくのほそ道」全行程を踏破する試みがなされた。「森村誠一　謎の奥の細道をたどる」の番組タイトルでBSジャパンで十三回放映されたプロジェクトを兼ねるもので、この体験紀行で東北への親密度をひとしお高め、その取材の成果が『悪道』にこめられたのである。

平成二十三（二〇一一）年四月十一日、東京・帝国ホテルで『悪道』への第四十五回吉川英治文学賞の授賞式がおこなわれた。

森村誠一にとっては作家生活四十五周年の節目の年に書いた作品に対する受賞で、この間多くのミリオンセラー、話題作を発表してきた経歴からすれば、まだ貰っていなかったのかと驚くほどに、あまりに遅い顕彰といえなくもなかったが、エンターテインメント作品に対する最高賞が森村誠一に授与されると決まって、編集者の誰もが当然と大いにうなずいたものである。

じつは、うなずいたにはほかの理由もあった。授賞式の会場に集まった編集者や関係者の中には、今回の受賞者が森村誠一でよかったと思った人が少なくなかったのである。というのは、授賞式のこの日は、ちょうど一ヵ月前の三月十一日に東日本大震災が勃発、当時、津波による死者、行方不明者が合わせて二万人超と報じられていたばかりか、付随して福島第一原子力発電所の爆発事故が起き、日本社会は混乱と不安の真っただ中にあったからである。こんなときに、作家にもいろいろあるので、もし社会的常識に欠けるような年若い作家が受賞していたら、何を祝いごとで浮かれているかと顰蹙をかうにちがいなく、逆に、常に「時代と人間」という視点をもって作品を世に送り出してきた森村誠一なら、むしろその功績の意義と人望をばねに、文芸の業界一体で被災地支援の意識を強く共有する場にもなるだろうと、気を引き締められたのである。

実際、授賞式は大震災がぬぐいがたく意識されて進み、主催社側の挨拶では、受賞者の森村氏より副賞賞金三百万円は義捐金として寄付する旨の申し出があったと報告された。賞の贈呈式が済み、選考委員を代表して渡辺淳一が挨拶に立ち、話しはじめて間もない午後五時十六分のことだった。

突然、地鳴りのような音とともに会場を揺れが襲った。福島浜通り地下六キロを震源とするマグニチュード七・〇の、本震があった三月十一日以後の最大余震であったとはあとで知ることだが、すぐに収まると思いきやいつまでもやまない。満席の広い会場は一ヵ月前に思い重ねて騒然となった。正面の壁面に下げられていた「平成23年度吉川英治賞贈呈式」と書かれた横書きの看板が振り子のように左右に大きく弧を描き、天井の照明具もいまにも落ちてきそうに激しく振れて、前方にいた直木賞作家出久根達郎が「帝国ホテルは関東大震災でも無事だったので、大丈夫ですから、落ち着いてください」とまるでホテルの人のように叫び、飛び跳ねるなか、その状態が一分ほども続いたのだった。ようやく静かになったところで、渡辺淳一の挨拶が続けられることになったのだが、揺れの間中マイクの前に泰然と立ち続けていた着物姿の重鎮も多少は動揺したのか、話を再開した直後、「森村さん」と言うべきを「ヨシ村さん」と二度言い間違え、あっと気づいて慌てて訂正し、それが笑いをとって、会場にけがの功名というか落ち着きをもたらしたという一幕もあった。

そのあと森村誠一が受賞者として挨拶に立った。作家に停年はなく、書き続ける意志と体力さえある間は書けるのだが、年齢とともに気力、体力は衰えてくる。四十五年間書き続けてきてそうした年齢に至った時期にこの賞を受けることは、なによりの励みになると述べたうえで、やはり大震災の津波被害地への思いを語った。

話の中心のひとつは、あらゆる建物が津波にさらわれ一夜にして町が空っぽの荒涼地に変わった風景の無残さのことで、もうひとつは津波襲来の九日後に奇跡的に救出された八十歳の女性・阿部寿美さんと十六歳の孫の少年・任さんのことだった。そして孫の少年が救出を待って屋根に空いた穴から首を出して夜空を仰いだときに抱いたであろう思いを想像して詠んだという発句を披露した。次の句である。

満天の星凍えても生きており

まさにいま東北地方に広がる津波被害の無残な現実のなかで見ただろう夜空の風景を詠んだ句だが、その句に森村誠一にとって作家をめざす動機にもなった原風景、昭和二十年八月十五日未明にB29爆撃機の空襲を受け、一夜にして一望の焼け野原に変じた故郷熊谷の風景を彷彿させていると気づいた人もいたのではないだろうか。津波から生き残って救出を待つ少年の思いを詠んだ一句には、空襲後の焼け野原に自分は生き残って、地上の家々の灯りが失われた夏の夜に変わらず広がっていた星空の、忘れられない記憶が重ねられていたのである。

ポツダム宣言受諾がもう一日早ければ悲劇は起きなかった悔しさとともに記憶に刻まれた風景が、よりによって吉川英治文学賞受賞のハレの時に合わせ、さながら再現されたのである。その巡り合わせを、森村誠一がどれほどの驚きで受けとめたかは想像に難くない。

巡り合わせといえば、それにとどまらない。受賞した『悪道』は先に述べたように「おくのほそ道」全行程踏破の旅を経て、ひとしお親しみを覚えた東北が舞台の書き下ろし作品であった。ところが刊行して半年後に貞観地震以来千年に一度の大震災が東北地方を襲ったのである。加えていえば、授賞式の日時はちょうど震災一カ月後に当たり、式の最中に三・一一後の最大の余震に見舞われるタイミングの符合もまた、不思議な巡り合わせというしかない。

森村誠一の人生にはそういう巡り合わせ、ふつうの人が望んでも決して起きないようななにごとか、それも人生に大きく影響するなにごとかとの巡り合わせがいくつかある。終戦前夜の熊谷空襲がそうであり、ホテルマン時代のこのままでは「立ち腐れていく」と思ったという崩壊感覚との直面、日中戦争における七三一部隊の資料および証言との出会いもそうである。しかもそれらの巡り合わせは、それを書けと森村誠一に促し、その結果、『ミッドウェイ』や『勇者の証明』、後述する長編『南十字星の誓い』など戦争にからむ数々の作品、〈青の時代〉の諸作品、七三一部隊の実像を暴いた『悪魔の飽食』、その小説版である『新・人間の証明』が生み出されることになった。

このような巡り合わせは、作家の宿命というものを考えさせる。

宿命とか運命とは、自分の意思や努力とはかかわりなくやってくる巡り合わせを表わす言葉だが、起きた結果に対して振り返って言うニュアンスの運命にたいして、宿命にはさながら前世から予定されていたごとくに不可避な意味合いが強い。避けようとしても気がつけば引き寄せられて、いやでも向き合わされるという人生のありかたである。森村誠一はそういう宿命を負った作家、生まれ出た時代のさまざまな問題に直面することで、それを作品化すべく人生が決められている作家なのかもしれない。

森村誠一の作品世界は「時代と人間」という大きなテーマに凝縮できる。作家になってから一貫して、時代とともに移り変わる世相、それにともなって引き起こされる人々の欲望、苦悩や葛藤を、するどい問題意識でとらえ、作品に写し取ってきた。言葉をかえると、生まれ出た時代のさまざまな問題に直面することで、それを生涯かけて作品化してきたわけで、その歩みはすでにして宿命の人であったといえなくない。

森村誠一の作家生活は五十年超を更新している。五十年と簡単にいうが、作家デビューから数えて五十年になるだけなら幾人もいるだろう。しかし作家なるもの、一世を風靡したからといって死ぬまで現役で書き続けられるわけではない。才能の枯渇や時代に取り残されて注文が途絶え、あるいは単純に売れなくなって出版社に切り捨てられる作家は累々たるものだ。そんな現状のなかでも現役流行作家をつづけてきた歩みは、真に驚異というしかない。

第七章　人気キャラクターの躍動

警視庁那須班のロマンティシズム

一九八〇年代後半になると、森村誠一は意図して新宿を舞台とする作品を発表するようになる。八七年の『駅』を皮切りに、『終列車』『街』『未踏峰』『背徳の詩集』『終着駅』『都市の遺言』『人間の十字架』『窓』とつづく作品群だが、牛尾正直刑事を中心に、大上、恋塚、青柳の〝新宿署四人組〟刑事の捜査ぶりが描かれている。

また九三年に発表された『棟居刑事の復讐』からは、『棟居刑事の情熱』『棟居刑事の殺人の衣裳』『棟居刑事の追跡』『棟居刑事の推理』『棟居刑事のラブアフェア』『棟居刑事の殺人交差路』『棟居刑事の複合遺恨』などへと引き継がれる棟居弘一良刑事を捜査の中心とするシリーズが始まり、シリーズ・キャラクターの活躍が前面に出る作風がメインとなる。本格推理、社会派長編推理、「証明」「十字架」シリーズをへて、森村ミステリーはつぎの時代へ入ったといえる。

森村誠一の作品には、事件にまきこまれるかたちでの素人探偵はいるが、民間の職業捜査員は基本的に出てこない。シャーロック・ホームズやポアロ、金田一耕助といった民間人のいわゆる名探偵による捜査は、むしろ意識的にしりぞけられている。事件の解決にたずさわるのはもっぱら、市民の警察としての刑事たちである。

一つには、「時代と人間」を凝視するという一貫した創作姿勢をもつ森村誠一の、時代認識にかさなっている。現代の犯罪は交通機関、都市機能、情報の多様化の飛躍的な拡大もあって、超人じみた頭脳をもっているだけでは解明がむずかしい。科学捜査や役割分担にもとづく専門の組織が必要不可欠であり、犯罪者のデータ管理をふくむ情報処理システムの活用面からみても、個人のひらめきだけに事件の解決をゆだねるのは、時代のリアリズムでないと考えるからである。名探偵といえども捜査権を持たない以上は、どこかで警察からの情報に頼らざるをえない筋立てを講じなければならず、しかし現実問題として、いかに親しくても民間人に捜査の核心部分をもらす警察官がいるはずはない。捜査内容を教えてもらうことを前提とする名探偵なら、はじめから警察内部にその能力を置いておけばよいわけである。実際、近年大流行の警察小説は、そういうリアリズムに立っている。

探偵役を警察に限定する、刑事たちにまかせるもう一つの理由は、森村誠一の現場捜査員にたいするつよい親近感である。それは森村誠一がまだ作家になる以前の、ホテルマン時代の体験によってつちかわれた。

「私がホテルに勤めていたころ、刑事を勤めあげた人たちが保安係や守衛さんになっていた。その人たちは、みな職務に熱心で、水を向けると、現役時代の手柄話に花を咲かせた。そして話の最後に彼らは必ず、『現役時代は、辛い仕事だったが、生き甲斐があった』といった」

と『ロマンの象牙細工』所収「推理小説的職業案内」というエッセーで述べている。つまり彼ら元刑事たちの言葉の奥にひそむひたむきさを胸で受けとめ、こだわって、作品の中でエールを送っている意味合いがある。

警察は試験によって昇進が決まっていく世界だが、実戦部隊として現場に日夜はりついている者たちに勉強する余裕はない。キャリアと呼ばれる一部高級官僚がたどる安全で陽あたりのよい出世街道を横目に、実戦部隊の出世は遅々たることの宿命をまぬがれない。森村誠一はそれを、同じエッセーで「新幹線組」と「カタツムリ組」と言い分けている。しかしたとえカタツムリであっても、危険をかえりみず、ただひたすら市民のために社会の悪と戦い、人生に悔いはないとする姿に、敬意の念を向けているのである。つまり森村作品における刑事たちの活躍は、警察内の出世の矛盾をふまえたうえでの「カタツムリ組」への敬意の表明であって、だからこそせめて当然の報いとして、事件は刑事たちの手で解決されるべきものなのだろう。逆のいい方をすれば、森村作品の捜査陣の魅力は、登場する刑事たちのことごとくがその「カタツムリ組」であるという一点に根ざすのである。

森村誠一の作品群に登場する多くの捜査陣のうち、『高層の死角』の警視庁捜査一課村川班は一回のみで、初期の作品群でメインをはるのは警視庁捜査一課の那須班である。一九七一年刊の『東京空港殺人事件』で、那須英三警部が、山路部長刑事、草場、河西、横渡をひきいての初見参だった。七二年刊『日本アルプス殺人事件』からは、『虚構の空路』での活躍により蒲田署から警視庁石原班へひきぬかれ、『新幹線殺人事件』『超高層ホテル殺人事件』でも力を発揮していた下田と、『東京空港殺人事件』の活躍が評価された空港署の辻がコンバートされてきて加わり、盤石の〝七人の刑事〟態勢ができあがる。以来、多くの難事件を一丸となり、あるいは個別に迎え撃ち、森村ミステリーの中核を担う。

那須班の特徴は、それが日本の警察機構のトップといっていい警視庁の捜査一課、もっとも優秀であるべきポジションのチームとして設定され、いかなる犯罪も許さない、厳しい使命感に支えられた刑事たちという点にある。森村誠一は高度経済成長が生み出した非人間性の世界、企業社会への隷属によって個人の自由も家庭の自由も奪われ、それでもなおその悲劇性からのがれられずにいる当時の日本人の現実に目を向けてきた。政官業の利権を中心にして形成されてきた戦後の構造的なピラミッド社会のひずみが、むごたらしい非人間性の現実を生むとともにえてきた。那須班はそうした森村誠一の視線を一身に受けて、政官業の癒着にともなう巨悪にも挑んでいく。当然、権力サイドからの圧力は避けられないが、それをも敢然とはねのけてはばからない信念に裏付けられている。

一九八七年刊の『腐蝕花壇』には、〝権力の壁〟と対決する那須警部の姿があざやかに描かれている。いくつかの殺人事件が政界のドンといわれる人物とそのファミリーへと収斂していく過程で、那須は捜査の打ち切りを上から言い渡される。那須はいったんは指示に服する態度をとったあと、ひそかに辞める覚悟で本部長にねじこみ、好きにやれとの言質をかちとり、後に部下につぎのように語る。

「警察の原点は市民を守るために体を張るという使命感だ。自分の家族を犠牲にしてもまず他人を救わなければならない。殉職した仲間はみんなそうだよ。私らもいつそうするかもしれないし、その覚悟がある。使命感がなければだれが縁もゆかりもない他人のために自分の体を投げ出せるものかね。警察の原点はこのロマンティシズムなんだよ」

警察の本分は使命感、正義感にほかならない。それに殉じる自己犠牲の精神はロマンティシズムにはちがいないが、そのロマンティシズムをつらぬこうとすれば何も怖くはない。むしろそのロマンティシズムだけが〝権力の壁〟を打ち崩す力であると主張して、道を示すのである。

那須班の〝七人の刑事〟は、『真昼の誘拐』『暗黒流砂』『虹への旅券』『人間の証明』『花の骸』『青春の証明』『悪しき星座』『太陽黒点』『捜査線上のアリア』『社奴』『螺旋状の垂訓』『新・新幹線殺人事件』など多くの作品でそのロマンティシズムを発揮していく。

牛尾刑事の優しい眼差し

牛尾正直刑事の初登場は『駅』である。

この作品は、ある日、中央線の席で隣り合った男女が、男は仕事をさがしに、女はハウスマヌカンになる夢を見て、新宿駅に降り立つ。二年後、男は少年たちによる浮浪者狩りの犠牲になり、女は〝性の救急車〟を自認するデートガールになっていたが、ラブホテルの一室で殺害される。捜査に当たっていた牛尾刑事はそのさなか、信州へ旅に出たまま消息不明だった息子の慎一が、リュックに石を詰められ湖底に沈められていたと松本署から知らされる。現場を訪れた牛尾は偶然にもその場所がデートガールの所持していた写真と一致することに気がつき、息子の死との関連に思いをめぐらす。その間、浮浪者狩りで捕まり保護観察中の少年三人が、つぎつぎ変わり果てた姿で見つかる。そういう展開である。

森村誠一はこの作品の「あとがき」で、二十年も前から駅を題材に小説を書いてみたかったが、それは「田舎の〝停車場〟ではなく、大都会の巨大駅」であるといい、理由として、「そこにはさまざまな人生が交錯しているはずである。『多様な人生』という意味では、ホテルや劇場や交通機関と似ているが、そこに去来する人々は決して滞留することなく、常に通過していく。交錯する人生は、常に移動しているのである。毎日の通勤者や旅行客にしても通過の宿命から逃れられない」と述べている。駅は時々刻々生滅をくりかえし表情を塗り替えていく無常の時空だととらえているのだが、牛尾刑事はその無常の宿命にわが子を奪われるかたちで登場したわけである。

その駅にたいする考え方は、新宿の街そのものへと広げられて、以後の作品へ引き継がれていく。新宿は定住者ではなく、おもに「通過する人たち」の生活の場となっていて、そこにはさまざまな人生が掃き寄せられ、雑色性が煮つめられている。行き場のない者には絶好の吹きだまり場所、それゆえに都市の病巣が典型的に映し出される街であると、とらえられている。

しかし「通過する人たち」の街である新宿は、その性格ゆえに個々には閉鎖的にならざるをえない。「通過する人たち」は、自由で、たった一人の主役でいることはできるが、相互につながりを持とうとはしない。あるいは持とうとしても持ちようがない。彼らは必然的な孤独者として生きていると見てよく、そうたやすく心を開かない。当然、事件捜査にはふさわしくない土地柄でもある。

新宿署の刑事たちはその点で、住人の心を開く能力のある刑事、心の痛みを理解できる刑事として設定されている。牛尾刑事は述べたように、息子の慎一を殺人事件の被害者として失った。恋塚は『未踏峰』（一九八九）でやはり刑事だった父親がチンピラにからまれたサラリーマンを救おうとして殺され、『背徳の詩集』（一九八九）では姉が日光の山中で行方不明になり、のちに殺害死体で発見される。『人間の十字架』（一九九〇）から登場する青柳は、子供を助けるために電車線路に下り、左腕を失くした隻腕の刑事であり、さらには信じきっていた妻に不倫されて離婚した過去を負っている。つまり彼らは身近な者の不幸を介して、他人の痛みを共有できる存在なのだ。相手の身になることで、都市に暮らす者たちの閉ざされた心に、ノックすることができるのである。眼光炯々いかなる悪も許さないと、いかつさをまとう警視庁捜査一課那須班とは対照的に、胸の奥に潜めた悲しい過去が、自然にも、優しさ、穏やかさを醸し出す捜査陣なのである。

孤独を運命づけられた棟居刑事

棟居弘一良刑事の初登場は『人間の証明』である。もともと刑事になったのは、社会正義のためでなく、人間全体に復讐するためだったが、犯人を追及する際に、犯人の人間の心に賭けたことで、人間の心を信じている自分に気づかされ、それまで不信と憎悪の対象でしかなかった人間全体を受け入れてもよいと思うようになったとは、『人間の証明』のあらすじのところで述べたとおりである。その後、麹町署刑事としては、『新・人間の証明』と一九八五年の『社賊』、そして一九八七年の『完全犯罪の使者』に顔を見せるが、それから六年間はどの作品にも登場することがなかった。

その意味では、『棟居刑事の復讐』は、装いもあらたに、棟居刑事が森村ミステリーの世界にもどってきた作品ということができる。

装いもあらたにとは、冒頭、森村ミステリーに長く親しんできた読者にとっては二つの衝撃的な出来事が語られているからである。一つは警視庁那須班七人のうち、横渡刑事が夜の公園で誰かともみあっている不審人物の逃亡を阻止しようとして刺され、殉職したことである。その欠落を埋めるため、麴町署から棟居が那須班に加わることになったというのである。棟居は横渡刑事および同時に公園で殺された女性を被害者とする殺人事件を捜査することになるが、一方で横渡には海水浴場でジェットスキーに衝突され下半身不随となった娘がいて、事故後に逃げ去った加害者のアベックをも棟居は調べるようになる。その過程で、二件の事件の接点が浮かび上がる物語展開となっている。

もう一つの衝撃は、じつは棟居が六年前に結婚し、女の子をもうけていた。しかし、その妻子は二年前に何者かに殺害され、浴室で無残な死体となって発見されたというのである。六年ぶりに登場したとおもったら、すかさずとんでもない事実が明かされたのだ。

『人間の証明』ですでに母親は男と出奔、父親は米兵になぶり殺しにされて、家族の愛にはそもそも乏しい刑事である。その棟居が結婚して家庭を持ち、幸せをつかんだと見えるやいなや、またしても残酷な所業によってそれを奪われていた。

横渡刑事は棟居の妻子殺害事件で、捜査に参加できない棟居自身に代わって、「おれに任せろ。きっと犯人は捕まえてやる」と約束してくれていた。『完全犯罪の使者』では共に協力して事件の解明にあたった親しい友人でもあった。その横渡刑事が殺されてしまったのである。では妻子を殺され、犯人を捕まえてやると言ってくれた友人の刑事まで殺された棟居は、どのように捜査に臨むのだろうか。

それが示されている描写がある。棟居の妻子殺害事件が迷宮入りに終わり、捜査本部が解散したとき、横渡が棟居を訪ねてきて交わした会話を、棟居が回想する場面である。横渡は「デカは私怨で犯人を追っちゃいけない」しかし「私怨を忘れてはいけない」といい、「そして私怨に耐えて仕事をするんだ。それが奥さんや娘さんに対するなによりの供養になるよ」と諭したのだが、それにたいして棟居は横渡が殺されたいま、「横さん、あんたがなんと言おうと、おれはいま私怨から犯人を追いかけているよ。刑事が友達を殺されて黙っていたら、なめられる。やつらが二度とデカを殺そうなどとおもわないように徹底的に追いつめることが、警察の威信につながり、一般の人を悪から守ることになるんだ」と心におもうのである。

私怨で犯人を追ってはいけないという横渡の忠告は正論である。刑事たる者の、わきまえである。しかし棟居は正論を無視し、わきまえをふみ越えて「私怨で犯人を追う」と、自分の捜査への臨み方を決断したのである。

『人間の証明』の時点では、父親を殺した米兵に対して私怨を抱いたのみならず、それを周りで見殺しにした人間全体に復讐するために刑事になったのだったが、妻子を、そして友人を殺されたいま、犯人個人への怨みを全開させて捜査にあたると決めたのである。私怨を全開させて捜査することは、犯人を個人的に制裁することと同義ではない。私怨を全開させなければ犯人を追う気持ちが半端にとどまり、犯人にたどり着くことができないかもしれない。あえて犯人に復讐する心を持って臨まなければ、悪の根を断つ力にはなれない。刑事のモラルとしてはぎりぎり後がない立場に自分を置いて捜査にあたることを、この場面で心に誓ったのである。

この「私怨で犯人を追う」姿勢こそが、棟居刑事シリーズに継承されていく基本のキャラクターである。『棟居刑事の復讐』をもって棟居は、家族愛に見放された孤独な刑事として、犯人を捕まえなければ死んでも死にきれないという一途なおもいを運命づけられ、未来へ送り出されたといっていい。

個性派揃いの所轄署刑事と作家・北村直樹

那須班、棟居、牛尾の新宿署の刑事たちは森村誠一ミステリーの主役といってよいが、捜査は彼らだけでは動かない。事件発生の場所ごとに所轄署や県警からも捜査員が参加してくる。そして彼らのなかには個性派が多い。たとえば『誘鬼燈』『野性の証明』『銀河鉄道殺人事件』で活躍する岩手県警の村長と佐竹、彼らは東北の刑事らしい朴訥さと粘り強さが特徴である。『死定席』『伝説のない星座』『都市の遺言』などで捜査にあたる相模署の本間は、どこかヌーボーとしているが、いったん食いついたら離れないので「すっ本」とも呼ばれ、自分の受け持ちを超えてしまうと、公務時間外に〝手弁当〟で調べに行くというような面がある。『腐蝕花壇』『夜の虹』の代々木署・菅原、『致死海流』『螺旋状の垂訓』の碑文谷署・水島、『黒い神座』『終着駅』『生前情交痕跡あり』の八王子署、増成・池亀両刑事なども人間味を感じさせるキャラクターである。

日本の警察機構は所轄のナワバリ意識が不文律にも等しく強固だといわれるが、森村作品でもその点は踏まえられている。作中の所轄署刑事たちもそれを自覚しながら、しかし逆にそれをクリアする努力をバネとして立ちまわる。その熱意のみなもとは、中央の刑事に勝るとも劣らない使命感と正義感である。所轄署の刑事たちは主役たちと共通の刑事魂で結ばれ、いつでも出番を待っている尊い助演陣であるということができる。

刑事ではないが、捜査に貴重なヒントを与える素人探偵役というのも、ときどき登場する。森村作品には民間の職業捜査員は出てこないと先に述べたが、事件にまきこまれるかたちで、探偵ふうに動きまわる人物はそれなりにいる。『夕映えの殺意』『死の器』『暗黒星団』の家出人捜査員・片山竜次、『致死連盟』の元刑事・野津貞史、『凄愴圏』の元刑事・伊藤正人などだが、彼らは捜査のセミプロといえなくもない。純然たる素人の探偵役としては、『垂直の死海』『悪の戴冠式』の保険損害調査員・千野順一とホステス・丸山玉美のコンビ、『銀河鉄道殺人事件』の被害者の恋人だった置鮎衣子、『死海の伏流』で殺されたＯＬの妹・八切亜希子、『雲海の鯱』の殺された男性の友人・中富篤志、『夜行列車』の逆玉の輿結婚に挫折した北里光行と妻が失踪した十々木史郎などだが、いずれも三作を超えてはおらず、ほとんどが一回性のキャラクターである。そんななか、準レギュラー的なポジションを獲得したのが作家・北村直樹である。

北村直樹の初登場は一九八七年刊の『腐蝕花壇』。彼は都内の二流どころの建設会社勤務から、懸賞小説に応募して入選、転職した脱サラ作家である。デビュー前のある日、出版社から突き返された長編原稿をタクシーに置き忘れてしまう。しかし運転手が親切に届けてくれ、その原稿が懸賞小説の受賞作となった。その後、社会の底辺を見つめるじっくりした作風で地味だが、中堅作家としての地歩を築いている。ただ「茫然自失症」という妄想に耽っては自分を見失う持病があって、それがきっかけでしばしば事件にまきこまれてしまう。『腐蝕花壇』ではデビュー前に原稿をとどけてくれたタクシー運転手が殺された事件で新宿署の大上刑事と知り合い、以来、素人推理をふるう立場についた。『死都物語』『死叉路』『壁の目』など、また「恋刑」「写真」「二重幸運」(『棟居刑事の凶存凶栄』所収)などの短編でも、作家の視点がおもわぬ盲点をつくかたちで、なかなかの活躍をみせる。探偵役といえば大げさになるが、森村作品のなかでの特別な捜査員として、楽しませてくれる存在となっている。

このような素人探偵役が設定されるメリットは、警察という組織が所轄の強いナワバリ意識にとらわれて、地域をまたいで勝手に捜査することがむずかしいのにたいし、全国どこでも自由に動きまわって捜査できることだ。また、警察内部で捜査方針から外されるような些細な要素も、あえて追及して咎められることはない。さらには、素人ゆえに捜査の常識にとらわれない発想、行動というものがある。被害者の関係者であればなおさら、触れてきた被害者の具体的な暮らしぶりや発言などから、ふっと思い出すなどして、ヒントを得ることができる。被害者側の人間としての怒りや悲しみの表現も可能である。

もうひとついえば、「時代と人間」ということを見つめつづける森村誠一にとっては、素人探偵役はほとんどが一回性の存在なので、彼らが置かれる人生の状況や考え方のバリエーションを通して、見つめる時代ごとの人間のあり方を問う役割を課すことができることがある。

もちろん素人探偵役が単独で捜査に当たることはない。あくまでも那須班、棟居、牛尾らレギュラー陣、あるいは所轄署刑事の誰かと連携しておこなうのだ。棟居刑事シリーズでは、棟居刑事と牛尾刑事のダブルキャストで捜査が進捗するケースも少なくない。

第八章　埋もれた歴史を視界に

狂信宗教の非人間性を衝く

二〇〇三年三月に刊行された『人間の条件』は二つの意味で注目される。

一つには狂信宗教を題材としたこと。これまで森村誠一は人を非人間化させたものとして高度成長期のサラリーマン社会と戦争に焦点を当ててきたが、加えて、暴走したときの宗教を新たに視野に取り込んでいる点である。二十世紀の後半に社会を騒がせた統一教会や、凶悪事件をひきおこしたオウム真理教を念頭に、その理不尽なあり方に迫っている。

そしてもう一つ、『棟居刑事の復讐』で明かされていた棟居刑事の妻子殺人事件の犯人が、この作品で判明することだ。『棟居刑事の復讐』からは十年、棟居刑事シリーズがスタートして二十作を超えたところでの真相解明となった。

まずモデルとした宗教について簡単にのべると、統一教会とは、朝鮮半島平安北道出身の文鮮明が一九五四年に興した「世界基督教統一神霊協会」（のちに世界平和統一家庭連合と改名）の日本での略称である。全キリスト教会を霊的に統一する協会という意味で、それをもって宣教活動の組織の集合体を統一運動と呼称した。一九六五年にアメリカに拠点を移してから世界宣教と経済活動を拡大、世界二百カ国におよぶ巨大な傘下組織を作り上げた。一九六四年に日本の宗教法人の認証を得、日本での勢力拡大をめざすとともに勝共連合という反共政治団体、信者向けの商品を製造販売する会社、世界日報やワシントン・タイムズ（ワシントン・ポストではない）という新聞社、平和運動や社会事業に人々を勧誘すると称するNGOやNPOなど、さまざまな組織を擁している。しかし日本での宣教活動では、霊感商法による多数の被害者が出る一方、原理研究会といったあたかも哲学の勉強会か部活動を装い、あるいは自己啓発セミナーを騙るなどして段階的に勧誘する、正体を隠す手段で入信を強いる手口が社会問題化した。また教団内婚制という教祖のインスピレーションに従って信者同士が結婚させられる異様な制度があり、一九九二年、それによって実行されるソウルでの合同結婚式にアイドル歌手の桜田淳子と元新体操選手の山崎浩子が参加するというので一挙にメディアの批判が沸騰した。さらにはタレントの飯干景子が入信と伝えられ、すると父親で映画「仁義なき戦い」の原作者である作家飯干晃一が統一教会への糾弾に立ち上がった。山崎浩子と飯干景子は翌年脱会、山崎が記者会見で、自分はマインド・コントロールされていたと発言、体験談を語ったことで、洗脳の実態が白日下となった。

ちなみに世界には、「血分け」という行為を正当化する狂信宗教があるといわれている。血分けとは「教祖とのセックスによって人間は清められる」という考え。キリスト教主流派や統一教会の批判者の一部はかつて、文鮮明がその血分けと呼ばれる性の入会式をおこなっていると主張した。女性の新入会者と性行為をして女性を浄化し、そのうえで女性が夫と性行為をして、夫の浄化と子孫の浄化を遂げさせるというのだが、実践されたかどうかの確実な情報は得られていない。ただ日本では「摂理」と呼ばれる韓国の宗教団体で、教祖による女性信者へのそうした行為がなされた疑いがつよいという報道もある。

オウム真理教は、麻原彰晃こと本名松本智津夫が始めたヨガの教室「オウムの会」（のちにオウム神仙の会と改名）が原点。一九八七年にオウム真理教に改称、一九八九年に宗教法人として認証された。麻原は解脱して超能力を得たと主張、座禅を組んだまま跳躍する技を空中浮揚と称し喧伝するなどして、神秘体験にあこがれる若者たちを引き込み、富士宮市人穴に総本部道場を建設、組織を急速に膨張させた。そうしたなか麻原はヒンズー教の最高神シヴァ、さらにはチベット仏教の怒りの神マハーカーラの化身であると説くようになり、尊師と崇めさせて自らの絶対性を確立、すべてのことへの判断を自分一人に集中させた。そして人を救済するためには暴力をも肯定する教義へと傾斜し、自分たちの考えを妨害する人物は〝ポア〟なる未来へ送り込む行為、すなわち殺害して排除することを正当化するに至ったとされる。

その間、入信した若者に親が会おうとしても修行中を理由に会わせない、入信した者のほうもマインド・コントロールの呪縛にからめとられて会おうとしない、また出家者は全財産を教団に奉納しなければならないので家族とのいさかいが絶えない、といったことが表面化する。すると、一九八九年十一月、出家信者の母親に息子のオウム真理教からの脱会について相談されたことをきっかけに、オウム真理教の反社会性を批判、追及していた横浜弁護士会の坂本堤一家三人が突然行方不明となる怪事件が起きる。のちにオウム真理教幹部らに拉致殺害されて新潟、富山、長野の山中に別々に埋められた残酷な事実が判明、オウム側の非合法、非人間的な行動は宗教法人認定前後からすでに始まっていたのだった。一九九〇年五月には日本シャンバラ化計画と称し、熊本県阿蘇郡波野村に進出、しかし地元住民の猛反発と国土利用計画法違反容疑で捜査が入り、結局、オウムが五千万円で買った土地を波野村が九億二千万円で買い戻して和解した。それがメディアで大きく報じられると、全国のオウム施設付近で追放運動があいつぎ、反撥するかのように教団の凶悪化が進んだ。オウム真理教はこの頃、「ハルマゲドンが起こる、オウムに入らないと助からない」と宣伝して出家者や信者を勧誘、一方で自らハルマゲドンを起こすためにロシアから武器の調達を図ったともいわれ、一方で、ひそかに化学兵器の研究、製造が試みられていた。そしてついに、一九九四年六月二十七日に長野県松本市で毒ガスのサリンをまき散らし、七人が死亡、六百六十人が負傷する事件を引き起こした。松本サリン事件である。一九九五年三月二十日には東京で地下鉄サリン事件が実行され、死者は乗客および駅員の十三人、負傷者六千三百人といわれ、史上初の化学兵器によるテロ事件として世界に衝撃を与えた。事件二日後の三月二十二日、山梨県上九一色村の教団本部施設への一斉捜査がおこなわれ、そこで教団代表の麻原彰晃こと本名松本智津夫らが逮捕された。逃亡した幹部もつぎつぎに逮捕された。

『人間の条件』での狂信宗教は「人間の家」という団体になっている。それはこれら二つの宗教のあり方をミックス、脚色して設定されているわけだが、一連の出来事を振り返ると、新宗教による諸問題は二十世紀末にかけて起こっており、「時代と人間」を大枠のテーマとする森村誠一にとっては、避けて通れない題材だったといえるかもしれない。

作品は物語の初めのほうで、事件がない日の朝の棟居刑事の姿が描かれている。夏は五時半、冬は六時に目が覚め、起きぬけにトイレに入ってから水を飲む。朝は血が濃くなるという医者のアドバイスに従った健康法とのこと。顔を洗い、嗽をして、窓の外の天気をうかがう。そのあとで新しい水を部屋の隅の小さな仏壇に供え、灯明を上げて、妻子の位牌の前に手を合わせる。それから事件が起きたときに備え、しっかりした朝食を摂る。棟居刑事シリーズの作品でもこのように詳しい説明は珍しい。何かを予感させる、つまりあとになってわかるのだが、妻子殺人事件解決への伏線として描写されている。

最初の事件は片倉宏という大手化学会社の公害防止管理者が住む渋谷区笹塚の旧玉川上水開渠部に沿った側道上で起こる。若い女性の刺殺体が発見されたのである。片倉は独身で見合いパーティに参加、そこで知り合った仁科里美とのカップリングに成功、デートを重ねてますます好きになってプロポーズするが、仁科里美はじつは自分は見合いパーティのサクラで既婚者なので受けられないと断られ、一度だけキスをして別れていた。報道でＯＬだという被害者の写真を見た片倉は、仁科里美とどこか似ているとおもい、もしかすると被害者は自分の家になんらかの理由で訪ねてくる途中の仁科里美と誤認されて、殺害されたのかもしれないと考え、一度捜査で聞き込みにきた棟居刑事と代々木署菅原刑事に通報する。棟居らも、被害者が殺害されるにしては非の打ちどころのない女性であったために、誤認殺人の方向で動きはじめているところだった。

片倉はその後も見合いパーティに参加していて、積極的に近づいてきた高野史恵という女性からある集会に誘われる。参加してみると、「悪魔から世界を取り戻そう」と一同がシュプレヒコールするなど異様なものだった。

出張から数日ぶりに帰った片倉は、旧玉川上水開渠部に泳いでいた鯉や金魚が全滅したと知り、なんらかの有害物質が流された可能性を考え、職業柄お手のものの水質検査をしてみることにする。そのころ水路上流部の住宅街に六階建てのマンション「ネオパレス・ニューライト」が建ち、そこに素姓不明の住人たちが暮らしはじめていた。片倉は水質検査のサンプル採集中に田沢章一という男性に声をかけられる。田沢は妻の有里子の様子がおかしいと怪しんでいて、部屋に落ちていた美容院のパンフレットから辺りを探りにきていたのである。二人は意気投合、ここで殺された女性は水路に有害物質を流しているところを目撃して消されたのではないか、だとしても彼女はまちがえられて殺された可能性もある、と言い合って別れる。そして水質検査を通して、ポツリヌス菌が検出され、そのことが棟居刑事に報告された。

その間、朝野則子という大学生が「人間の家」という教団に入信し、突然家出をして、教団の寮に入ったまま連絡が取れないのでなんとかしてほしいという訴えが、父親から新宿署に出された。その訴えを耳にした牛尾刑事が、教団の寮とは「ネオパレス・ニューライト」のことで、そこは代々木署管内で起きたOL殺人事件の現場の目と鼻の先であると気づき、とりあえず青柳刑事とともに父親朝野善信への事情聴取をおこなった。二人は朝野則子が「人間の家」に入ったと自分でいっていたこと、自衛隊に体験入隊したうえで「人間の家は世界の悪と戦うために、自衛隊を超える戦力で武装しなければいけない」といっていたことを聞き出す。数日後には、『特殊武器防護』という自衛隊の教程本が出てきたと連絡をうけ、預かることになった。本には細菌兵器の解説が載り、さらに国立防疫衛生研究所（防研）には旧日本軍細菌戦部隊の残党が多数かかわっていると厳しく批判する学者の論文と、それへの防研バイオセーフティ室長による反論の新聞スクラップが挟みこまれていた。牛尾刑事はそのことを棟居に告げ、関連があるのではないかと教程本も託した。

朝野善信は、音信不通が続けば事件性がありうると解釈して警察が捜査を始めるかもしれないと刑事が述べたといって「人間の家」に談じ込んだところ、事務局本部での娘との対面が実現する。しかし事務局長の大中、生活部長の江上と名乗る教団幹部の同席のもとでのことで、生きていると確かめただけで帰るしかなかった。時を同じくして週刊誌が「人間の家の危険性――家族破壊を促す反社会集団」と題する連載企画を始め、他のメディアも追随して反「人間の家」キャンペーンが巻き起こる。

棟居が水路からポッリヌス菌が出たことと「人間の家」、ＯＬ殺人事件との関係に頭を悩ませていると、再び水路に魚が浮き、片倉の検査でこんどは人食いバクテリアが検出される。テレビのニュースで見ていた田沢章一は、話を聞きたいと片倉に申し入れ、車で片倉を迎えにいく。その車中、片倉はサンシェードにはさまれた田沢夫婦のツーショット写真に目が釘付けになる。妻の田沢有里子こそが仁科里美だったからだ。仁科里美こと田沢有里子と再会した片倉は、ＯＬが有里子と間違えられて殺された可能性があると告げ、心当たりをたずねる。有里子にはその場では思い当たることはなかったが、しばらくして一年前にマイカーを運転していて危うく事故を起こしかけたことを思い出す。世田谷区内の裏通りの四つ角にさしかかったとき、突然、前方に人影が飛び出し、折からの雨に人影は足を滑らせ、車前方の路上に転倒した。間一髪の差で車は停止し、有里子はあわてて降り立って駆け寄り、「大丈夫ですか」と声をかけたのだが、自力で起き上がった人影は、ものも言わずに逃げるように駆け出していったのだった。思い出したその夜、夫とともにパソコンで検索すると、棟居の妻子殺人事件がヒット、場所も時間も符合していた。そのことは片倉へ、そして棟居の捜査本部に伝えられた。

那須班は捜査会議で、有里子はサクラをしていた見合いパーティで棟居の妻子殺害犯と再会したのではないか、それで殺害しようとしたのではないかと推測、結婚相談所は「人間の家」の偽装機関であると判明したことから、結婚相談所の関係者に捜査の手がのびる。

朝野善信は突然帰宅した娘の則子に、韓国での統一結婚式に参加すると打ち明けられ、部屋に閉じ込めてやめるよう必死に説得するが、江上部長が屈強な男数名を引き連れて押しかけ、連れ去ってしまう。それを許せない朝野善信はテレビやラジオに出演して、同じように肉親を「人間の家」に奪われた家族に連帯をよびかけ、運動を起こして一躍被害者家族のリーダーとなる。やがて朝野家の郵便受けに、宛名は朝野と妻の名前のみ、差出人名は則子としたためられただけの、だれかが直接持参したらしい一通の封書が投げ込まれ、結婚報告の短い文面とともに夫となったらしい若い男と一緒に撮影した写真が一枚同封されていた。朝野善信はその文面に則子が救いを求めているように感じ、テレビに出てその手紙を公開する。そしてこう叫ぶのだ。

「郵便ポストに投函せず、差出人の住所も記さず、信者の家族の家に直接手紙を配達するということは、信者の居所を秘匿するためであり、家族との接触を恐れていると考えざるを得ない。人間の家になんらやましいところがなければ、なぜ家族と信者の接触を阻むのか。突然、家族の一員を、あるいは家族ぐるみ、社会から隔絶して、生き神と自称する教祖に絶対の忠誠を誓わせ、その教祖が定めた大義をたとえ社会の規範に反することであっても、絶対正義の基準として信者に強制し、その人間的自由のすべてを束縛することは、宗教の名を借りた邪教の反社会的、病理的、犯罪的行動である。

宗教は神仏に対する信仰から発した人間の営みである。宗教がそれぞれ設定した聖域に、人間の基本的人権と自由を閉じ込めることはできない」

この発言が大きな反響をよびおこす一方で、片倉は高野史恵に誘われるままに「人間の家」の幹部研修寮でおこなわれた強化集会に参加する。そこで大師なる人物から、総師の国安泰人は神の使いであり、神に逆らう者はすべて悪であり、これを打ち払うことは正義であるという論旨の演説を聞かされる。会のあとには参加した別の人物から、高野史恵は総師の「お局」であり、総師のお手がつくことを「分霊」というのだと教えられ、総師が気にいれば教団と関係ない女性を拉致してくることもあると聞かされて、教団が極めて危険な組織であることを痛感する。

美容院で順番待ちをしていた田沢有里子は、朝野善信が公開した手紙と写真が掲載された週刊誌を見ていて、朝野則子の配偶者となった男に記憶を刺激される。そして六年前にマイカーの前に飛び出してきて事故を起こしかけた人影がこの男であったと瞼によみがえらせ、棟居に伝える。

というのが、長くなってしまったが、およそ半分ぐらいまでのあらすじである。

このあと朝野善信の夫婦が突然失踪し、新宿署の青柳刑事が朝野の家を調べると、現場に縞木と印を刻んだネクタイピンが一本残されているだけではあったが、「人間の家」が関わっている疑いが濃厚になる。朝野夫婦の失踪と時を同じくして、望月直義という男性から娘の私立大学二年生織江がアルバイトの帰りに失踪したと、碑文谷署に届けが出され、所轄署の水島刑事は朝野夫婦の失踪と場所も時間も近いことから関連を疑い、ＯＬ殺人、朝野夫婦失踪、女子大生失踪の三件をめぐり、合同の捜査態勢がとられることになる。朝野夫婦失踪の事情聴取を理由に朝野則子と面会した牛尾刑事と青柳刑事は、則子の夫が縞木であることをつかむ。望月直義は、失踪した娘は朝野夫婦が「人間の家」に拉致された際にまきこまれたのではないかと考え、自ら「人間の家」に入信して潜入捜査をすると棟居に通告する。望月は資産の寄付を通じて「人間の家」のより高い内部へと入り込んでいく。

そうしたなか、能登半島の突端に座礁した船から大量の銃器と密入国者が発見され、密入国しようとした一人の中国人が「人間の家」の教祖・国安泰人の写真と、日本到着後の世話人だという男の写真を持参していた。写真の男は、朝野則子の夫である縞木だった。縞木は武器密輸入・密航助長罪で全国指名手配される。また新宿中央公園では拾ってきたまだ食べられるゴミを囲んで宴会をしたホームレス六名がつぎつぎ倒れて二人が死亡、食べ残した食品から人食いバクテリアとボツリヌス菌が発見される。「人間の家」とかかわりがあるとみられる暴力団の秘密の拳銃製造工場も偶然のことから摘発される。潜入した望月直義からは、八ヶ岳にライフスポットという新しい拠点を設けて怪しい動きをしているとの情報がもたらされる。

片倉宏は高野史恵の誘いにのって肉体関係をもってしまい、二人ともにのめりこんで、史恵の家で関係を続ける。そのうちに史恵はお局の立場がいやなので自分を連れて逃げてほしいと願うが、ついに教団に知られ、拉致されて二人とも行方がわからなくなる。

八ヶ岳ライフスポットに潜入して調べていた望月直義は、教団がＶ一一〇Ａという大型ヘリコプターを所持、神経ガスの解毒剤であるアトロピンとロートエキスを所蔵したことを報告してきた。さらに片倉が何度もの人体実験を生き抜き、逃亡に成功して教団がおこなっている危険な策謀を伝え、捜査本部はついに「人間の家」にたいする一斉手入れを決断する。二千人の大捜査陣が教団施設への突入と、地下鉄への毒ガス撒布の阻止をめざして行動、教祖の国安泰人を含めた幹部たちを逮捕、施設の敷地からは朝野夫婦と望月織江の埋められた死体が発見される。

ところが棟居は思いもかけない事態に直面する。結婚はしていないが永遠の恋人とひそかに心に秘める本宮桐子を縞木に拉致され、人質にとられてしまうのである。縞木は逮捕された教祖と幹部の解放を要求、さもなければ桐子を殺すと脅してくる。

本宮桐子は棟居シリーズの第二弾『棟居刑事の情熱』（一九九四）で初登場した。二人の出会いは棟居が休暇をとって穂高連峰へ登ったときのことである。そのときは名乗りあっただけで別れるが、おもいがけず再会する。じつは彼女は、棟居が追っていた殺人事件の被害者の娘で、悪の手先にされたことで〝禊ぎ登山〟をするといっていた父親の言葉を思い出し、代わりに穂高に来ていたのだった。事件解決後、『棟居刑事のラブアフェア』『棟居刑事の悪夢の塔』『棟居刑事 悪の山』など後続作品で、二人は親しく会うようになる。しかし棟居は桐子の愛を感じつつも妻子を失った傷痕へのこだわりから一線を越えずに交際を続けていたのだった。

縞木の脅しがあっても棟居の一存で教祖と幹部の解放などできるわけもない。縞木が妻の則子のもとに現われるのではないかと網を張っていると、案の定姿を見せ、しかし包囲されたとわかった縞木は妻である則子に拳銃をつきつけて逃亡をはかる。そして対峙した棟居にたいして、「おれを撃ってみろ。きさまの恋人の墓場は永久にわからなくなるぞ」とすでに桐子を殺害したことを口にする。隙を見て飛びかかり拳銃を奪い取った棟居は縞木のこめかみに銃口を押し当てて、撃とうとする。妻子を、そして桐子を殺害した縞木を許すことはできない。そのとき牛尾から「棟居さん、撃ってはいけない」と声がかかる。なお撃とうとする棟居に牛尾は、許せとはいわない、しかし撃って縞木と同じ身に落ちるよりは、その苦しみから立ち直る努力をすべきだ、何度でも立ち直ることができるところに人間の人間たるゆえんがある、と説得され、撃つのをやめるのである。

自らの妻子を殺害した犯人は捕まえることができた。しかしその代償のように、またしても犯罪で永遠の恋人である本宮桐子を奪われてしまった。その遺体は、縞木の奥多摩に埋めたという自供にもとづいて捜索がなされたが、縞木の記憶が曖昧なせいもあって発見されずに終わる。あきらめきれない棟居はたまの休日、奥多摩の山中に分け入って、桐子の行方を捜しつづける。棟居はどこまでも身近な愛に見放されて、孤独を試練の旅路とする刑事なのである。

日本国憲法は信教の自由を定めている。統一教会とオウム真理教は、信者と家族を会わせない、霊感商法で物品を法外な値段で売りつける、出家のさいに全財産を奉納させるといった問題を起こしたとき、憲法を逆手にとって居直ってみせた。信者をマインド・コントロールから抜け出せないようにしていた点でも共通している。また、そういう反社会的な行為が急速に進行し、信者による集団結婚式への参加やサリン事件という暴走へ向かった時期が、バブル期そしてバブル崩壊直後という時代性に符合していることが注目される。日本中が拝金主義で浮かれているときに、その狂騒についていけない人や、疑問を感じた知識人の一部が別の価値観に惹かれ、そこへなだれ込んだ結果、瘴気が吹き出たと見えなくもない。時代の空気というのは、個々人の価値基準を狂わせるところがあり、戦中の日本国民のありようが大いなる見本である。

森村誠一はそうした時代性に重ねて、統一教会とオウム真理教の事件が露呈した非人間的な環境というものを見つめたはずである。非人間的な環境は、戦争や高度成長期の企業社会がそうだったように、森村誠一がもっとも嫌悪し、それゆえに作品の中心的テーマとしてきた。相手に不足ない敵に挑んだのが、この作品であるといえる。そしてそれだけ力を入れることのできる作品だからこそ、棟居の妻子殺人事件の解決もこの作品に託したにちがいない。棟居刑事の秘めた深い悲しみのためには、真相解明にふさわしい重みを擁する題材という条件が必要だったとおもわれる。

宗教が題材のその他の作品

狂信宗教の非人間性は、その後の作品でも描かれていく。『人間の条件』の直後に発表された『炎の条件』（二〇〇三）には「お告げの天使」という新興宗教が登場する。この教団は社会全体を悪とみなし、社会悪に汚染された人間を救済すると説き、社会からの解脱を唱導するという理由で、信者自身の所有する全財産を献納させる。教祖の神居法泉は気に入った女性に〝聖血〟を注いで神女とする一方、統一結婚式を主催、信者確保のために拉致誘拐にも手を染める。また暴力団と連携する。物語は被害者の会の活動、殺人事件をめぐる警察の捜査、教団内部の勢力争いの三つ巴で展開するが、教祖を含む教団幹部の車に正面衝突されて妻子を焼死させられた男の復讐劇へと展開する。

『祈りの証明　3・11の奇跡』（二〇一四）では、『炎の条件』の「お告げの天使」から分派したとする「まほろば教」という新興宗教が設定される。この教団は「お告げの天使」とは逆に、社会に貢献するのは当然と説き、しかし信者所有の財産をまきあげることでは変わらない。社会貢献というのも、「原発は火の神」であるとして、原子力発電所へ労働者として信者を送りこむことである。つまりは電力会社と癒着して、教団が原発労働者の供給源になっている。『炎の条件』で教団が暴力団という〝悪〟と連携したように、原発という〝悪〟と結ぶことで勢力の伸長を目論むわけである。狂信教団が他の〝悪〟と結託したときの危険性をふまえたディテールといえるだろう。物語は長井創次という報道カメラマンの妻が「まほろば教」に入信し、実家に行くといって出かけたあとに東日本大震災が発生、行方不明になる。実家に行っていないと知った長井は、なにかの理由で東北へ向かい、津波に遭遇したのではないかと考え、妻を探して被災地を〝巡礼〟するというもの。その行動に、信徒の一人で原発の下請け企業の社長が原発内の敷地に埋められているのが発見され、教団の関与を疑う棟居や牛尾刑事らの捜査がからむ。

　戦後、狂信宗教が問題を起こした例は、統一教会とオウム真理教にとどまらない。一九九六年に詐欺罪の告発がきっかけで存在が明らかになった法の華三法行は、福永法源代表の掛け声「みなさーん、最高ですかー」が話題となったが、自らに啓示される「天声」に従って練磨すれば完全円満なる人格、幸福な家庭を形成することができると説き、二〇〇〇年五月に代表以下十二人が逮捕されるまでに、信者のお布施、足裏診断なる行や関連会社の収入などを含めると十二年間で一千億円を手中にしたとされる。

　一九九九年十一月に千葉県成田市のホテルで四カ月以上も宿泊し、不審な行動をとる異様な集団がいるとの通報で警察が調べると、ツインルームの一室でミイラ化した死体が見つかったライフスペースは、グルがシャクティパットで気を通し、前世のカルマを落として病気を治すという教団。シャクティパットとはグルこと高橋弘二代表が信者の頭をぽんぽんと叩く行為で、やっている行為へのマスコミからの批判には、何にたいしても代表が「それは、定説です」と答え、煙に巻いた。二〇〇〇年二月、信者である親が子供を学校に通わせずに監禁していることが発覚、保護責任者遺棄致死容疑などの罪で代表らが逮捕された。

　白装束の集団が渦巻状のマークを書いた札を貼った車でキャラバンを組み、公道を占拠しては放浪するパナウェーブ研究所という教団の存在は、多摩川に現われたアゴヒゲアザラシの〝タマちゃん〟を捕獲して海に返す作業をしている集団がいると報じられて、二〇〇三年に発覚。教祖は千乃裕子で、白装束は人体に有害なスカラー電磁波から身を守るためというのだった。

戦後のそうした狂信教団の簇生については、『祈りの証明　3・11の奇跡』のなかで作者は長井創次にこう代弁させている。

「そもそも宗教の起源は、合理的には説明、解決できない問題を、超常的な存在を信ずることによって解消していくことにあり、同じものを信ずる人々が集まって宗教団体を形成する。

教団は拡大と共に教権という権力をもつようになる。教権は政治権力と対立、あるいは提携して、宗教本来の目的を失い、教団自身が設定した目的に向かって巨大化していくようになった」

「そして、いずれかの教団に属する宗教者は、その教義を信義として広め、信者の教化に努める。

国家権力と結びついた公認宗教は、国王を生き神として尊信し、信者は神の子孫として縦型社会を形成する。非公認宗教団体は弾圧される。戦中、戦時の日本の宗教はそれであった。

戦後、信教の自由が保障されて、国家宗教が修正されたが、その隙間に乗じて教義も曖昧な新興宗教が乱立したのである。

狂信的な教祖崇拝集団にとって信教の自由は、信者のこの上ない補給源であり、信者候補生の苗床となった」

そう理解しながら長井は、しだいに妻は教団内部の事情から殺害されたのではないかと疑うようになる。

ところで『祈りの証明　3・11の奇跡』の読みどころは、この長井の〝巡礼〟自体にもある。長井は被災地でさまざまな人々、さまざまな光景と出会う。津波が破壊した蜿蜒と連なるがれきの山、見渡すかぎりの廃墟、土煙をかき立ててヘドロの異臭を運んでくる海風ほかの、被災地の惨状。避難所の隅で句会を開き、あえてどん底の気持ちをはね返そうとする人たち。支局の建物が津波に呑まれて機能不全におちいっても、手書きの号外を出しつづける地方紙の記者。海の浅瀬に身を沈めて行方不明者の捜索に努め、発見した遺体に整列して敬礼する自衛隊員たち。たった一人で犠牲者の供養と被災地鎮魂の旅をしている行脚僧。故郷を離れていく人たちを送る会を兼ねるお花見。一台だけ残ったバイクで瓦礫の山を掻き分けながら配達をつづける郵便局員。高台に避難する前に迎えにきた保護者に生徒を渡し、そのせいで生徒が津波の犠牲になった小学校教師の悔恨。足手まといになると考えて海に飛び込もうとする老女。手足である船を失い、魚を獲ることができなくなった漁師の嘆き。震災後のきびしい状況と希望へのおもいが、つぶさに記されている。

森村誠一は二〇一二年二月十一日から十三日まで、震災後の塩釜、松島、石巻、南三陸町、気仙沼、陸前高田を視察している。そこで眼に、耳に、焼き付いた詳細がこの作品に記録されているといっていい。

戦中、戦後の埋もれた歴史を発掘

江戸川乱歩賞を受賞して三十年が過ぎたころから、森村誠一の題材への取り組み方に、新しい方向性が加わる。戦中・戦後の埋もれている歴史を発掘し、その事実の詳細を記すと同時に、フィクション化するという方向性である。題材を作品の背景に利用するだけで終わらせるのではなく、それにフィクションをからみ合わせて、その題材の事実の部分をより前面に押し出して読者に伝えることを力点に置く、いわば「事実に基づく創作」という書き方である。

『笹の墓標』（二〇〇〇）は日本が戦前、戦中に中国・朝鮮を侵略して犯した過ちのうち、朝鮮人強制連行の問題を題材としている。朝鮮人強制連行・強制労働は戦時中、一九三八年制定の国家総動員法の成立にともない、一九四二年につくられた朝鮮人内地移入斡旋要綱に基づいて、終戦までに推定八十万人もの朝鮮民族が日本全国の鉱山や工事現場に強制連行されて過酷な労働に従事、多くが命を落とした問題のことである。『笹の墓標』は、そのうち北海道空知の雨竜ダム工事と旧国鉄深名線（一九九五年廃線）の鉄道工事での実態と、戦後の犠牲者発掘および供養の活動に焦点をあてて事実を提示し、そこにフィクションとしての現代の殺人事件をからませている。

森村誠一とこの題材との出会いは、「一九九九年十月初旬、北海道大学の神沼公三郎教授の招請を受けて、名寄市で講演した際、空知民族史講座代表の僧侶、殿平善彦氏から、朱鞠内湖畔・旧光顕寺に戦時下の朝鮮人強制連行労働者の遺骨が安置されていることを聞いた」（『遠い昨日、近い昔』所収「強制連行労働者」）ことによるという。さっそく殿平氏の案内で旧光顕寺の納骨堂に赴き、「そこに並べられている約九十基の位牌に息を呑んだ。位牌といっても、明らかに手作りと知れる木片を組み合わせた上に、死者の名前を書いたものである。中には台座のない一枚の板だけのものもある。そこに戒名、俗名、享年、死亡年月日が数字で記入されている。戒名もなく、俗名が書かれたものや、俗名不明のまま『殺害された朝鮮人三名の霊』と記された位牌もあった」（同）というのである。

位牌は一九七六年九月に、殿平氏と同じく僧侶の宮川恵秀氏とが朱鞠内湖で遊んだとき、宮川氏の知り合いの老婦人に呼び止められ、近くに光顕寺という住職不在の寺があり、その寺に引き取り手のない位牌があるので一緒に来て見てくれないかと請われ、本堂の後戸で発見したものである。旧光顕寺は後年、ダム工事の歴史と遺骨発掘の運動のあゆみを展示する「笹の墓標展示館」となった。

森村誠一はそのとき殿平氏からそうした説明を受け、その後、殿平氏からの大量の資料提供と、戦時中、強制連行者の救済委員会が北海道全域に組織され、労働者の逃亡を援助していたという秘話も受けて、執筆に至った。

作品は仕事の斡旋業者に騙されて雨竜ダムのタコ部屋に送り込まれた朝鮮人労働者の作業の様子と、そのうちの一人が「救援委員会」の手を借りて脱走する話をプロローグに置いている。そして五十年後、主人公の大学院生・神沼公一郎（前記引用文の北海道大学・神沼公三郎教授より借名）が、北海道朱鞠内のダム湖を訪れ、後輩から、ダム工事とそれに先立つ鉄道工事が強制連行朝鮮人とタコ部屋の日本人労働者によっておこなわれ、朝鮮人三十六名、日本人百六十八名が犠牲になったことを聞かされる。その犠牲者の遺骸を発掘して追悼するための日韓共同のワークショップがこの夏開かれるというので興味をもち、ある日、湖畔近くの旧光顕寺の本堂へおもむく。

庫裏から展示館にまわると、ケースには犠牲者の副葬品らしいがま口の金属枠、欠けたボタン、歯ブラシ、湯飲みなどが納められ、壁には朱鞠内の地図を付した説明やダム工事の写真、タコ部屋労働の解説、一九八〇年代におこなわれた発掘の模様の写真などが掲示されている。そして仏壇左手の棚に並べられているおびただしい数の位牌におもわず息を呑んだ、と描写されているが、これはもちろん作者の見聞に基づく記述である。

神沼が位牌の前で声もなくたたずんでいると、後ろから声をかけられ、展示館を預かっているという年配の男性から詳しい説明を受ける。位牌は戦前に住職をしていた谷本畦甫、康親子がつくったと推測されていること、戦後の過疎化で寺が無住となったこと、檀家の人々を中心に朱鞠内追悼法要協力会を結成、空知民衆史講座のメンバーと協力して山中に埋もれたままの犠牲者の遺体を発掘、遺族に返還する運動を続けていること、幌加内町役場に保存されていた埋火葬認許証から百七人の犠牲者の氏名と出身地が判明したものの、四人に一人は該当者不明のままであること、埋火葬認許証には十五人の朝鮮人の名前があり、一九八二年十月に殿平善彦と宮川恵秀が遺骨返還の話し合いに韓国を訪ねたところ遺族に反撥され、肉親を強制連行された怒りと悲しみを痛感して帰国したこと、タコ部屋の労働がいかにすさまじいものであったかなどを聞かされるのだが、これらも事実どおりのディテールである。

その後、神沼は夏の強制徴用被害者遺体発掘のワークショップに参加する。その様子も実際に、一九八〇年五月以来一九八三年まで四回おこなわれて中断していた遺骨の発掘を一九九七年七月に再開した「日韓共同ワークショップ」の記録をなぞって書かれている。九日間で四体の遺骨を発見したことや、日韓両国の人たちが一緒にやっていくなか、夜の対話集会では激論が交わされ、主人公の感慨としては「彼らの属する両国の歴史的ギャップを実感した」また「彼らは昼間、一体となった友情をもってしても、そのギャップを埋められないことにいらだちをおぼえていた」と表現されている。そのように意見が衝突して険悪な空気が流れることがあったことまで、ここまではほとんどノンフィクションといっていい。そしてワークショップの最終日に、真新しい腐乱遺体が掘り出されて、殺人事件というフィクションにバトンタッチされるのである。

フィクションにバトンタッチされたからといって、そこで朝鮮人強制連行労働者の問題がお役御免になるわけではない。事件には、戦時中、朝鮮人強制連行労働で利益を得た工事会社の社長、その工事会社にタコ部屋労働者を供給した斡旋業者、過酷な労働を暴力で監視する棒頭とよばれる今ならさしずめ中間管理職の子孫たちがかかわってくる。彼ら子孫たちは、刑事の一人が「児孫のために美田を買わずと言いますが、悪行が子孫を肥やすということもあるのですね」と述べるように、親の悪事で得た遺産を食って肥ったものたちであり、親がおこなった悪行を悔い改めもせず償おうともしないできた者たちとして描かれる。悪銭がしっかり身についてそれを継承している者たちである。彼らは、朝鮮人強制連行労働を推し進めた当事者たち、本当に責任を負うべき人たちの代理の意味で登場していると見るのが適当だろう。日韓共同ワークショップに参集した若者たちは直接の当事者ではない。それでも加害者側と被害者側に分かれておたがいに苦痛を味わう。一方、本当に苦しむべき人たちは、戦後という時代に雲隠れして沈黙を押し通したのである。この作品が過去の因縁として彼らの子孫がかかわる殺人事件を描くのは、本当の当事者たちの無責任と頰かぶりにたいする糾弾の意味も含まれている。

そんな当事者のなかでも注目したいのは、仕事の斡旋業者の存在が詳らかにされている点である。朝鮮人強制連行労働を成り立たせたのは、一つには日本政府がつくった朝鮮人内地移入斡旋要綱という制度である。つぎに、安いたくさんの労働力を調達しようとした鉱山や土建業者などの企業、そして仕事内容や条件を偽った契約やいい仕事だからとたぶらかす「人間狩り」で多くの朝鮮人のみならず、弱者の日本人をも過酷な労働現場に送り込んだ斡旋業、俗にいえば口入れ業である。

企業にとって斡旋業は非常に都合のよい存在だったろう。何か労働者との不都合が生じても、斡旋業者から斡旋されて雇用していることを理由に、つまり斡旋業者を安全弁として、責任のがれができるからである。また斡旋業には労働者を低賃金、無権利、不安定のまま過酷な労働に追いやり、ピンハネの不当性を内包するだけでなく、そうした悪の隠れ蓑をになう面が備わっている。従軍慰安婦問題でも、実態としてあったことを認めずに、軍にそんな制度や記録はないから従軍慰安婦はいなかったと理屈を述べる向きがあるが、朝鮮人強制連行労働のケースと同様、軍が女衒など口入れ業と結んでの「女狩り」で、慰安婦を調達したこともあったろうと想像することは容易である。

そうした斡旋業は戦後、戦前の日本型資本主義の非民主的な部分として、ＧＨＱの指示もあって財閥解体とともに原則禁止とされ、それが高度経済成長、一億総中流という時代をつくりだす一つの原動力ともなった。ところが一九八六年に十六の専門業種に限って労働者派遣法が制定されると、規制緩和の名のもとに一九九六年に二十五業種に改正、一九九九年には専門職対象という本来の趣旨を葬り去って業種の原則自由化、二〇〇四年にはついに改正に改正を重ねて、製造業への派遣も解禁されるに至った。その間、一九九七年には持ち株会社の設立も解禁され、実質的に財閥解体と斡旋業の禁止は反故にされてしまった。結果は非正規社員だらけの労働環境と、必然的に訪れる格差社会である。日本の政治家は歴史に何も学ばなかったのである。

「小説宝石」二〇〇九年十月号から二〇一〇年九月号まで「志の拠点」の題で連載され、改題して二〇一一年四月に光文社から単行本で刊行された『サランヘヨ　北の祖国よ』も、埋もれていた歴史を題材とする作品である。埋もれていた歴史とは、朝鮮戦争時に韓国・老斤里《ノグンリ》（以下ノグンリと表記）で起きた虐殺事件である。

後年、その虐殺現場での合同慰霊祭にたまたま訪れた見ず知らず同士のツアー参加者五人が、帰国後に集まって交友を深めるなか、その一人、雑誌記者の妻が駅ホームで転落死した事件を発端とする連続殺人事件にまきこまれ、棟居刑事や新宿署の牛尾刑事と協力して、一連の出来事にひそむ闇の構図を探り出していく内容である。

歴史をさかのぼれば、虐殺の例は枚挙にいとまがない。古いところでは、数字の真偽は疑わしいが、古代中国戦国時代の前二六〇年、秦の昭王が趙の長平を攻めた際、白起という将軍が趙の軍勢を四十六日間囲んで飢えさせたあげく、降参した兵士たち四十五万人を穴埋めにして殺戮した。『史記』の「白起王翦列伝」に記載された話で、二十世紀末にその穴埋め遺跡が十数カ所発見され、人骨坑と呼ばれているという。昭王の三代後にあたる始皇帝も前二一二年に焚書坑儒で諸生四百六十余人をやはり穴埋めにした。

それらは古代の話だが、虐殺の歴史は古代から現代まで、連綿と地上から絶えることがない。ランダムにこの百年で見ても、ナチス・ドイツによるホロコースト、日本軍による南京虐殺、スターリン政権下ソ連の内務人民委員部（ＮＫＶＤ）がポーランド人二万二千人を銃殺したカティンの森の虐殺、一九四五年の東京大空襲や広島、長崎への原爆投下ももちろん、抵抗できない者への不当な殺戮行為の意味で虐殺にほかならない。その後もベトナム戦争でのソンミ村虐殺事件、一九七〇年代後半カンボジアのポル・ポト政権による医師や教師など知識人を含む国民約百万人の大虐殺、一九九四年ルワンダでのツチ族とフツ族による虐殺の応酬、二〇一四年からはイスラム過激派武装組織イスラム国によるイラク政府軍捕虜千数百人の処刑をはじめとする数々の公開虐殺は記憶に新しい。おぞましいことだが、虐殺はいつでも起こりうる人類の宿痾ともいうべきものと考えたほうがよいようである。

もっとも虐殺とは被害者の数ではない。虐殺とはむごたらしく殺すことだが、ではどこからがむごたらしくてどこまではむごたらしくないのか、一般には、明らかに抵抗する余地のない者が、一人であれ大量であれ、不法に殺害されることを指す。いうまでもなく虐殺が多く起こるのは戦争時だが、法による裁きであっても時の権力者や集団が不当に罪をかぶせて処刑すれば、それも等しく虐殺である。

さらにいえばいま挙げた虐殺事件は、記録あるいは報道で知られているか、生き残りや目撃証言者がいたことで明らかになった例である。もし生き残りが一人もおらず、目撃者もなく、虐殺を仕掛けた側が頬かぶりしてしまうと、事件として露見することはない。露見せずに誰に知られることもなく歴史の闇のかなたに消えていった虐殺事件は山ほどあるにちがいない。

ノグンリの虐殺事件も危うく誰に知られることもなく終わっていたかもしれなかった。

ノグンリ事件の存在はじつは、韓国でもほとんど知られていなかった。事件で生き残った数少ない一人、鄭殷溶が一九九四年に『ノグンリ虐殺事件――君よ、我らの痛みがわかるか』という告発本を出版、それをきっかけに「ハンギョレ新聞」など一部マスコミが関心を示したことで、四十四年間闇に埋もれていた出来事が明らかになったのである。

あらましはこうである。一九五〇年六月二十五日に北朝鮮軍が韓国に侵攻、朝鮮戦争が始まって間もない七月二十六日、忠清北道の道都大田市が北側の手に落ちた混乱のさなか、永同郡イムゲリとジュゲムリの住民五百名が米軍からの避難命令に従い、ノグンリの京釜線の鉄橋に集合した。ところが住民を指揮していた米軍が本部と通信後に現場を離脱、するとほどなく米軍の戦闘機が現われ、住民に対して機銃掃射を浴びせた。住民は逃げまどい、鉄橋下の水路用のトンネルに逃げ込んだが、それに対して米軍はトンネルの口の両方に機関銃を据え、三日間にわたって容赦ない射撃を続けた。米軍が撤退したあと、生き残った者は北朝鮮軍に助け出されたが、米軍の射撃により四百人に近い住民が犠牲となった。

なぜそのようなことが起きたかは、一九九八年にアメリカの朝鮮戦争関係の秘密文書が公開となり、それを調べたAP通信が一九九九年九月に配信した「ノグンリの鉄橋」という記事で、米軍上層部の命令による虐殺だったと暴露した。記事によると、避難住民のなかに北朝鮮の兵士がまぎれこんでいると疑ってやまない米軍上層部では、第二十五師団長であったウィリアム・B・キーン少将が七月二十六日に各方面の指揮官に「戦闘地域を移動するすべての民間人を敵とみなし、発砲せよ」との命令書を出し、ノグンリの避難住民にたいしても「敵とみなせ」と命令していた。また第一機甲師団司令部が七月二十七日に「避難民が防御線を越えないようにせよ。越えようとする者は誰であれ発砲せよ」と命令したことで、皆殺し攻撃が実行されたというのである。東京大空襲で十万人、広島の原爆で十五万人、長崎の原爆で十万人の無抵抗な住民を殺しても罪の意識がなかった米軍上層部の、命の尊厳にたいする感覚麻痺、戦時の日本人をイエローモンキー、ジャップと蔑視した黄色人種への差別の心情が継続していたのかもしれない。戦争は命の百や二百、どうともおもわない精神状態を作り上げる。

ノグンリの虐殺事件は、もとを正せば北朝鮮軍が韓国に侵攻した延長上で起こった。『サランヘヨ　北の祖国よ』のフィクションの部分、四件の関連殺人事件のうち二件の真相も、戦争は終わったとはいえ北と南に分断がつづく朝鮮半島の現実に沿って描かれている。キーワードとして「土台人」という言葉が作中に提示されるが、雑誌記者の妻の駅ホーム転落死事件は、妻が土台人のリストを作成していると知った一部の者が、秘密保持のために犯した殺人だったとする。

土台人とは、北朝鮮による「対韓、対日工作の土台（橋頭堡）、協力者、および協力機関」であり、北の政府と朝鮮総連が計画した北朝鮮帰国事業などで帰国した肉親や親族が人質に押さえられているために、北の工作員として余儀なく活動させられる在日の家族や日本人関係者をさす。作品では、「北は地上の楽園」という宣伝を信じて北朝鮮に帰国した九万三千二百四十人といわれる人たちの帰国後の悲惨な実情、逃げ帰りたくてもできない現実にも触れている。土台人は北朝鮮の非人間的な体制が日本に産み落とした、血縁の悲劇というしかない。

一九八四年三月十八日、江崎グリコの江崎勝久社長が二人の子供と入浴中のところを賊に襲われ、裸のまま拉致され、身代金十億円と金塊百キログラムを要求され、その後も丸大食品、森永製菓、ハウス食品、不二家の順に、金を出さなければ商品に青酸ソーダを混入すると、つぎつぎ脅迫される事件が起こった。いわゆるグリコ・森永事件だが、これに土台人が関わったという話が当時ひそかに流れたものである。土台人が疑われた理由は、まず身代金の異様さである。金額の多さに加えて、なぜ金塊百キロなのか、ドルに換金するのに都合がよいからだろう、外貨を必要としているのは北朝鮮だ、ということで疑いの目が向いたのである。外貨を緊急に必要としたのは、一九八八年のオリンピック開催がソウルに決まって、北朝鮮は韓国が自国に先んじて国際社会に認知されることを憂慮し、それを回避すべく共同開催の道を強硬にさぐるとともに、それがだめなら対抗してなんらかの大規模な国際大会を開こうと計画した（実際に一九八九年に「反帝国主義の連帯と平和親善」をスローガンとする「世界青年学生祭典」という大会を開催した）が、肝心のスタジアム、宿泊施設などの建設費が大きく不足していた。そこで朝鮮総連に数百億円の調達を指示したほか、土台人にも工面するよう指令がきて、一部の者たちがやむなく犯行を計画したと推理されたのである。むろん真偽は定かでないが、一九八三年十月のラングーン事件、一九八七年十一月の大韓航空機爆破事件も、ソウルオリンピック決定から開催までの六年間に北朝鮮の工作員によって起こされており、関連が疑われなくはないのである。

この話はそれほどに追い込まれかねない土台人の立場を示しており、一概に非難できない面がある。『サランヘヨ　北の祖国よ』はノグンリの虐殺事件の存在を知らしめるとともに、朝鮮半島分断の歴史の暗部、北朝鮮が内包し輸出している非人道性にも目を向けた作品といえる。

『南十字星の誓い』と〝和解〟への願い

二〇一二年刊行の『南十字星の誓い』もまた、埋もれていた歴史を発掘した作品である。舞台はシンガポール。一九四〇（昭和十五）年に情報収集を命じられてシンガポールに赴任した外務書記生の冨士森繭を主人公に、その体験と活躍を軸とするフィクションにからめ、一九四二年二月の日本軍による占領から一九四五年十月にイギリス支配が復活するまでの間、シンガポールの博物館と植物園を、混乱に乗じた暴徒による略奪や日本軍からの理不尽な命令をはねのけ、貴重な文化資産を守り通した人々の姿をよみがえらせることをテーマとした作品である。

シンガポールのラッフルズ博物館（現・シンガポール国立博物館）は一八八七年にビクトリア女王の治世五十年を記念して開館、考古学資料、民族学資料、民俗学資料、鉱物や動物、小動物、鳥類の収集標本、民具にいたるまで、マレー半島の歴史資料と文化財の宝庫となっているほか、付属図書館の貴重な関連蔵書は約五万と東洋一を誇る。

植物園は、一八五九年に植民地政府から与えられた三十二ヘクタールの土地をもとに設立された農業園芸協会が、景観デザイナーとして雇われたローレンス・ニーベンの配置デザインに則し、三千種の樹木と、マレー半島全域の植物、および世界から移植した植物を植えたもの。園北部には保護森林地帯、海岸にはマングローブ保護地区を擁し、とりわけ世界中から収集された蘭園は、世界遺産となった現在の一番の見どころになっている。標本室には世界を股に採集した標本がデータとともに保存され、園自体が巨大な植物研究所の趣をもつ。博物館も植物園も、シンガポールの父とされるトマス・スタンフォード・ラッフルズへのオマージュとして位置づけられた施設である。

主人公の富士森繭は赴任後の町歩きの途中、暴漢に襲われたところをゴム園を経営している華僑チン・テオに救われ、蘭園で再会、そこで植物園と博物館の管理を同時に担当する世界的な生物学者E・J・H・コーナー博士を紹介され、それを機に植物園と博物館に頻繁に通うようになり、関わりをもつようになる。このコーナー博士は実在で、博物館と植物園を守り抜いた一人である。

作品はフィクションとノンフィクションの部分を巧妙に組み合わせて構成している。フィクションのほうは、冨士森繭がコーナー博士たちを手伝うなかで、御庭番だった先祖から伝わる礫投げを駆使してチン・テオとともに抗日ゲリラや〝銭局《ジエンジュウ》〟なる伝説の暗殺集団の襲撃に立ち向かうという展開になっていて、冒険活劇の面白さが意識されているが、ここからはメインテーマであるノンフィクションの部分だけを追ってみたい。

博物館と植物園の危機はまず、真珠湾攻撃で開いた戦端とともに日本軍がシンガポールに迫りつつある段階で起きる。シンガポール陥落を悟った市民たちは食料品の買いだめや市内からの脱出に走り、インド・マレー部隊の脱走兵や放棄されたチャンギ監獄を逃げ出した囚人が暴徒化、無法地帯の様相を呈する。暴徒たちは博物館内の金目のものをねらって押し寄せ、館員たちとにらみ合うが、コーナー博士が前面に出て、この建物の中には世界から収集した文化遺産がぎっしり詰まっている、自分たちはこの貴重な人類共通の文化遺産を戦火によって焼かれ、破壊されないよう守り抜くためにここに留まっている、いまこれらを失ったら世界、また未来の人類にたいして決して償うことのできない過ちを犯すことになるでしょう、と訴え、群衆の熱を冷ますことで難をのがれる。

つぎの危機はシンガポールを制圧したあとの日本軍の文化財にたいする姿勢である。イギリス軍が無条件降伏した翌日、シンガポールは昭南島と改名され、ラッフルズ博物館は昭南博物館に変わった。コーナー博士はシェントン・トーマス総督に書いてもらった日本軍司令官に宛てた文化遺産の保護を要請する嘆願書を持参して、日本軍司令部が置かれた市庁舎を訪れる。するとそこに居合わせた豊田薫前総領事が、まもなく火山学、地質学の世界的権威である博士が来るので相談に乗ってくれるだろうと告げ、通行証も発給してくれ、拘束も免れることになる。その世界的権威が実在の田中館秀三博士で、植物園と博物館を守り抜いた二人目の立役者である。

田中館秀三は初対面の自己紹介で、自分がどれだけ広い人脈をもち、どれだけ多くの学術業績があるか自画自讃、それはのちに虚構が多いとわかるのだが、そればかりか自分がシンガポールに来た目的は、恐れ多くも天皇陛下の名代として、ラッフルズ博物館、およびその他の科学教育機関の実態調査のためであり、これを保護するようにとのご聖旨を受けてのことだと言い立てる。天皇の聖旨とあっては軍部が異議を申し立てることはできないし、それを確認することはましてできない。天皇の威光を借りた強力な助っ人の登場だった。田中館は山下奉文将軍のお墨付きをもらって、博物館と植物園が軍靴に蹂躙されることを回避、必要経費の金策にも奔走した。この間に元植物園長のホルタムが加わり、さらに尾張徳川家十九代目当主で貴族院議員、軍の最高顧問という肩書をもつ徳川義親侯爵がシンガポールに来て、一九四二（昭和十七）年九月には博物館と植物園の総長に就き、文化財の庇護に当たることになる。この徳川義親が博物館と植物園を守り抜いた第三の人物である。年末には世界的な植物学者の郡場寛教授が京都大学理学部部長を退官して来島、羽根田弥太教授が陸軍司政長官および軍司政官として派遣されてきて合流する。ともに人望があり、コーナー、ホルタムたち敵国人をなぜ優遇するのかとの軍部からの横槍を徳川総長とともに排除した。

日本軍の戦況が悪化をたどると、軍をないがしろにする行動で軍部に疎まれていた田中館秀三は、一九四三（昭和十八）年七月に帰国を余儀なくされる。その別れの挨拶で田中館は、自分たちは戦時下、呉越同舟という形で出会い、それぞれの母国が戦い合っているという異常な環境下で、人類共通の文化財保護という使命を紐帯として結ばれた同志であり、文化というバトンを未来に受け渡すリレーランナーであると述べ、「一粒の麦もし地に落ちて死なずば、ただ一粒にてあらん。もし死なば、多くの実を結ぶべし」と聖書の一句をもって惜別の言葉とした。

一九四四（昭和十九）年に入ると徳川侯爵が休戦工作のため一時帰国することになる。郡場寛教授が植物園長、羽根田弥太教授が博物館長を継いでいたが、軍にたいする神通力を失ったことで、軍人たちへの重しが取れ、図書館に来て借りた本を返さなくもなった。羽根田館長が対策に頭を悩ませると、コーナー博士が貴重な図書は館内の一コーナーに集め、天皇陛下ご愛読書および参考書として貸出禁止コーナーを設けてはどうかと提案、なんとかしのぐ。また一九四五（昭和二十）年に入り、羽根田館長がジャワに出向、新たにやってきて館長に就いた大佐待遇の事務官が、自分が赴任したからにはこれまでのような無国籍的な展示を廃し、世界に誇る二千六百年を超える日本文化を凝縮した博物館にしたい、占領地に残る敵国の文化をなにゆえ保管するか、とのたまわって、館長室から特に重要な文化財や貴重な図書を倉庫に追いやるということが起こる。これには〝内なる天敵〟と館員が反撥し、廃棄するように命じられた書類は館員の安全な手元に保管して対応、羽根田館長がジャワから帰ったときに復元して難を避けた。

博物館と植物園にとって最後の危機は、日本軍が降伏し、連合軍が上陸するまでの無秩序状態に陥ったときに発生するゲリラや暴徒による略奪へと移る。終戦直前に、徳川侯爵が前触れもなく帰ってきて、そのときに備えた。しかし危惧したほどはなく、なんとかイギリス側に移管を終えることができたのだった。

日本軍がシンガポールを占領した三年八カ月とその前後の期間、こうして博物館と植物園は守り抜かれた。それは館員すべてと協力者あってのこと、また郡場寛教授と羽根田弥太教授の役割もあってのことだが、とりわけコーナー博士、田中館秀三博士、徳川義親侯爵の三人がなくてはなしえないことだった。作者はその功績をコーナー博士の著書『思い出の昭南博物館』の記述の引用で代弁させている。

「占領直後の混乱の最中、粉々になった破片を拾い集め城塞を築いたのは田中館教授だった。そのときは人に有無を言わさぬ教授の実行力とエネルギーと巧みな外交手段がものをいった。しかしそれが軌道にのったとき、城塞の発展と安定のために侯爵の力と人柄が必要となった。侯爵は高い地位と学者としてのすぐれた知性により、城塞に威厳と運営上の基盤を与え、土台をゆるがぬものにした。教授と侯爵、類いまれなる武士《もののふ》であり政治家であるこの二人の日本人は、歴史が彼らをもっとも必要とするときにそれぞれ登場したのであった。（中略）あの暗い戦争という時代に、博物館はそれぞれの局面にふさわしい力と人間性を持ち合わせた守護者によって、守られたのだと言える」

ひとたび戦争が起こると、文化財はたちまち破壊の危機に陥る。日本に限っても、応仁の乱で京都の文化財がどれだけ失われたことか。戦国時代には安土城の内部を飾った狩野永徳の襖絵が灰燼に帰した。明治維新の初めには廃仏毀釈で多くの仏像や建物が破壊された。太平洋戦争中の空襲で人知れず燃え去った文化財はどれほどなのか。日中戦争では故宮博物館の文物が運び出され、中国国内を逃げ回った末になんとか被害を避けることはできたが、現在の北京、南京、台湾の台北に分散する結果となった。近年ではＩＳ（イスラム国）によるイラク北部・モスル博物館内の収蔵文化財や数々の遺跡、シリア・パルミラ遺跡のバールシャミン神殿などが〝文化浄化〟の名のもとに徹底的に破壊されてしまった。

　そうした悲惨な結末を思い合わせたとき、戦火から文化財を守ることがいかに困難かがわかる。この作品がコーナー博士、田中館秀三博士、徳川義親侯爵の三人をよみがえらせて描く理由もそこにあるわけで、その使命感は、田中館博士が惜別の言葉とした「一粒の麦もし地に落ちて死なずば、ただ一粒にてあらん。もし死なば、多くの実を結ぶべし」の一句をもって表されている。もっとも、その秘めたる歴史を知る者は、日本にもシンガポールにもいまや皆無といっていい。後世にその存在は忘れられても、文化というバトンを未来に受け渡したリレーランナーの偉大さは、シンガポール国立博物館を訪れた人々が展示品を目にする瞬間に、その展示品がまさにそこにあるという事実において宿りつづけるのである。

　作品が描くノンフィクションの部分はこれだけではない。日本軍のシンガポール占領にともなう華僑を主体とする虐殺についても触れている。シンガポールの華僑は日中戦争で国民軍に資金援助していると日本軍に認識されていた。そのために虐殺は軍によって計画され、山下奉文将軍の命で実行されたもので、偶発的に起こった惨劇ではない。命令はシンガポール人口の七八パーセントを占める華僑から抗日分子を三日間のうちに選別して処刑せよというものだったことや、辻正信参謀がシンガポールの人口を半分に減らせと言ったとする伝聞もあって、無差別的な殺害に至ったという。被害者は日本側の記録では五千人だが、実際は最大五万人とされている。日本では南京虐殺について知る者は多いが、シンガポールでの虐殺についてはほとんど知られていない。学校で教えないからだ。シンガポールの歴史教科書には日本軍占領時代の出来事が数十ページにおよぶといい、国立博物館には占領時代の惨禍を示すコーナーが設けられている。戦争での出来事は決して忘れないし、完全に許すこともない。その一方で、過去と現在は切り離して臨むというのがシンガポールのあり方のため、いまではシンガポール国民の九割が日本を好きということである。ある意味、日本は許されたわけだが、これは〝和解〟の大切さを実現している結果といえる。

『南十字星の誓い』は、シンガポールのこのあり方に共鳴するかのように、和解をメッセージとしている。敵味方であるはずのコーナー博士、田中館秀三博士、徳川義親侯爵のあり方は、文化財をはさんで初めから和解していたといえるし、終戦がなった直後に蔣介石国民党主席が中国放送を通して世界に呼びかけた演説を、作中で披露している点でもうかがい得る。蔣介石は、中国は一貫して日本軍閥を主敵とし、日本人民を敵としない方針をとってきたことを力説してから、

「われわれは厳しく彼らに責任をもたせ、あらゆる降伏条件を忠実に実行させなければならないが、しかしわれわれはけっして報復を企図してはならない。ことに敵国の無辜の人民に侮辱を加えてはならない。……もしも暴行をもって敵の従来の暴行にこたえ、侮辱をもって彼らの従来の誤った優越感にこたえるならば、恨みに報いるに恨みをもってするこ

となり、永久に終止することはなく、それはけっしてわれわれ仁義の軍の目的ではないということをしらなければならない」

と述べた、と書かれているのである。

これを受けて物語は終幕に、捕らえた銭局の一人である押殺《ヤーシャー》に、チン・テオが妻の仇を討とうと日本刀を振りかざしたとき、冨士森繭が「やめてください。蔣主席（蔣介石）の言葉をおぼえているでしょう。恨みに対して恨みをもって報いてはならない。そんなことをすれば、また新たな恨みをたくわえることになるわ」といって制止する。さらにいよいよ帰国することになって乗船した冨士森繭に、助けられた押殺が手をふっているのを見て、繭はふたたび、恨みに対して恨みをもって報いてはならない、とおもうのである。

この二つの場面からも、和解がこの作品のメッセージであると理解できる。

かつて森村誠一は怨念の作家といわれた。〈青の時代〉の作品群をはじめ、あらゆる手段を使って恨みを晴らそうとする青年たちの物語を数多く発表してきた。これまでの作品に和解をメッセージとする作品は見当たらない。十二歳少年四人組のビルドゥングス・ロマンともいえる長編『勇者の証明』でも、最後には自分たちをいじめた相手に復讐を果たす。和解とはもちろん、一方がおこなった悪を許すことではない。許さない、忘れないけれども、恨みの連鎖を断ち切って、新たな関係に踏み出すこと、その誓いのことである。あくまでもそういう意味でだが、『南十字星の誓い』は森村誠一が和解というまた新たな視点に取り組んだ一冊といえるのだ。

作風が変わったわけではない。そこには、デビュー以来の大枠のテーマである「時代と人間」を見つめるという森村誠一の問題意識が作用している。世界を見つめれば、戦後七十年がたつというのに、日本と韓国と中国では反日、反韓、反中を叫び合う度合いが過去の時代より強まっている。反撥する理由は自らの体験あってのことではなく、歴史認識などにかこつけた政治体制の思惑や、歴史修正主義などナショナリズムに誘発されるケースがほとんどである。中東では同じイスラム教徒のシーア派とスンニ派の対立を典型に、同族・同属意識による恨み合いが止まない。そこに乗じて、ＩＳ（イスラム国）のような非人道をものともしない悪逆下劣な勢力が台頭した。しかも、戦前日本の特攻隊のような自爆テロが頻繁におこなわれている。

かつて森村誠一が描いた怨念は、ひとたびなにがしかの絶望に陥った者がめざすアイデンティティ回復への「本源的な情動」、あるいは、絶望の淵に沈んで虚無の闇を前にした人間が自己を復活させるために燃やす「最後の感情」といったもので、生きていくための原動力の意味での恨みだった。しかしいま世界に蔓延する恨みは、思慮を欠く感情的、通念的、観念的、排他的、狂信的なもので、つまるところ恨みのための恨みでしかない。

人生は未知数である、とは森村誠一が従来うったえてきたことだ。人間は生きているかぎり、その生の可能性を捨ててはいけないのだが、恨みからは生の可能性は広がらない。恨みは恨む人の心も、恨まれる人の心も救わない。自爆テロは自らの人生の可能性を捨てるのみならず、無関係な他人の人生の可能性まで奪い取る。虚しさも極まるというものだ。その虚しさから救われるには、やはり和解しかない。人も民族も国家も、エゴイズムや排他思想に染まってはならない。他人や他民族、他国の考えを一方的に、まして武力で排除してはならない。同族・同属意識を離れて、全人類の視野で平和を志向することから始めなければならない。ゆっくり話し合いで距離を縮める努力、それが和解だ。それが作者、森村誠一のつよい願いなのである。

この和解というメッセージに関連していえば、『南十字星の誓い』が執筆された前後に発表された短編小説にも、新しい視界を感じさせるディテールが見られる。「オール讀物」二〇一一年四月号の「一筋の神意」は、太平洋戦争中、ある特攻隊員から愛する女性の行く末を託された撃墜王の男が、老いてのち、妻子を少年に殺された孫が、出所した元少年に復讐するのを阻止してほしいとイベント代行業者に依頼するが、本心は孫に先んじて自分が復讐しようとしていたという内容。ところが復讐を実行する前に、元少年が駅のホームから転落した老女を助けようと道床に飛び降り、老女を助けることはできたが自分は犠牲になる。その老女がかつて行く末を託された女性だったというもの。

もう一作、「オール讀物」二〇一三年二月号の「一粒の涙」は、不良集団に同僚を殺された元刑事の私立探偵と、ホームレス支援の深夜巡回中に未成年集団にホームレス狩りに遭っているホームレスを助けようとして逆に殺された父親の跡を継いだコンビニ店主が、同じ主犯に行きつくという展開。店主と父親に助けられた元ホームレスの二人が報復のため主犯が通う女の部屋に乗り込み、元ホームレスがナイフを振りかざすが、そのとき「それまで」と自分を助けた店主の父親の声がひびく。実際は私立探偵とともに現われた刑事の声だったのだが、捕まった主犯の男は、自分が殺した人物のあの世からの声に元ホームレスが犯行をとどまったと聞いて〝涙をこぼした〟という結末になっている。

老女を助けて自らは列車に轢かれた元殺人少年の行為と、自分が殺したコンビニ店主の父親があの世からの声で助けてくれたと知って涙をこぼした犯人の姿。これはある意味、和解の表現ではないだろうか。このようなディテールは初期の短編作品には見られない。初期の短編作品のほとんどは人間の不条理な現実をどこまでもつきつけて終わる。希望や救いは除外されている。しかしこの二作には、たとえ罪人であってもふつうの人間の心がないわけではない。であればその生きる可能性を奪ってはならないという視点が託されている。そこに、半世紀余の作家生活を通して「時代と人間」を見つめてきた森村誠一の、新たな境地をうかがうことができる。

すなわち、どんな人も人生は未知数という可能性のもとで、どこかで救われてほしいと。

【森村誠一略年譜】

1933年（0歳）1月2日、埼玉県熊谷町（現熊谷市）に生まれる。父・森村徳蔵、母・雪枝
1945年（12歳）8月15日未明、熊谷が空襲され自宅が被災、焼け出される
1951年（18歳）3月、熊谷市立熊谷商工高等学校を卒業
4月、東芝系自動車部品会社の清水商店に入社
1953年（20歳）4月、清水商店を退社、青山学院大学文学部英米文学科に入学。自宅で英語塾を開校して学費を工面。在学中はハイキングクラブに所属、日本の主だった山々を歩く
1958年（25歳）3月、一年留年するも青山学院大学を卒業
4月、新大阪ホテルに就職、後に系列の大阪グランドホテルに移る
1959年（26歳）3月、東京にオープンした系列の都市センターホテルに移る
1964年（31歳）9月、新たにオープンしたホテルニューオータニに転職
ホテルに梶山季之、阿川弘之などが来館、刺激を受ける
1965年（32歳）4〜12月、「総務課の実務」に雪代敬太郎名義でエッセーを連載
1966年（33歳）2〜9月、週刊誌「F6セブン」に「不良社員群」を連載
再構成し、初の著作『サラリーマン悪徳セミナー』（池田書店）を刊行
1967年（34歳）6月、ホテルニューオータニを退社。東京スクール・オブ・ビジネスのホテル観光科の講師に就任
8月、初の長編小説『大都会』（青樹社）を刊行。
9月、「殺意の架橋」がオール讀物推理小説新人賞候補作となるも落選

1968年（35歳）11月、『幻の墓』（青樹社）を刊行。
1969年（36歳）3月に『銀の虚城』、9月に『分水嶺』を青樹社から刊行。
6月24日、応募作『高層の死角』が第15回江戸川乱歩賞を受賞、8月、『高層の死角』を講談社から刊行
10月、『虚無の道標』（青樹社）を刊行
1970年（37歳）3月、江戸川乱歩賞受賞後第一作『虚構の空路』（講談社）を刊行
8月、『新幹線殺人事件』をカッパ・ノベルスから刊行。ミリオンセラー
1972年（39歳）「サンデー毎日」で初めての週刊誌連載「腐蝕の構造」をスタート、11月に『腐蝕の構造』（毎日新聞社）を刊行
1973年（40歳）『腐蝕の構造』で第26回日本推理作家協会賞を受賞
1974年（41歳）「小説現代」掲載の「空洞の怨恨」で第10回小説現代ゴールデン読者賞を受賞
角川書店の角川春樹社長が来宅、作家の証明になるような作品を書いてほしいと依頼される。以後、角川春樹は刎頸の友に
1976年（43歳）1月、『人間の証明』（角川書店）を刊行。第3回角川小説賞を受賞
8月、『森村誠一長編推理選集』全15巻（講談社）の刊行がスタート
1977年（44歳）10月、『人間の証明』が映画化され、公開。10都市15書店でサイン会
11月、『野性の証明』（角川書店）を刊行
1978年（45歳）2月、『森村誠一短編推理選集』全10巻（講談社）の刊行がスタート
10月、『白の十字架』を刊行。『野性の証明』が映画化され、公開。18都市25書店でサイン会

1981年（48歳）長編ノンフィクション『悪魔の飽食』（光文社）を刊行
1982年（49歳）9月、『続・悪魔の飽食』（光文社）で巻頭グラビアに写真の誤用が発覚。『悪魔の飽食』ともども回収、絶版に
1983年（50歳）8月、『悪魔の飽食　第三部』を刊行および前二作を復刊（いずれも角川書店）
11月〜翌年3月、『青春の源流』全四巻（講談社）を刊行
1984年（51歳）10月、森村誠一原詩、池辺晋一郎・神戸市役所センター合唱団編詩、池辺晋一郎作曲の混声合唱組曲「悪魔の飽食」が初演。その後1998年にハルビンと瀋陽、2005年に南京と北京で中国公演。
1986年（53歳）10月、「週刊朝日」に連載していた『忠臣蔵』（朝日新聞社）を刊行
1987年（54歳）1月、『駅』（集英社）を刊行。新宿署の牛尾正直刑事が初登場
1988年（55歳）1月、全国・地方紙二十三紙に連載していた『星の陣』（光文社）を刊行。
1991年（58歳）1月、神奈川県厚木市の団地から東京都下に転居
3月、『森村誠一長編推理選集（第二期）』（講談社）全10巻が刊行開始
6月、太平洋戦争が題材の『ミッドウェイ』（文藝春秋）を刊行
9月、森村通史『人間の剣／幕末維新編』（光文社）を刊行。その後、95年11月に昭和動乱編、99年2月に戦国編、2001年1月に江戸編を刊行
1993年（60歳）1月、棟居刑事シリーズの第一作『棟居刑事の復讐』（角川書店）を刊行
1996年（63歳）1月、森村誠一原詩、池辺晋一郎・神戸市役所センター合唱団編詩、池辺晋一郎作曲の阪神淡路大震災鎮魂組曲「1995年1月17日」の一部を神戸・船上メモリアルコンサートで、4月には全曲を神戸文化ホールで上演。

1999年（66歳）8月1日〜11月28日、さいたま文学館で「森村誠一の証明――現代社会のリポーター」展開催。12月18日〜翌年3月5日、熊谷市立文化センター内郷土資料展示室で「小説家・森村誠一文学展」開催
2000年（67歳）5月、『笹の墓標』（光文社）を刊行
2003年（70歳）3月、『人間の条件』（幻冬舎）を刊行
10月、第7回日本ミステリー文学大賞を受賞
2007年（74歳）3月、『地果て海尽きるまで』（角川春樹事務所）が映画化され、公開
2008年（75歳）2月、長編エッセイ『小説道場』（小学館）で第10回加藤郁乎賞を受賞
4月30日〜5月3日、町田市市井50周年記念協賛事業として「森村誠一展」が小田急百貨店町田店で開催
10月〜翌年5月、五度に分けて「おくのほそ道」全行程踏破の旅を敢行。「森村誠一 謎の奥の細道をたどる」の番組タイトルでBSジャパンが十三回放映
2009年（76歳）10月、町田市民文学館ことばらんどで「森村誠一展――拡大する文学」開催
2010年（77歳）8月、『悪道』（講談社）を刊行
2011年（78歳）4月、『悪道』で第45回吉川英治文学賞を受賞。『サランヘヨ 北の祖国よ』を刊行
2012年（79歳）『南十字星の誓い』（角川書店）を刊行

（「森村誠一展――拡大する文学」図録の「略年譜」をもとに新項目を加えて作成）

あとがき

森村誠一氏はミステリーの長編『路』（一九九五）をカッパ・ノベルスで刊行したとき、「著者のことば」に「この世に人間あるかぎり、犯罪はなくならないだろう。それは同時に人間の謎がなくならないということである」と書いた。人間はどうあっても犯罪を断ち切れない。そこに人間のいかんともしがたい在り方と悲しさが露出するというのが、森村作品全般に通じる視点である。そして、人間という存在のなくならない謎の広がりという意味をこめて、しばしば「人間の森」あるいは「人間の海」と表現する。当然、その「人間の森」の様相は時代の移ろいとともに変化していく。森村誠一はその変化に応じて、いまの世で何が起きているのかと問題意識をもって時代性の核心を問い、時代と人間がどう絡み合っていくのかを描いてきた。「時代と人間」を描く作家と評するのはその視点の一貫性をもってである。

本稿は、森村誠一の「時代と人間」という視点がどのような内容の作品を生み出してきたか、その凄みを詳らかにしたいとおもったことが動機である。

また、個人的には森村誠一の文庫化作品の解説を多数書かせてもらったが、解説にはトリックや犯人の名に触れてはならない制約はもちろん、一冊ごとの特徴についての単発の説明にとどめざるをえない事情がある。森村誠一の作家人生には何度もの節目が見られる。乱歩賞受賞以前の時代、乱歩賞受賞後に挑んだ本格推理の時代、人間の業にせまる短編小説を量産しつつ社会派の色合いが濃い長編小説に取り組んだ時代、『人間の証明』の大ヒット、『悪魔の飽食』が引きおこしたセンセーション、『忠臣蔵』をはじめとする時代小説への参入、棟居刑事や牛尾刑事が活躍するミステリーのシリーズ化の時代などだ。そうした流れは相乗して作品群の幅を広げていくが、文庫一冊ごとの解説ではそうした展開の歩みを具体的に伝えることはむずかしい。トリックや犯人の名を明かさないといった制約を外さなければ、森村誠一作品の画期性や、問題認識の背景などに触れることができない。そこで、制約を取り払い、森村誠一の半世紀余にわたる膨大な作品群を編年ふうにたどるかたちで、〝全体の解説〟を試みたということでもある。

なお、本稿にはかつて書いた森村作品の文庫解説や他のミステリー作家のノベルスおよび文庫の解説で述べた私見を流用、あるいは再構成した部分が含まれているので、当該の関係者および読者諸氏のご寛恕を乞うしだいである。

本稿の発刊には田畑書店の大槻慎二社長、今須慎治氏のお世話になった。謝して、記したい。

本書が森村誠一作品の魅力を伝える一助となれば幸いです。

二〇一八年一月

成田守正

〈参考資料〉

森村誠一氏の全作品
山前譲編『森村誠一読本』ＫＳＳ出版　１９９８年
さいたま文学館「『森村誠一の世界――現代社会のリポーター』展図録」　１９９９年
町田市民文学館「『森村誠一展――拡大する文学』展図録」　２００９年
「坂口安吾選集・第十巻」講談社　１９８２年
花田清輝『近代の超克』講談社文芸文庫　１９９３年
松本清張『黒い手帖』中公文庫　１９７４年
九鬼紫郎『探偵小説百科』金園社　１９７５年
関口苑生『江戸川乱歩賞と日本のミステリー』マガジンハウス　２０００年
郷原宏編『西村京太郎読本』ＫＳＳ出版　１９９８年
芦辺拓・有栖川有栖・二階堂黎人編『鮎川哲也読本』原書房　１９９８年
中島誠「森村誠一 偉大な『悪魔の飽食』から失踪するベストセラー作家」現代の眼１９８２年12月号
森村誠一「私が知った『Ａ氏』の正体」文藝春秋１９８３年１月号
杉山隆男「『悪魔の飽食』虚構の証明」諸君１９８３年２月号
中田建夫「〝飽食〟したのは誰だ」文藝春秋１９８３年２月号
渡部昇一「『悪魔』と『天使』の間――森村誠一氏『私が知った「Ａ氏」の正体』に対する疑問」文藝春秋１９８３年２月号
森村誠一「『七三一部隊弁護論』への反論」諸君１９８３年３月号
寺田博『時代小説の勘どころ』河出書房新社　２００８年
そのほか新聞記事などに拠る

本書は同人誌「スペッキヲ」48号（２０１６年6月）に「怨念論」、49号（同年12月）に「負債論」、50号（２０１７年6月）に「忌戦論」、51号（同年12月）に「照射論」の表題で書き継いだ内容を全七章に再構成し、新たに第八章を書き加えたものです。

【著者略歴】
成田守正　（なりた　もりまさ）
1947年、宮城県生まれ。早稲田大学第一文学部卒業後、71年講談社入社。「小説現代」「群像」「文庫出版部」再び「小説現代」編集部を経て、86年フリー編集者に。さまざまなジャンルの書籍編集に従事。著書に小説集『光の草』(風雲舎)、同『セビリアン・ジョーの沈黙』(双葉社）がある。

「人間の森」を撃つ
森村誠一作品とその時代

2018年1月20日　印刷
2018年1月25日　発行

著　者　成田守正

発行人　大槻慎二
発行所　株式会社　田畑書店
〒102-0074　東京都千代田区九段南3-2-2　森ビル5階
tel 03-6272-5718　fax 03-3261-2263
印刷・製本　シナノ書籍印刷株式会社

ISBN978-4-8038-0348-8 C0095
定価はカバーに表示してあります
落丁・乱丁本はお取り替えいたします